32년의 땀방울이 큰 희망이 되었습니다

여러분의 도전과 꿈을 응원합니다

김 동 녕 드림

음악줄넘기 32년,
줄 하나로 엮은 기적

음악줄넘기 32년,
줄 하나로 엮은 기적

ⓒ 김동섭, 2025

초판 1쇄 발행 2025년 12월 22일

지은이   김동섭
펴낸이   이기봉
편집   좋은땅 편집팀
펴낸곳   도서출판 좋은땅
주소   서울특별시 마포구 양화로12길 26 지월드빌딩 (서교동 395-7)
전화   02)374-8616~7
팩스   02)374-8614
이메일   gworldbook@naver.com
홈페이지   www.g-world.co.kr

ISBN   979-11-388-5150-3 (03810)

음악줄넘기 32년, 줄 하나로 엮은 기적

● 김동섭 교장의 헌신이 일군 꿈과 행복 여정

김동섭 지음

32년, 한 교육자의 뜨거운 심장이 줄넘기 리듬에 맞춰 뛰었습니다!

"학교는 아이들에게 즐거움 그 자체여야 한다!"

좋은땅

32년 음악줄넘기 사랑 이야기

2025년 가을, 성주중앙초등학교 운동장에서 아이들과 함께 줄넘기를 하며 이 글을 시작합니다. 37년의 교직 생활, 그중 32년을 음악줄넘기와 함께 걸어왔습니다. 1988년 첫 발령을 받은 새내기 교사가 이제 정년을 앞둔 교장이 되기까지, 참 길고도 눈부신 여정이었습니다.

1993년 대방초등학교에서 음악줄넘기를 처음 붙잡았을 때만 해도 이것이 제 인생 전체의 방향을 바꿀 줄은 몰랐습니다. 이왈규 선생님의 연수를 받고, 박정효 교장선생님의 전폭적인 지원 속에 시작한 작은 실험이 제 교육 철학의 중심이 되었습니다. 줄 하나와 음악 한 곡이 아이들의 하루를 바꾸고, 교사의 내일을 바꾸는 장면을 수없이 목도했습니다.

그사이 제 곁을 스쳐 간 아이들은 어느새 어엿한 어른이 되었습니다. 얼마 전 방송에서 '32년간 음악줄넘기 사랑 이야기'가 소개된 뒤, 수십 년 만에 제자들에게서 연락이 왔습니다. "선생님 덕분에 지금의 제가 있습니다." 짧은 인사 한마디에 가슴이 뜨겁게 벅차올랐고, 마음 깊이 간직했던 이야기들을 이제 세상과 나눌 용기를 얻었습니다. 이 책은 제 추억을 적어 두는 일을 넘어, 아이들과 함께 일군 작은 기적들을 더 많은 이들과 나누고자 하는 간절함에서 시작되었습니다.

저는 화려한 업적을 나열하려 하지 않습니다. 가난한 농부의 아들로 태어나 배움을 향한 부모님의 희생과 제 몫의 방황을 지나 교사가 되었습니다. 첫 부임지에서 거듭 좌절하며 "과연 내가 이 길을 잘 갈 수 있을까?" 자문하던 그때, 1993년 음악줄넘기를 만나 한 줄기 빛처럼 길이 열렸습니다. 그 뒤로 교사, 교감, 교장의 자리 어디에서도 줄을 손에서 놓지 않았습니다. "넌 할 수 있다, 하면 된다." 그 믿음을 아이들 마음에 심어 주며 함께 흘린 땀방울은 제 인생의 어떤 보상과도 바꿀 수 없는 선물이었습니다. 작은 줄 하나였지만 그 안에는 아이들의 꿈과 웃음, 그리고 교사의 열정이 고스란히 담겨 있었습니다.

2002년부터 2006년까지 성주중앙초 '꿈도리' 시범단과 보낸 시간은 지금도 눈이 부십니다. 2004년 제2회 전국음악줄넘기경연대회 대상, 2005년 제3회 아시아줄넘기선수권대회 우승, 2006년 캐나다 세계줄넘기선수권대회 금메달, 무대마다 터지던 아이들의 환호와 관객의 박수, 그리고 서로의 손을 꼭 잡고 울던 순간들이 아직도 생생합니다.

2007년부터는 울릉도로 건너가 '줄생줄사' 시범단과 새로운 도전을 시작했습니다. 저동초에서 2009년 홍콩 아시아대회 준우승, 2010년 런던 세계대회 금메달을 따던 날, 섬마을 아이들이 세계 무대에서 당당히 태극기를 들던 모습에 뜨거운 눈물을 흘렸습니다. 특히 울릉초 100년 숙원이던 체육관 '꿈나루관'을 세운 일은 제 삶의 큰 축복이었습니다. 2018년 6월 8일 개관식 날, "이제 비 와도 줄넘기할 수 있어요!" 하고 외치던 아이들의 목소리는 지금도 제 가슴을 두드립니다.

길 위에서 만난 응원도 소중했습니다. 2011년 '올해의 스승상'을 받을 때 100여 명의 학부모님과 동료들이 추천서를 써 주셨습니다. 2001년 MBC '생방송 화제집중'을 시작으로 KBS '30분 다큐', '시청자 칼럼', KBS '아침마당', 그리고 최근 KBS '라이브 오늘' 스승의 날 특집까지 방송을 통해 음악줄넘기의 가치를 알릴 수 있었고, 그때마다 "우리도 할 수 있다"는 확신이 교실마다 번져 갔습니다.

돌이켜 보면 그 모든 순간의 주인공은 언제나 아이들이었습니다. 또한 묵묵히 힘을 보태 주신 동료 교사, 학부모님, 지역 이웃들이 있었습니다. 보이지 않는 자리에서 응원하고 함께 뛰어 주신 모든 분들께 이 자리를 빌려 깊이 감사드립니다. 오늘의 제가 있기까지 든든한 울타리가 되어 주신 도승회 전 교육감님, 이영우 전 교육감님, 한국음악줄넘기협회 남중진 회장님, '100섬 음악줄넘기 투어'에 동참과 줄넘기 기증을 약속해 주신 JJR 김연민 대표님께도 특별히 감사의 마음을 전합니다. 오랜 음악줄넘기 활동으로 소홀했을지 모를 남편과 아버지의 자리를 묵묵히 채워 주어 행복한 가정을 일구어 준 아내 권일순 님, 그리고 제 빈자리를 느끼지 않도록 훌쩍 자라 준 두 아들 진우와 태욱에게 사랑을 보냅니다.

2026년 2월이면 저는 정년을 맞습니다. 주민등록 생년월일 착오로 남들보다 2년 더 근무하게 되었지만, 그 시간은 제게 큰 선물이었습니다. 더 많은 아이들과 함께할 수 있었고, 제2의 인생을 준비할 여유를 받았습니다. 정년 후에는 '김동섭 음악줄넘기 교육원'을 설립하고, 2026년부터 2035년까지 '100섬 음악줄넘기 투어'를 시작하려 합니다. 매해 10곳의 섬

    음악줄넘기로 그린 32년, 꿈과 행복

마을을 찾아가 섬마을 아이들과 어르신들께 건강과 웃음을 전하며, 줄 하나로도 꿈이 커질 수 있음을 보여 드리고 싶습니다.

이 책에는 처음 교단에 섰을 때의 두려움과 방황, 음악줄넘기로 함께 일군 작은 기적들, 그리고 은퇴를 앞둔 지금 품게 된 새로운 꿈까지 아이들과 함께 울고 웃으며 배우고 느낀 모든 것을 담았습니다. 부록에는 편지글과 전국·국제대회 수상 실적, 언론·및 방송 보도, 공연 활동을 정리해 실었습니다. 무엇보다 이 책을 통해 전하고 싶은 메시지는 단순합니다. '학교는 아이들이 즐겁게 꿈꾸는 곳'이어야 하며, '교사는 그 꿈을 응원하는 사람이어야 한다'는 것입니다. 음악줄넘기는 그것을 가능하게 해 준 저의 도구였습니다.

가야산 자락의 가난한 소년이 교사가 되어 아이들과 함께 세계 무대에 서기까지 이제 그 32년의 음악줄넘기 사랑 이야기를 여러분과 나누려 합니다. 이 기록이 독자 여러분께 따뜻한 감동과 울림이 되어, 이 길을 함께 걷는 후배 교육자들께 '나도 아이들과 함께 꿈꿀 수 있겠구나' 하는 작은 용기의 씨앗이 되기를 소망합니다.

2025년 가을
성주중앙초등학교에서
김동섭

목차

제4장　작은 학교, 큰 도전─무을초에서 꽃핀 열정

제5장　성주중앙초의 영광, '꿈도리' 탄생과 기적

제9장 교장 시절, 학교 경영 속에 이어진 줄넘기 사랑

교직의 첫걸음,
아이들과 함께 꿈을 꾸다

1. 가야산 아래에서 교사를 꿈꾸다

가야산 자락, 나의 유년 시절

가야산 자락, 경북 성주군 가천면의 작은 시골 마을에서 저의 유년 시절이 시작되었습니다. 1961년, 4남 1녀 중 둘째로 태어난 저는 손에 잡힐 듯한 가야산과 굽이치는 대가천을 벗 삼아 자랐습니다. 자연은 그 자체로 우리의 놀이터이자 가장 큰 스승이었습니다.

학교가 끝나면 산과 들로 달려가 소와 돼지 먹이를 구하고, 겨울이면 땔감을 해 오는 것이 일상이었습니다. 비 오는 날엔 커다란 토란잎을 우산 삼았고, 춘궁기에는 도시락조차 싸지 못해 수돗물로 허기를 달랬습니다. 그러나 모두가 같은 처지였기에, 가난 속에서도 서로를 붙잡고 살아가는 따뜻한 시절이었습니다.

어머니의 갱시기, 잊을 수 없는 그리움의 맛

겨울 새벽, 산으로 올라 땔감 한 짐을 지고 집으로 돌아오면 부엌에서는 어머니가 갱시기를 끓이고 계셨습니다. 쌀이 부족했던 시절, 김치, 고구마, 보리쌀, 떡국 등 갖은 채소를 넣어 끓인 갱시기는 허기를 달래 주는 귀한 음식이었습니다. "아들, 배고플 텐데. 어서 와서 갱시기 좀 먹어라"라는 어머니의 따뜻한 부름에 숟가락을 들면 배고픔은 사라지고 마음까지 따뜻해졌습니다. 그 맛은 이제 제 기억 속에만 남은 그리움의 맛이 되었습니다.

갱시기로 배를 채운 우리는 꽁꽁 언 대가천으로 달려가 썰매를 타거나 얼음을 깨고 놀았습니다. 물에 빠져 온몸이 젖어도, 불을 지펴 옷을 말리며 깔깔거렸던 추억은 두려움마저 우리를 단단하게 키워 준 소중한 경험이 되었습니다.

바리캉 소리 너머, 스승이 된 아버지

그 시절은 너무 가난해 이발소에 갈 수 없었습니다. 아버지가 직접 바리캉으로 머리를 깎아 주셨죠. '지잉-' 하는 소리가 울리면 마당은 금세 이발소로 변했고, 빡빡머리가 된 우리는 서로를 보며 깔깔 웃곤 했습니다. 졸업을 앞둔 6학년 겨울, 처음으로 이발소에 가고 싶다고 밥까지 거부하자, 사흘째 되던 날 아버지는 "그래, 이발소로 가자"라고 말씀하셨습니다. 난생처음 이발소에 앉아 거울 속 낯선 만큼 단정한 제 모습을 보며 가슴이 두근거렸습니다. 졸업 앨범 속 환한 미소는 그날의 설렘을 고스란히 간직한 채 지금도 저를 웃게 합니다.

가난을 넘어선 아버지의 굳은 신념

유년 시절이 마무리되고 중학교 진학을 앞두게 되었습니다. 그 어렵던 시절, 대부분의 아이들은 초등학교만 졸업하거나 겨우 중학교를 마치는 경우가 많았습니다. 하지만 우리 부모님은 달랐습니다. 당신들이 못 배운 한을 자식들에게 물려주지 않겠다는 굳은 신념이 있었습니다.

특히 아버지는 늘 "가난을 벗어날 길은 오직 공부뿐이다. 괭이 대신 연필 잡고 살아라"라고 말씀하셨습니다. 등록금 철이 되면 빚을 얻으셨고, 농사로 번 돈은 빚을 갚는 데 쓰였습니다. 그럼에도 아버지는 힘든 내색조차 하지 않으셨습니다.

소와 함께, 그리고 교사의 꿈

제 어린 시절 가장 소중한 존재는 집에서 키우던 재산 목록 1호, 바로 암소였습니다. 소는 우리 가족의 전부였고, 저는 소와 함께 자랐습니다. 어느 날 해 질 녘 소가 사라졌을 때, 온몸이 얼어붙는 듯했습니다. 온 마을 사람들이 손전등을 들고 산과 들을 샅샅이 뒤졌고, 온몸이 흙투성이가 된 늦은 밤, 이웃 동네 초입에서 소를 발견했습니다. 저는 그대로 주저앉아 울음을 터뜨리며 소를 끌어안았죠.

그날 이후 소는 단순한 가축이 아니라 책임과 공동체의 의미를 가르쳐 준 소중한 스승이 되었습니다.

소는 해마다 송아지를 낳아 우리 가족에게 희망을 주었습니다. 하지만 송아지를 떠나보낼 때마다 제 어린 마음은 무너졌습니다. 특히 삼촌의 장사 밑천으로 송아지를 내어주던 날, 저는 눈물이 마르도록 울며 이별의 아픔을 배웠습니다. 그토록 가난했던 어린 시절, 저에게는 특별한 꿈이 있었습니다. 바로 선생님이 되는 것이었습니다. 가난한 형편에도 불구하고 저를 차별하지 않으셨던 담임선생님을 보며, '나도 저렇게 아이들 앞에 서서 가르치는 사람이 되고 싶다'는 생각을 했습니다. 저는 소띠로 태어나 소와 함께하며 배운 인내와 끈기가 있었기에, 저는 가난이라는 현실을 넘어 꿈을 향해 나아갈 수 있었습니다.

중학교 시절, 탁구공에 담긴 꿈과 아버지의 희생

1973년 봄, 까까머리에 빳빳한 교복을 입고 면소재지 중학교 교문을 들어선 저는 탁구부 활동에 열정을 쏟았습니다. 교육장배 탁구대회에서 우승하며 '노력은 배신하지 않는다'는 삶의 진리를 깨달았죠. 하지만 그 시절에는 가슴 아픈 기억도 있었습니다. 등록금을 제때 내지 못해 담임선생님에게 "도둑놈 심보"라는 모욕적인 말을 들었을 때, 어린 마음에 수치심과 원망이 밀려왔습니다. 그럴 때마다 아버지는 묵묵히 제 손에 등록금을 쥐어 주시며 "너는 공부만 해라. 그게 아버지 소원이다"라고 말씀하셨습니다. 저는 아버지의 굽은 등에 얹힌 무거운 짐을 알았기에 더욱 이를 악물고 공부했습니다.

중학교 3학년, 저는 탁구 특기생으로 대구의 명문고에 진학할 기회가 있었지만, 아버지는 단호하셨습니다. "운동을 해서는 먹고살기 힘들다. 연필 잡고 살아라." 결국 저는 탁구부 활동을 접었고, 아버지의 희생을 잊지 않고 새로운 길을 걷기로 결심했습니다.

새로운 시작, 육사의 꿈 그리고 좌절

집 근처 인문계 고등학교에 입학한 저는 우수한 성적으로 장학금을 받으며 공부에 재미를 붙이기 시작했습니다. 개교 2년 차의 신생 학교였지만, 저는 줄곧 전교 1등과 학급 회장까지 맡으며 선생님들의 큰 기대를 받았습니다. 특히 "개교 이래 최초로 경북대학교에 합격할 학생"이라는 선생님들의 격려는 제게 큰 자신감을 심어 주었습니다. 선생님들의 기대와 달리, 저는 가난한 집안 형편을 생각하며 육군사관학교에 가기로 마음먹었습니다. 그러나 호적상 생년월일이 늦게 기재되어 응시 자격에 미달한다는 사실을 알게 되었고, 좌절감에 1년 휴학을 결심했습니다. 학교는 저의 휴학을 강하게 반대했지만, 부모님을 설득해 집에서 독학을 시작했습니다. 이듬해 1년 후배들과 함께 복학한 저는 오직 육사 합격만을 목표로 다시 공부에 매진했습니다.

당시 군대 같았던 학교 분위기 속에서 저는 교련 대대장으로 선출되어 두발 자유화 투쟁을 이끌기도 했습니다. 하지만 고3이 되어 치른 육군사관학교 시험에 안타깝게도 불합격 소식을 받게 되었습니다. 큰 절망감에 휩싸였지만, 저는 재수를 결심했습니다. 대구의 입시학원에 갈 형편이 안 되어 낮에는 부모님 참외 농사를 돕고 밤에는 홀로 공부하며 '내년에는 반드시 육사에 들어가고 말겠다'는 오기 하나로 버텨 냈습니다.

음악줄넘기로 그린 32년, 꿈과 행복

2. 좌절을 건너 교육자의 길로

엇갈린 길, 마도로스의 꿈

고등학교를 졸업할 무렵, 친구들이 각자의 꿈을 찾아 도시로 떠날 때, 저는 홀로 고향 시골에 남았습니다. 학교와 선생님들이 기대했던 경북대학교 진학 대신, 저는 재수를 택했습니다. 낮에는 뜨거운 햇볕 아래 참외밭을 지키며 땀을 흘렸고, 밤이 되면 희미한 백열등 불빛 아래서 책과 씨름하며 육군사관학교의 꿈을 붙잡고 있었습니다. 제 인생의 첫 번째 갈림길에 선 순간이었습니다.

그러던 어느 날, 흑백 텔레비전에서 흘러나오는 한국해양대학교 홍보 영상이 제 눈길을 사로잡았습니다. 드넓은 푸른 바다, 하얀 제복을 입은 학생들이 활기차게 오가는 갑판, 그리고 힘차게 울려 퍼지는 뱃고동 소리가 제 가슴을 뛰게 만들었습니다. '마도로스가 된다면, 이 가난한 집안을 일으킬 수 있지 않을까? 부모님을 이 고된 농사일에서 해방시켜 드릴 수 있지 않을까?' 순간, 제 한 몸을 던져서라도 가족을 일으키겠다는 굳은 결심이 솟아올랐습니다. 그러나 그 꿈은 아버지의 단호한 반대에 부딪혔습니다. "돈보다 목숨이 중하다"는 짧지만 깊은 사랑과 걱정이 담긴 아버지의 눈빛 앞에서 저는 그 꿈을 조용히 접었습니다.

고뇌의 시간, 다시 시작된 도전

마음속에 마도로스의 꿈을 묻고 1982년, 저는 국립 경북대학교에 합격했습니다. 하지만 기쁨도 잠시, 낯선 대학 생활은 제게 맞지 않는 옷처럼 답답했습니다. 강의실에 앉아 있어도 마음은 콩밭에 가 있었고, 밤마다 천장을 보며 '이게 정말 내가 원하는 길일까?' 끊임없이 스스로에게 질문을 던졌습니다. 결국, 저는 용기를 내어 자퇴를 결심하고 다시 한번 재수의 길로 들어섰습니다.

이번에는 반드시 서울로 가겠다는 굳은 결심이 저를 지탱해 주었습니다. 낮에는 익숙한 참외밭에서 땀을 흘렸고, 밤에는 작은 골방에서 공부에 매진했습니다. 저의 노력은 또 한 번 빛을 발했습니다. 예비고사 성적이 지역 신문에 실릴 만큼 화제가 되었고, 당시 군수님께서 직접 격려 전화를 주셨을 때 저는 벅찬 감동을 느꼈습니다. '내 노력이 헛되지 않았구나'라는 생각에 가슴이 뜨거워졌습니다.

두 갈래 길, 교사의 길을 택하다

설레는 마음으로 대학교 원서를 받아 들고 고려대학교에 가려던 순간, 아버지의 말씀이 제 발걸음을 멈추게 했습니다. "네 동생도 서울대 갈 성적이었지만 집안 형편 때문에 경북대에 갔다. 너는 교대에 가거라. 돈도 덜 들고 군대도 면제다." 아버지의 간절한 호소와 동생의 희생이 한꺼번에 제 마음을 짓눌렀습니다.

혼란스러운 마음으로 모교를 찾아갔을 때, 담임선생님은 또 다른 제안을 하셨습니다. "교대 가기엔 성적이 너무 아깝다! 영남대학교 법대에 천마장학생으로 가면 등록금 전액 면제다. 나중에 법조인이 되면 부와 명예를 얻을 수 있을 것이다." 눈앞에 펼쳐진 두 갈래 길, 법조인의 길과 교사의 길 앞에서 저는 깊은 고민에 빠졌습니다. 한쪽은 경제적 어려움을 단번에 해결해 줄 현실적인 유혹이었고, 다른 한쪽은 어린 시절부터 품어왔던 순수한 꿈이었습니다.

수많은 밤을 고민하고 또 고민했습니다. 그리고 마침내 저는 어릴 적 꿈이었던 교사의 길을 택하기로 마음먹었습니다. 돈과 명예보다 아이들을 가르치는 삶이 더 큰 보람과 가치를 준다고 믿었기 때문입니다. 그 결정은 제 인생의 가장 중요한 선택이 되었습니다.

1983년, 저는 삼수 끝에 대구교육대학교에 차석으로 입학했습니다. 교문을 들어서던 그날, 신선한 바람 냄새와 함께 가슴 가득 퍼지던 설렘이 아직도 생생합니다. 아버지의 기대에 부응했다는 안도감과 드디어 교사가 될 수 있다는 생각에 저는 벅차올랐습니다. 물론 과정이 순탄치만은 않았습니다. 대구교육대학교에 차석으로 입학했지만, 입학식 날 선서를 위해 양복이 없어 다른 학생의 재킷을 빌려 입어야 했던 설움과 장학금 명단에서 이름이 빠진 사실에 저는 또다시 방황했습니다. 무단결석으로 ROTC 입단 기회를 놓치기도 했고, 군대 문제를 해결하기 위해 잠시 휴학을 하기도 했습니다. 하지만 돌이켜 보면, 그 모든 좌절과 방황의 끝에는 항상 교실이 있었습니다. 수많은 갈림길을 돌아 결국 제가 가야 할 운명은 교육자의 길이었습니다. 그리고 오래전 주민등록상의 생일이 엇갈렸던 덕분에 정년이 2년 더 연장되는 뜻밖의 행운까지 얻게 되었습니다.

3. 다시 찾은 교정, 학군단에서 배운 리더십

네 해 늦은 복학생, 새로운 시작

1984년 3월, 저는 네 해 늦은 복학생 신분으로 대구교육대학교 교문을 다시 들어섰습니다. 동기들은 어느덧 선배가 되어 있었고, 제 옆에는 네 살 어린 새내기가 앉았죠. 아는 친구들은 저를 '형'이라 불렀고, 모르는 친구들은 동갑처럼 스스럼없이 대했습니다. 저는 낯선 풍경에 몸을 맞추며, '잘못은 제게 있지요'라고 웃어넘겼습니다. 40명 중 남학생이 7명뿐인 윤리교육과였지만, 우리는 금세 '형·동생'으로 뭉쳐 한 식구가 되었습니다. 함께 땀 흘리고 전과 막걸리 한잔으로 하루를 마무리하며, 교내 체육대회에서는 늘 강팀이었던 체육과를 위협하며 준우승을 차지하기도 했습니다. 중학교 시절 탁구 경험을 살려 동아리 'PPC'에서 후배들을 가르치며, 라켓에 밴 고무 냄새와 우정의 땀 냄새를 함께 기억 속에 새겼습니다.

학군단에서 배운 리더십, 존중과 책임

3월 중순, 저는 약속대로 학군단(RNTC)에 입단했습니다. 1년 차 중대장을 거쳐 2년 차에는 대대장을 맡아 누구보다 앞장서는 리더가 되었습니다. 어느 날, 동성로에서 제복을 입은 우리 RNTC와 경북대 ROTC 후보생이 마주쳤을 때, 비아냥과 고성이 오가며 몸싸움 직전까지 치달았습니다. 저는 대구교대 학군단 대대장으로서 책임을 느끼고 경북대 학군단을 찾아갔습니다. "우리는 학년과 나이를 떠나 같은 학군단의 동료이니, 먼저 보는 쪽이 예를 갖춰 인사하자"고 제안했고, 경북대 대대장도 흔쾌히 동의했습니다. 작은 갈등을 신뢰로 바꾼 그날의 경험은, 리더십이 결국 먼저 책임지고 먼저 예를 세우는 일임을 제게 분명히 가르쳐 주었습니다.

12미터 낙하의 교훈, 사소한 것까지 확인하는 습관

2학년 여름방학, 3주간의 전방 입소 훈련이 시작되었습니다. 첫날, 머리를 단정히 다듬고 갔지만 검열에서 교관님의 불호령을 듣고 곧장 이발소로 달려가 머리를 밀었습니다. '규정 앞에서 예외는 없다'는 사실을 온몸으로 배웠죠.

전국 17개 교대에서 모인 1,500명이 연병장을 가득 메운 입소식에서 뜻밖에도 저는 연대장 후보생으로 임명되었습니다. 선택 훈련 중 12미터 낙하를 앞두고 대기하던 중, 순시하던 연대장님이 저를 알아보시고 "야, 연

대장 후보생! 잘할 수 있어?", "네! 잘할 수 있습니다!" 그러자 연대장님이 지휘봉을 가지고 제 가슴 부위를 치셨는데, 그만 고리가 풀려 낙하산이 떨어지는 것이었습니다. 만약 연대장님이 그 시간 오시지 않았다면 저는 그대로 12미터 높이에서 낙상 사고로 이어질 뻔한 위험천만한 순간이었습니다. 저는 이 경험을 통해 '리더의 첫 임무는 사소한 것도 끝까지 확인하는 것'이라는 깊은 깨달음을 얻었습니다. 높은 탑 위에서 배운 그 교훈은 훗날 교단에서 위기를 막아내는 저의 습관이 되었고, 지금도 제 삶을 지탱하는 소중한 자산으로 남아 있습니다.

전우애와 소통, 그리고 교육자의 길

훈련 중 일부 현역 교관들이 우리를 '단풍 하사'라 부르며 곱지 않게 대했습니다. 저는 주무 상사님을 찾아가 "같은 군복을 입은 동료로 존중받고 싶다"고 말씀드렸고, 상사님은 제 말을 경청한 뒤 "동료로 대하겠다"고 답해 주셨습니다. 이후 분위기는 눈에 띄게 달라졌고, 우리는 함께 '막걸리 내기 축구'를 하며 땀으로 화해했습니다. 짧지만 길었던 21일은 군사 기술보다 더 많은 것을 가르쳐 주었습니다. 규율을 지키는 태도, 갈등을 소통으로 푸는 법, 안전을 최우선에 두는 습관, 그리고 책임은 위에서부터 진다는 원칙을 배웠습니다.

사람들은 가끔 저를 보고 "젊고 군인 같다"거나 "에너지가 넘쳐 건전지 하나 빼야 할 것 같다"고 말합니다. 이는 제게 씩씩하게, 뜨겁게 살라는 신호로 들립니다. 저는 아침 교문에서 먼저 인사하고, 행사 전에는 안전 동선을 끝까지 확인하며, 갈등 앞에서는 당사자를 앉혀 규칙과 존중을 다시 확인합니다. 학군단에서 배운 리더십은 교실과 운동장, 그리고 위기 한가

음악줄넘기로 그린 32년, 꿈과 행복

운데서 빛을 발하고 있습니다.

아버지의 희생이 맺은 열매, 교사가 되다

1988년 2월, 대구교육대학교를 졸업하고 그해 9월 1일, 달성군 금포초등학교에 첫 발령을 받았습니다. 가난한 농부의 아들이 드디어 선생님이 된 순간이었습니다. 첫 발령 통지서를 들고 집으로 달려갔을 때, 평생 말씀이 적으셨던 아버지께서 활짝 웃으시며 "이제야 안심이다. 네가 사람들에게 존경받는 일을 하게 되었구나"라고 말씀하셨습니다. 저는 아버지의 기대에 부응하는 교사가 되겠다고 다짐했습니다. 그 다짐은 37년 6개월간 제 교직 생활의 든든한 버팀목이 되어 주었습니다.

돌이켜 보면, 어린 시절부터 품어 온 교사의 꿈은 결코 우연이 아니었습니다. 교육의 가치를 믿으셨던 아버지, 저를 격려해 주셨던 초등학교 선생님, 그리고 소를 돌보며 배운 책임감과 돌봄의 마음까지, 모든 것이 저를 교사의 길로 이끌어 준 소중한 밑거름이었습니다.

세월이 흘러 벌초나 명절에 고향을 찾으면, 어르신들이 제 손을 잡고 말씀하십니다.

"그때 너희 아버지한테, 없는 살림에 그렇게 공부시키냐고 잔소리도 했는데… 지금 와 보니 참 잘하셨데이. 너희들 이렇게 훌륭하게 컸으니, 아버지 같은 사람 없데이. 어떻게든 잘 모셔라."

그 말을 들을 때마다 가슴이 뜨겁게 차오릅니다. 아버지의 처절한 희생 위에 오늘의 제가 서 있음을 새삼 깨닫습니다. 제가 교사가 될 수 있었던 것도, 32년 동안 음악줄넘기와 함께 아이들과 행복을 나눌 수 있었던 것도, 시작은 가난했지만 꿈을 놓지 않았던 그 소년 시절에 있었습니다.

지금도 가끔 고향에 가면, 어린 시절 소를 끌고 올랐던 그 산을 한동안 바라봅니다. 그곳에서 꾸었던 소년의 꿈이 어떻게 37년간의 교직으로 이어졌는지 떠올리면, 저절로 감사가 흘러나옵니다. 어린 시절의 꿈이 인생 전체를 이끈다는 사실, 제 삶이 그 증거라고 믿습니다.

4. 금포초 첫 교실에서 배운 현실과 약속

교직의 첫걸음, 운명처럼 다가온 '특혜' 발령

1988년 9월 1일. 제 인생의 새로운 장, 37년 6개월 교직 생활의 서막이 열린 날입니다. 그날의 햇살은 유독 눈부셨고, 낯선 설렘과 미지의 두려움을 한 줌에 쥔 채 저는 교단이라는 첫걸음을 내디뎠습니다. 손에 든 인사발령장에는 '금포초등학교'라는 글자가 선명했습니다. 경상북도 달성군 논공면—대구 시내버스가 드나들던, 그러나 담장 너머로 논과 밭, 소 먹이는 풍경이 살아 있던 전형적인 농촌 학교였습니다.

3학년 담임, 첫 교실에서 배운 현실

제가 맡게 된 학급은 3학년이었습니다. 스물세 명의 아이들이 호기심 가득한 눈으로 새로 온 선생님을 바라보자, 대학 시절 교육실습과는 다른 긴장감이 몰려왔습니다. 저는 떨리는 목소리로 첫인사를 건네고, 칠판에 '우리 반 약속'을 적었습니다. '서로의 말을 끝까지 듣기', '손 들고 말하기', '실수해도 괜찮아, 한 번 더!' 이 약속은 '선생님과 아이들'을 넘어 함께 배우는 한 반이 되기 위한 첫걸음이었습니다.

하지만 현실은 만만치 않았습니다. 농촌 아이들의 기질을 이해하지 못해 수업 흐름이 자주 끊겼고, 학습 격차도 컸습니다. 최선을 다해 설명해도 고개를 갸웃거리는 아이들을 보며, '과연 내가 교사가 될 자격이 있을까?' 자책하기도 했습니다. 학급 운영과 학부모 상담 역시 경험 부족을 절감하는 순간들이었습니다.

그러던 어느 날, 한 아이의 초대로 주말에 그 집을 방문했습니다. 아이 어머니는 정성스레 음식을 차려 주시며 "우리 아이 잘 부탁드립니다"라고 진심을 전했습니다. 그 진심 앞에서 책임감은 더욱 단단해졌습니다. 한 달, 두 달이 지나며 아이들 한 명 한 명의 얼굴이 보이기 시작했고, 그에 맞춰 수업을 바꾸는 연습을 거듭했습니다. 방과 후 빈 교실에서 '이 길을 계속 걸을 수 있을까?' 스스로에게 물었고, 그때마다 "남에게 해 끼치지 말고, 존경받는 사람이 되어라."라는 아버지 말씀과 소를 돌보며 길렀던 책임감과 인내, 첫날 아이들이 외치던 "안녕하세요!"의 맑은 목소리가 다시 등을 밀었습니다. '그래, 아직 시작일 뿐이야. 완벽한 교사는 하루아침에 만들어지지 않아. 아이들과 함께 성장하면 되는 거야.'

학년 말, 아이들이 건넨 편지는 지금도 잊지 못합니다.

"처음에는 어색했는데 지금은 선생님이 정말 좋아요."

"열심히 가르쳐 주셔서 감사해요."

"내년에도 선생님과 함께했으면 좋겠어요."

아이들은 제 부족함을 사랑과 신뢰로 덮어 주고 있었고, 그 순간 저는 이 길이 제 길임을 확신했습니다.

5학년 3반, '필요'가 정한 자리

이듬해 3월, 바라던 6학년 대신 제게 배정된 반은 **5학년 3반**이었습니

 음악줄넘기로 그린 32년, 꿈과 행복

다. 그 순간, 교사의 자리는 희망이 아닌 '필요'가 정한다는 것을 배웠습니다. 첫 시간, 아이들과 함께 '우리 반 약속'을 다시 만들었습니다. 서로의 말을 끝까지 듣고, 손 들고 말하며, 실수해도 괜찮다는 약속이었죠.

교실 밖에서도 공부를 이어 갔습니다. 수학은 운동장으로 나가 줄자로 100m를 직접 재고 스톱워치로 시간을 쟀습니다. 바람과 땀을 지나온 숫자를 쪼개 속력과 평균을 계산하며, 숫자가 종이 위 기호가 아닌 몸의 언어가 되도록 했습니다. 국어는 받아쓰기보다 '말로 써 보기'를 통해 생각을 문장으로 빚는 연습을 했습니다. 더디지만 단단하게 우리만의 배움을 쌓아 갔습니다.

쉬는 시간에는 교실이 작은 마을처럼 활기찼습니다. 웃고 다투고 금세 화해하며, 늦봄에는 개울가로 걸어가 함께 물수제비를 떴습니다. 방과 후면 아이들이 제 자취방에 모여 라디오를 듣고 종이접기를 하며 하루를 마무리하곤 했습니다. 아직 모든 것이 서툴렀던 저에게, 주변 선배 선생님들의 따뜻한 조언과 격려는 큰 힘이 되었습니다. 하지만 저를 진정으로 일으켜 세운 것은 아이들이었습니다.

뜨거운 여름날, 개울가에서 함께 물장구를 치며 해맑게 웃던 기억은 아직도 생생합니다. 제 자취방을 채웠던 아이들의 웃음소리는 세상 어떤 음악보다 아름다운 배경음이었습니다. 저는 지식만 전달하는 교사가 아니라, 친구 같고 때로는 따뜻한 아버지 같은 선생님이 되고 싶었습니다. 함께 웃고 장난치고, 때로는 엄하게 훈계하며 우리는 서로에게 스며들었습니다.

"바른 사람이 되자" 나의 교육 철학

5학년 3반과의 시간은 초임 교사로서 잊을 수 없는 소중한 추억을 남겨 주었습니다. 아이들의 순수함에 웃고 눈시울이 뜨거워지곤 했습니다. 아이들은 저의 부족함을 채워 주었고, 저는 아이들의 성장을 보며 더 큰 기쁨을 얻었습니다.

이 경험을 통해 제 교육 철학은 더욱 확고해졌습니다. 저는 아이들에게 늘 "바른 사람이 되자"고 말했습니다. 아무리 똑똑해도 사람 됨됨이가 바르지 않으면 진정한 행복을 찾기 어렵다고 믿었기 때문입니다. 지식보다 배려와 존중, 정직을 배우기를 간절히 바랐습니다. 아침 눈맞춤 인사, 하루 한 번 고운 말, 주 1회 조용한 도움 주기 같은 작은 실천이 쌓여 태도가 되었습니다. 학년 말, 빈 교실에서 저는 조용히 인사했습니다. "고맙다, 5학년 3반."

35년 전, 제자와의 재회 그리고 작은 수석 하나

2023년 초, 초전초등학교 교장으로 근무하던 시절이었습니다. 점심 식사를 마치고 계산대로 향하는데, 낯익은 듯 낯선 중년의 남성이 조심스럽게 말을 걸어왔습니다.

"혹시… 김동섭 선생님이십니까?" 순간 시간이 멈춘 듯했습니다. 그의 얼굴에 새겨진 세월을 걷어내자, 기억 저편 운동장이 겹쳐 보였습니다. 그가 환하게 웃으며 말했습니다.

"저, 금포초등학교 육상부였던 김민철입니다. 그때 6학년이었고요. 선생님이 저를 믿어 주시던 거, 아직도 잊지 않았습니다." 우리는 그 자리에서 한참을 이야기했습니다. 트랙 위에서 땀을 닦아 주던 손수건, 훈련 후 함께 개울물에 발 담그던 오후, 바통을 주고받던 순간의 호흡까지, 그는 35년 전의 일들을 어제 일처럼 생생하게 기억하고 있었습니다. 현재 그는 구미에서 중장비 회사를 운영하는 사장이 되어 있었습니다.

"힘들 때마다 선생님이 '세 걸음만 더'라고 하셨잖아요. 그 말로 버틴 날이 많았습니다." 그의 말에, 교사로서의 미숙함과 열정이 한꺼번에 가슴으로 되돌아왔습니다. 그해 스승의 날을 앞두고, 그는 초전초 교장실을 찾아왔습니다. 그의 손에는 반들반들하게 길들여진 작은 수석(壽石) 하나가 들려 있었습니다.

"선생님, 저를 믿어 주신 덕분에 여기까지 왔습니다. 이건 제 마음입니다." 그 수석을 건네받는 순간, 예상 못 한 묵직한 온기가 전해졌습니다. 책상 위에 올려 두자, 교장실의 분주한 시간 속에서도 그 돌은 묵묵히 제 마음을 붙잡아 주었습니다. 교사는 단순히 지식을 전달하는 사람이 아니라, 누군가를 진심으로 믿어 주는 존재라는 것을 다시 한번 깨달았습니다.

그날 이후 그는 명절이나 스승의 날이면 어김없이 안부 전화를 건넵니다. 제자에게서 걸려 오는 "선생님, 잘 계시죠?"라는 짧은 한마디는, 긴 교직 생활에서 받은 어떤 상보다도 빛나는 영광스러운 상이 되었습니다.

5. 전원 속 작은 학교, 큰 배움

첫 만남, 구봉초의 잔잔한 리듬

첫 부임지인 금포초등학교에서 2년간의 시행착오를 겪으며, 저는 서서히 교사로서의 참된 의미를 깨닫기 시작했습니다. 그리고 1990년 3월, 구미시 구봉초등학교로 전근을 가게 되면서 새로운 도전과 함께 진정한 교육의 기쁨을 맛보게 되었습니다. 금포초등학교에서 쌓은 경험이 밑바탕이 되어, 이제는 조금 더 자신감 있게 아이들 앞에 설 수 있었습니다.

1990년 3월, 버스에서 내려 마을길을 따라 걷자 햇살이 복도 끝까지 미끄러져 들어오는 작은 교문이 보였습니다. 상주와 경계를 맞댄 구미시에서 가장 외진 곳에 위치한 구봉초등학교는, 전교생이 60여 명에 불과했습니다. 금포초의 분주함과는 다른, 잔잔하고 평화로운 리듬이 먼저 저를 맞아 주었습니다. 교무실 문을 열자 교장선생님이 저를 보며 환하게 웃으셨습니다.

"김 선생님, 6학년 담임 부탁드립니다."

첫 부임지에서 간절히 꿈꾸던 6학년 담임이 제게로 온 것입니다.

아이들 앞에 선 저는 이전과는 달리 훨씬 안정된 목소리로 인사했습니다. "여러분, 저는 김동섭 선생님입니다. 앞으로 우리가 함께 만들어 갈 1

년이 정말 기대됩니다." 금포초에서의 경험은 저에게 자신감을 주었고, 무엇보다 아이들을 대하는 마음가짐이 달라져 있었습니다. 완벽한 교사가 되려 애쓰기보다는, 아이들과 함께 성장해 나가는 교사가 되자는 마음이었습니다. 열 명의 아이들이 또박또박한 목소리로 "안녕하세요!"라고 인사하는 소리만으로도 저는 한 해의 방향이 보였습니다.

교실 밖 교과서, 마을에서 배우다

작은 교실은 선생님과 아이들 사이의 거리를 좁혀주었습니다. 이름을 부르면 눈빛이 바로 닿았고, 종이 치면 아이들은 곧장 집으로 달려갔습니다. "선생님, 오늘은 모내기 거들어야 해요.", "논두렁에 물이 새서요." 같은 아이들의 말은 교과서가 아닌 마을의 삶이 곧 배움의 터전임을 깨닫게 해 주었습니다.

그날의 숙제는 '우리 집의 봄일'이었습니다. 다음 날 아이들의 공책에는 흙냄새가 묻어나는 글들이 가득했습니다. "물꼬 막는 법을 아버지에게 배웠다.", "엄마가 데친 쑥을 무쳐 주셨다." 교과서는 학교에서 시작해 마을에서 완성되는 것이었습니다. 우리 반 약속도 단출했습니다. '서로의 말을 끝까지 듣기', '먼저 인사하기', '실수해도 괜찮아 한 번 더' 같은 간단한 규칙들은 아이들이 농사일을 나누듯 반의 일을 나누어 챙기면서 자연스럽게 생활이 되어 갔습니다.

글쓰기로 마음을 나누다

당시 구봉초등학교 교장선생님은 등단한 아동작가였습니다. 조회 시간마다 아이들에게 "마음속 생각과 느낌을 글로 꺼내 보렴. 글은 너희 마음을 키운단다"라고 따뜻하게 말씀하셨습니다. 그 말씀을 신호로, 저는 전 학년이 참여하는 학급 문집 만들기를 제안했습니다. 동시, 짧은 산문, 엄마에게 쓰는 편지, 논두렁 일기 등 아이들의 순수한 마음이 담긴 글들이 모였습니다.

저는 아이들의 글귀마다 밑줄을 그어 가며 꼼꼼히 조언했습니다. "여기서는 '보았다' 대신 '들어 보니'라고 써 보면 어떨까?", "이 문장은 냄새가 나요. 더 살아났어요." 봄이 채 가기도 전에 첫 문집이 완성되었고, 표지는 아이들이 직접 그린 마을 지도였습니다. 계절마다 달라지는 들녘과 개울, 버스가 서는 정류장까지, 아이들의 손으로 그려낸 지도는 그 자체로 하나의 작품이었습니다. 서로의 글을 읽으며 아이들은 친구의 마음을 알게 되었고, 글쓰기는 국어 시간을 넘어 서로에게 닿는 또 하나의 따뜻한 방법이 되었습니다.

자연 속에서 찾은 배움과 동행의 의미

도시에서는 자연을 '찾아가야' 했지만, 이곳 구봉초에서는 창밖이 곧 살아 있는 교과서였습니다. 봄이면 아이들과 함께 뒷산에 올라 냉이와 쑥을 캤고, 여름이면 맑은 계곡에서 멱을 감고 가재를 잡았습니다. "선생님, 발이 얼얼해요"라고 말하는 아이에게 "그래도 표정은 시원하네"라고 답하며 함께 웃었습니다. 돌아오는 길은 이상하리만큼 조용했습니다. 바람과 물이 아이들에게 말을 걸고 지나간 뒤였기 때문일 겁니다. 다음 날 과학 시간, 물살과 저항에 대한 설명이 아이들의 얼굴에 쉽게 스며드는 것을 보며 저는 자연 속 체험의 위대함을 다시 한번 깨달았습니다.

미끄러운 돌 위에서는 서로 손을 내밀었고, 가재가 많은 곳에서는 차례를 지켰으며, 햇볕 아래에서는 함께 도시락을 열었습니다. 그 곁에서 저는 '교사는 때로 안내자가 아니라 동행자여야 한다'는 사실을 다시 배웠습니다. 아이들과 함께 걷고, 함께 느끼고, 함께 성장하는 것, 그것이 진정한 교육임을 깨닫는 소중한 시간이었습니다.

작은 학교가 남긴 큰 울림

구봉초에서의 마지막 해, 저는 졸업생들을 배웅하며 뭉클한 감정을 느꼈습니다. 아이들은 "선생님, 중학교 가서도 연락할게요!"라며 인사를 건넸고, 저는 그들과 함께 성장했다는 생각에 눈시울이 뜨거워졌습니다. 구봉초는 조용하지만 단단한 학교였습니다.

작은 교실과 가까운 눈빛, 마을에서 시작해 교실로 돌아오는 배움, 글쓰기로 마음을 건네던 시간, 그리고 계곡에서 다시 익힌 용기 등 그 모든 것이 제 안에서 '교사의 리듬'이 되었습니다. 전원 속 작은 학교는 제게 큰 울림을 남겼고, 그 울림은 이후의 교실과 운동장, 그리고 아이들의 미래를 여는 제 목소리에 오랫동안 떨림으로 남아 주었습니다.

폐교가 남긴 아쉬움, 추억을 찾아서

구미시 옥성면 구봉초등학교에서의 2년은 제게 잊을 수 없는 시간이었습니다. 아동작가 교장선생님의 가르침 아래 아이들과 함께 문집을 만들고, 자연을 벗 삼아 뛰어놀던 순수한 나날들이었습니다. 봄소풍으로 뒷산의 절에 갔다가 스님의 불호령에 쫓겨났다가, 곧바로 계곡으로 장소를 옮겨 아이들의 해맑은 웃음 속에 소풍을 행복하게 마무리하며 교사로서의 대처 능력을 깨달은 황당한 일도 있었지만 모든 순간이 초임 교사 시절의 저를 풍성하게 채워 주었죠.

하지만 제가 학교를 떠난 지 얼마 지나지 않아, 구봉초가 학생 수 감소로 폐교되었다는 가슴 아픈 소식이 들려왔습니다. 아이들과 함께 웃고 뛰놀았던 추억이 한순간에 사라진다는 사실이 믿기지 않았고, 그 자리에 학생 야영장이 들어섰다는 소식은 마음을 더욱 아프게 했습니다.

10여 년 후, 무을초등학교 아이들을 데리고 야영 수련을 위해 그곳에 다시 찾았습니다. 낯설면서도 익숙한 풍경 속에서, 옛 아이들과의 추억이 아련하게 떠올랐습니다. 혹시나 하는 마음에 아이들의 소식을 수소문했지만, 이미 모두 다른 곳으로 이사 가 연락처를 찾을 수 없었습니다. 신기루처럼 사라져 버린 아이들의 흔적에 마음이 씁쓸했습니다.

제게 남은 것은 오직 아련한 추억뿐이었지만, 그 추억은 결코 헛되지 않았습니다. 구봉초에서 만난 순수한 아이들과의 교감, 자연 속에서 배운 소박한 행복, 그리고 폐교라는 아픔을 통해 깨달은 교육 현장의 현실은 저를 더욱 깊이 있는 교사로 성장시켰습니다. 그곳에서 보낸 시간들은 제 삶의 소중한 한 조각이자, 저를 따뜻하게 비춰 주는 등불이 되어 주었습니다.

     음악줄넘기로 그린 32년, 꿈과 행복

즐거운 운동,
음악줄넘기를 만나기까지

1. 함께하는 체육 수업에 대한 고민과 도전

1988년 9월, 첫 발령을 받은 순간부터 저는 아이들과 함께 운동장을 뛰어다니는 교사였습니다. 대학 시절 학군단 활동을 통해 몸을 단련했던 경험 덕분에 체육 활동에 대한 자신감은 남달랐습니다. 첫 부임지였던 금포초와 구봉초를 거치며, 저는 아이들이 즐겁게 운동할 수 있도록 최선을 다했습니다. 매일 땀을 흘렸지만, '과연 내가 하고 있는 체육 수업이 모든 아이에게 의미 있는 시간일까?' 하는 의문이 들기 시작했습니다.

당시 대부분의 체육 수업은 축구, 농구, 배구 같은 구기 종목이 주를 이루었고, 저 또한 선배 교사들이 하던 방식 그대로 진행했습니다. 처음에는 아이들이 신나게 뛰어다니는 모습에 만족했지만, 시간이 지나면서 한 가지 중요한 사실을 깨닫게 되었습니다. 체육 시간마다 **소외되는 아이들**이 있다는 것이었습니다.

소외된 아이들의 그늘, 미안함과 책임감

구봉초등학교에서 6학년 담임을 맡았을 때의 일입니다. 반에서 축구를 잘하는 민호는 경기의 승패를 좌우했지만, 몸집이 작고 소극적인 정민이는 늘 뒷전이었습니다. 팀을 나누면 정민이는 항상 가장 마지막에 선택받았고, 경기가 시작되면 공을 제대로 차지도 못해 같은 팀 친구들의 한숨 섞인 반응을 들어야 했습니다. 정민이의 표정은 점점 어두워졌고, 어느 날 제게 다가와 "선생님, 저는 체육 시간이 싫어요. 친구들이 저 때문에 진다고 해요"라고 말했을 때, 저는 가슴이 뜨끔했습니다. 체육 수업이 한 아이에게 좌절감과 소외감만 안겨 주고 있었던 것입니다. 이러한 문제는 비단 정민이뿐만 아니라 운동에 서툰 모든 아이들, 특히 여학생들에게도 마찬가지였습니다.

새로운 답을 찾아, 줄넘기에 주목하다

이런 상황이 반복되면서 저는 점점 더 큰 고민에 빠졌습니다. 체육 수업의 목적이 무엇인지, 모두가 함께 즐길 수 있는 활동은 없는지 진지하게 생각하기 시작했습니다. 여러 방법을 시도해 보았지만, 소외되는 아이들의 마음은 쉽게 달래지지 않았습니다. 그러다 문득 퇴근길에 어린 시절 시골에서 친구들과 함께했던 줄넘기 놀이를 떠올렸습니다. 그때는 잘하고 못하는 것이 중요하지 않았습니다. 그저 함께 뛰고, 함께 웃고, 함께 즐기는 것이 전부였습니다.

'혹시 지금 우리 아이들에게도 그런 활동이 필요한 것은 아닐까?' 이런 생각이 들면서 저는 기존의 체육 수업 방식에 대해 근본적으로 재고하기 시작했습니다. 경쟁보다는 협력을, 실력보다는 참여를, 개인의 성취보다는 함께하는 즐거움을 중시하는 활동이 필요하다는 확신이 들었습니다. '줄넘기! 바로 이거다!' 마음속에서 번개처럼 직감이 스쳤습니다. 이것이야말로 제가 그토록 찾던 답이라는 확신이 들었습니다. 평범한 체육 수업에 찾아온 고민은 결국 저를 새로운 세계로 이끄는 나침반이 되었습니다.

때로는 문제가 우리를 더 나은 해답으로 이끈다는 것을, 저는 그때 몸소 체험하게 되었습니다.

"문제 속에 답이 있다"

2. 줄넘기로 피어나는 아이들의 웃음

교사가 된 지 5년째 되던 해, 저는 깊은 고민에 빠져 있었습니다. 아무리 열심히 가르쳐도 운동을 잘하는 아이들과 그렇지 않은 아이들 사이의 간극이 좁혀지지 않았기 때문입니다. 특히 여학생들은 공을 무서워하거나 남학생들의 실력에 밀려 소외되기 일쑤였습니다. 체육 시간이 될 때마다 몸이 아프다며 빠지려는 아이들을 보며, 저는 체육 수업의 목적이 모든 아이들이 즐겁게 참여하는 것이어야 한다는 것을 깨달았습니다.

새로운 도전, 줄넘기와의 운명적인 만남

1992년 3월, 세 번째 부임지인 구미시 대방초등학교로 옮기면서 모든 아이가 함께 즐길 수 있는 체육 활동을 찾아 보겠다고 다짐했습니다. 제가 맡은 6학년 22명의 아이들은 각자의 개성이 뚜렷했지만, 운동장에서는 여전히 몇몇 남학생들만 적극적으로 참여했습니다. 그날 저는 문득 어린 시절 친구들과 함께 새끼줄을 돌리며 놀던 기억을 떠올렸습니다. 체육 창고에서 낡은 밧줄을 꺼내 아이들에게 "오늘은 농구 말고 선생님이 어렸을 때 하던 놀이를 해 볼까?"라고 말하자, 아이들의 눈이 호기심으로 빛났습니다.

처음에는 모두 서툴렀습니다. 줄에 걸려 넘어지기도 하고 타이밍을 맞추지 못해 엉거주춤 서 있기도 했죠. 하지만 신기하게도 아무도 포기하지 않았고, 실패할 때마다 더 큰 웃음소리가 터져 나왔습니다. 그날의 체육 수업은 그 어떤 수업보다 활기찼습니다. 운동을 잘하고 못하고가 중요한 것이 아니었습니다. 그저 함께 뛰고, 웃고, 도전하는 것만으로 충분했습니다.

교실로 돌아가는 길에 한 아이가 "선생님, 오늘 체육 시간이 제일 재미있었어요. 내일도 줄넘기할 수 있어요?"라고 물었을 때, 저는 줄넘기가 아이들의 마음을 열어 주는 열쇠가 될 수 있다는 것을 직감했습니다. 몇 주가 지나자 아이들은 쉬는 시간에도 자발적으로 줄넘기를 하기 시작했습니다. 특히 운동을 잘하는 아이들이 서툰 친구들을 도와주고, 서로 격려하는 모습은 감동적이었습니다. 경쟁보다 응원이 넘치는 운동장을 보며, 저는 줄넘기가 아이들의 몸과 마음을 건강하게 성장시키는 훌륭한 도구가 될 수 있음을 확신했습니다.

3. 음악과 줄넘기의 접목

새로운 도전, 교무·연구부장

1992년 9월, 교무실의 공기가 달라졌습니다. 작은 학교에서는 교무부장과 연구부장을 한 사람이 겸임하는 것이 관례였는데, 8월 말 갑작스레 교무부장 선생님이 교감으로 승진하시면서 그 자리가 비게 된 것입니다. 모두가 '누가 맡게 될까' 하는 눈빛으로 서로를 바라보던 때, 며칠 후 교장선생님께서 조용히 저를 부르셨습니다.

"김 선생, 이번 학기부터 교무·연구부장을 맡아 주게."

순간 가슴이 철렁 내려앉았습니다. "저는 아직 교직 5년 차입니다. 경험도 부족하고, 선배님들도 계신데 저보다 더 적임자가 있지 않겠습니까?" 제 대답에 교장선생님은 차분하게 말씀하셨습니다. "교무는 학교의 하루를 설계하는 자리, 연구는 학교의 내일을 준비하는 자리일세. 두 바퀴가 함께 굴러야 학교가 앞으로 나아가네. 김 선생은 책임감 있게 담임을 잘하고 있으니, 이번 기회에 더 크게 배워 보게."

그 순간 제 마음속 망설임은 더 커졌습니다. 아직 어리다는 생각, 과연 잘할 수 있을까 하는 두려움이 뒤섞였습니다. 그때 옆에 계시던 선배님 한 분이 제 어깨를 툭 치며 웃으셨습니다. "한번 해 봐요, 김 선생님. 부담스럽겠지만, 우리가 옆에서 다 받쳐 줄 거야." 짧지만 진심이 담긴 그 한마디가 저를 붙잡았습니다. "네, 많이 부족하지만 최선을 다해 보겠습니다." 그날 이후 저는 6학년 담임과 함께 교무·연구부장 업무를 동시에 맡게 되었습니다.

교무실에서 찾은 새로운 깨달음

그날 이후, 저의 하루는 더욱 바빠졌습니다. 교육과정 총괄, 시간표 편성, 결원 대체, 연구회 운영, 공개 수업 기획, 행사 및 평가 조정 등 교무부와 연구부의 막중한 업무가 동시에 주어졌습니다. 매일 교무실 달력 앞에서 선과 화살표를 그리며 중얼거렸습니다. 특히 연구부 업무는 낯설면서도 큰 무게로 다가왔습니다. 시범학교 운영안을 직접 설계하고 총괄하는 일은 결코 쉽지 않았습니다.

그러나 교실과 교무실을 오가는 바쁜 나날 속에서 저는 점점 더 확신하게 되었습니다. 시간표 한 장이 교사의 수업을 바꾸고, 수업 한 시간이 아이의 하루를 바꾼다는 것을요. 그즈음, 체육 공개 수업을 준비하다가 수첩에 이런 메모를 적어 두었습니다.

"음악줄넘기: 몸과 음악, 리듬과 놀이의 결합."

그때는 단순한 아이디어였지만, 그 작은 씨앗이 훗날 제 교직 인생의 방향을 완전히 바꾸어 놓으리라고는 미처 알지 못했습니다. 평범한 교사에서 학교 전체의 내일을 고민하는 자리로 옮겨 가면서, 저는 줄넘기가 가진 무한한 가능성을 더욱 깊이 들여다보게 되었습니다.

　　　　　음악줄넘기로 그린 32년, 꿈과 행복

4. 새로운 시도를 향한 준비

체력 저하, 교사의 숙제를 마주하다

1993년 봄, 대방초는 구미시 교육청의 시범학교 운영교로 지정되었습니다. 교장선생님께서는 교무실에서 저를 따로 부르셨습니다.

"김 선생님, 기왕 하는 거 우리 학교에도 필요하고, 다른 학교에도 도움이 될 수 있는 계획서를 만들어 봅시다."

순간 제 가슴이 쿵 내려앉았습니다. '시범학교 운영 주무라니… 이 작은 학교에서 무얼 할 수 있을까?' '그리고, 다른 학교에서도 일반화할 수 있는 자료를 과연 만들 수 있을까?' 그러나 곧 마음을 다잡았습니다. 교무·연구부장이라는 이름표는 가볍지 않았습니다. 저는 곧장 모니터 앞에 앉아 계획서를 작성하기 시작했습니다. 눈앞에 아이들 얼굴이 하나둘 떠올랐습니다.

운동장 두 바퀴만 돌면 턱 끝까지 차오르는 거친 호흡, 매달리기도 전에 팔이 덜덜 떨리며 손바닥만 벌겋게 만들던 턱걸이. 아이들의 모습은 제게 분명한 질문을 던지고 있었습니다.

'매일, 누구나, 큰 준비 없이 손쉽게 체력을 기를 수 있는 방법이 뭘까?'

한참 동안 고개를 숙이고 있다가, 문득 제 눈길이 교실 구석에 무심히 놓인 줄 하나에 멈췄습니다. 순간 머릿속이 번쩍했습니다.

"그래, 줄넘기다!"

장소 제약도 거의 없고, 줄 하나만 있으면 언제 어디서든 할 수 있으며, 무엇보다 체력 신장에 도움이 되고, 서로 배려하고 도우며 협동심, 책임감까지 키울 수 있는 운동. 게다가 일반화 자료로 만들어 다른 학교로 확산시키기에도 적합했습니다. 저는 주제를 곧장 '줄넘기'로 정했습니다.

그날 밤, 교무실 불이 꺼진 뒤에도 제 책상에는 불빛이 꺼지지 않았습니다. '줄넘기 주 운영 시간은 중간놀이 20분으로, 체육 수업과 연계, 방과 후 활동까지… 아이들 일상에 스며드는 프로그램으로 가야 해.' 혼잣말을 중얼거리며 계획서를 써 내려갔습니다.

며칠 뒤, 완성된 초안을 들고 교육청 장학사님을 찾아갔습니다. 장학사님은 꼼꼼히 읽어 내려가더니 미소를 지으셨습니다.

"현재 우리 아이들에게 꼭 필요한 훌륭한 주제네요. 김 선생님, 이거 잘해 보세요. 모든 학교에 큰 도움이 될 겁니다."

그 한마디에, 밤새워 준비한 계획서가 단숨에 힘을 얻는 듯했습니다. 책상 위에서 홀로 시작한 작은 줄 하나의 상상이, 이제는 학교의 하루를 바꿀 씨앗이 될 수 있다는 확신이 마음속에 피어올랐습니다.

　　　　　　　음악줄넘기로 그린 32년, 꿈과 행복

제3장

대방초, 운명적인 만남 음악줄넘기

1. 1993년, 이왈규 선생님과의 만남

음악줄넘기, 뜨거운 시작과 차가운 현실

1993년 4월, 음악줄넘기 시범학교가 시작되자 저는 열정적으로 활동을 이끌었습니다. '학교의 하루에 줄넘기를 심는다'는 구호처럼, 중간놀이, 체육 수업, 방과 후 활동까지 촘촘히 줄넘기 시간을 배치했죠. 처음 아이들의 반응은 뜨거웠습니다. 하지만 제가 보여 줄 수 있는 기술이 한정되어 있었기에 한 달이 지나자 아이들은 "선생님, 또 그거예요?"라며 실망감을 드러냈습니다.

활기 넘치던 운동장은 곧 지루함으로 가득 찼고, 저는 흥미를 이어 갈 새로운 방법이 절실했습니다.

이왈규 스승님과의 운명적 만남

고민에 잠겨 있던 어느 점심시간, 신문 지면 구석에서 '심장병 예방을 위한 줄넘기 축제' 기사를 발견했습니다. 작은 기사 한 줄이 제게는 거대한 신호처럼 다가왔습니다. 주말, 구미 올림픽체육관으로 향했고, 그곳에서 백발의 이왈규 선생님을 만났습니다. 단정한 자태와 카리스마 넘치는 모습에 저는 주저 없이 앞으로 나아가 인사를 건넸습니다. "저는 구미의 작은 초등학교 교사 김동섭입니다. 아이들 체력을 길러주기 위해 줄넘기를 연구하고 있는데, 꼭 배우고 싶어 찾아왔습니다."

줄넘기 속에 담긴 교육의 가치를 배우다

선생님은 제 손을 따뜻하게 잡으며 "오늘부터 김동섭 선생님을 내 수제자로 삼겠소!"라고 선언하셨습니다. 어안이 벙벙했지만, 가슴속에는 뜨거운 불이 타올랐습니다. 선생님은 줄넘기가 단순한 운동이 아니라 지구력, 민첩성, 협응력을 기르는 것은 물론, 음악에 맞춰 리듬감과 표현력을 향상하고, 경쟁보다는 협력을 중시한다고 강조하셨습니다. "서로 가르쳐 주고 격려하는 문화"가 형성된다는 선생님의 말씀에 저는 제가 그토록 찾던 교육의 답을 발견했다는 확신을 얻었습니다.

동료들의 지지와 새로운 시작

연수가 끝난 후 선생님께 개인적으로 찾아가 더 자세한 지도법을 배우고 싶다고 말씀드렸습니다. 선생님은 흔쾌히 연락처를 주시며 연구 자료를 모두 보내 주겠다고 약속하셨습니다. 집으로 돌아오는 길, 저는 '드디어 길을 찾았다'고 외쳤습니다. 가장 먼저 동료 교사들에게 새로운 음악줄넘기 활동을 설명하고 직접 시연을 보여 드렸습니다. 처음에는 궁금해하던 선생님들은 제 시연을 보고 긍정적인 반응을 보였습니다. 특히 교장선생님은 "이런 혁신적인 시도야말로 진짜 연구거든요"라고 전폭적인 지원을 약속해 주셨고, 덕분에 저는 더욱 큰 자신감을 얻어 새로운 시작을 할 수 있었습니다.

2. 줄넘기에 음악을 입히다

음악줄넘기, 본격적인 시작

이제 본격적인 음악줄넘기 수업 준비에 들어갔습니다. 아이들의 흥미를 끌면서도 줄넘기에 적합한 리듬을 가진 곡을 찾기 위해 구미 시내 음반 가게들을 직접 찾아다녔습니다. 당시에는 인터넷이 발달하지 않았던 시절이라 발품을 팔아야 했죠. 클래식, 팝송, 동요 등 다양한 장르를 가리지 않고 BPM(분당 비트 수) 120~140 정도의 곡들을 중심으로 선별했습니다. 첫 수업에는 국민 동요 '고향의 봄'의 경쾌한 편곡 버전을 선택했습니다.

가장 신경 쓴 부분은 그동안 체육 시간에 소극적이었던 아이들도 소외되지 않고 자연스럽게 참여할 수 있도록 배려하는 것이었습니다. 어려운 동작보다는 간단한 스텝부터 시작하기로 계획했죠. 저 자신의 실력을 늘리기 위해 매일 집에서, 학교에서 틈나는 대로 연습했습니다. 거울을 보며 동작을 확인하고, 이왈규 선생님께 조언을 구하며 '완벽함'보다는 '아이들과 함께 즐기는 마음'을 갖게 되었습니다.

첫 수업의 기적, 아이들의 변화

1993년 4월의 어느 날, 드디어 첫 음악줄넘기 수업 시간이 되었습니다.

6학년 아이들이 강당으로 들어오자, 저는 "얘들아, 오늘은 아주 특별한 체육 수업을 할 거야"라고 말했습니다. 아이들의 호기심 가득한 눈빛을 받으며 저는 카세트를 틀고 시범을 보였습니다. 경쾌한 '고향의 봄' 음악이 울려 퍼지자, 저는 음악의 박자에 맞춰 기본 스텝부터 시작했습니다. 앞으로 뛰고 뒤로 뛰고, 좌우로 스텝을 밟는 모습에 아이들은 "우와! 정말 신기해요!"라며 탄성을 질렀습니다.

아이들에게 줄넘기를 나누어 주자, 처음에는 대부분 음악보다 빠르거나 느리게 뛰고, 줄에 걸려 넘어지기도 했습니다. 하지만 음악이 주는 즐거움 덕분인지, 아이들은 실패해도 금세 다시 일어나 도전했습니다. 한두 명씩 음악에 맞춰 줄넘기를 하기 시작했고, 특히 평소 체육에 소극적이던 미정이가 "선생님, 이 음악 너무 좋아요. 집에서도 연습하고 싶어요!"라고 말했을 때, 저는 음악줄넘기의 진정한 힘을 깨달았습니다. 수업이 끝났을 때 아이들의 얼굴에는 땀과 함께 환한 미소가 번져 있었고, "선생님, 내일도 또 해요?"라는 반응을 보며 이것이 바로 제가 찾던 것이라고 확신했습니다.

창작과 확산, 멈추지 않는 도전

첫 수업 후 아이들에게서 놀라운 변화들이 나타나기 시작했습니다. 쉬는 시간마다 아이들이 자발적으로 줄넘기를 연습했고, 특히 미정이는 일주일 만에 1절을 실수 없이 뛸 수 있게 되었습니다. 다른 반 동료 교사들 또한 "김 선생님, 아이들이 너무 부러워해요. 우리 반도 할 수 있을까요?"라며 관심을 보였습니다.

5월, 이왈규 선생님께서 보내 주신 귀한 줄넘기 자료들이 담긴 두툼한 교재와 VCR 테이프가 도착했습니다. 저는 밤을 새워 가며 비디오를 보고

동작을 익혔습니다. 음악 전공 후배 교사와 밤늦도록 노래방에서 아이들이 좋아하던 '아기공룡 둘리' 음악에 맞춰 탄생한 '음악줄넘기'는 아이들의 폭발적인 반응을 얻으며 학교 활동에 활력을 불어넣었습니다.

매일 똑같던 활동이 즐거움으로 바뀌는 아이들의 순수한 열정을 보며, 저는 '교육은 아이들이 진정으로 즐거워할 때 비로소 살아 숨 쉰다'는 교육의 본질을 깨닫게 되었습니다.

6월부터는 요일별로 개인, 짝, 단체 줄넘기 프로그램을 운영하며 아이들이 싫증 내지 않고 스스로 즐겁게 참여하도록 유도했습니다. 2교시가 끝나면 음악이 흘러나오고, 아이들이 자연스럽게 음악줄넘기를 하는 것이 대방초의 일상이 되었습니다.

교육은 아이들이 원할 때 살아난다

하루는 아침부터 비가 내려 운동장이 질퍽한 날, 중간놀이 시간에 아이들이 교무실로 몰려와 외쳤습니다.

"선생님, 오늘은 음악 안 틀어요?", "우리 오늘도 줄넘기하고 싶어요!"

그 눈빛을 보는 순간 저는 확신했습니다.

'교육은 아이들이 스스로 원할 때 살아난다.'

그렇게 1년이 채워질 즈음, 아이들의 기초 체력은 눈에 띄게 좋아졌습니다. 운동장 두 바퀴를 돌면 헉헉거리던 아이들이 이제는 땀을 닦으며 웃었고, 협력과 배려의 태도도 함께 자라났습니다. 아이들은 더 이상 체육 시간에 소외되지 않았고, 모두가 함께 즐거움을 나누는 주체가 되었습니다. 음악줄넘기는 단순한 체육 활동을 넘어 아이들의 몸과 마음을 건강하게 성장시키는 진정한 교육의 장이 되었습니다.

3. 시범학교 보고회 성황, 32년 여정 시작

시범학교 보고회, 모두를 놀라게 하다

마침내 1년간의 음악줄넘기 시범학교 운영 보고회 날이 다가왔습니다. 구미시 내 40여 개 초등학교 교장, 연구부장, 체육 교사 100명이 참관했습니다. 아이들은 긴장과 설렘으로 상기된 얼굴로 서 있었고, 저는 "오늘은 보여 주는 게 아니라 즐기는 거다"라고 다독였습니다. 음악이 흐르자 아이들은 줄을 잡고 동시에 뛰어올랐습니다. 개인, 짝, 단체 루틴이 음악의 박자에 딱딱 맞을 때마다 관객석에서는 감탄과 박수 소리가 쏟아졌습니다. "저 작은 아이가 더블언더를!"이라는 놀라움과 함께 박수 소리가 끊이지 않았습니다.

시연이 끝난 후, 저는 준비한 연구 보고서와 영상 자료를 공개했습니다. 한 장학사님은 "이건 단순한 체육 수업이 아니라 교육 전체를 바꿀 수 있는 좋은 아이디어"라고 말씀하셨습니다. 그날 이후 제 이름 앞에는 자연스레 "줄넘기 선생님"이라는 별칭이 붙었고, 아이들이 먼저 불러 준 그 이름은 어느새 지역사회에서도 통용되기 시작했습니다.

지역사회로 퍼져 나간 음악줄넘기의 물결

보고회의 성공은 곧 외부 초청으로 이어졌습니다. 아이들은 구미시교육청 종합 학예회 무대와 지역의 크고 작은 행사에서 연달아 환호를 받았습니다. 저는 시범 운영 과정을 책자와 영상으로 만들었고, 교육청을 통해 자료가 배포되자 현장은 즉각 반응했습니다. "선생님, 저희 학교도 자문 좀 부탁드립니다"라는 전화가 끊이지 않았고, 주말이면 연수장으로 달려가 선생님들에게 직접 음악줄넘기를 가르쳐 드렸습니다. 처음엔 조심스레 줄을 넘던 선생님들이 환하게 웃으며 "아이들이 이걸 정말 좋아하겠네요"라고 말하는 모습을 보며, 저는 교육이 퍼져 나가는 힘을 느낄 수 있었습니다.

운명적 만남, 그리고 32년 여정의 시작

돌이켜 보면 모든 시작은 아주 작은 순간에서 비롯되었습니다. 줄넘기에 싫증을 내던 아이들, 신문 귀퉁이의 기사 한 줄, 그리고 이왈규 스승님과의 한 번의 악수가 제 길을 바꾸었습니다. 그때 저는 '결정적인 한 걸음이 운명을 바꾼다는 사실'을 몸으로 배웠습니다. 음악줄넘기는 아이들에게 활력과 자존감을, 제게는 끝없는 도전과 성장을 안겨 주었습니다.

그해 겨울, 학교 학예회에서 아이들이 '한국을 빛낸 100명의 위인들' 음악에 맞춰 단체 줄넘기를 선보였을 때의 일은 지금도 생생합니다. 공연이 끝나자 "우와! 우리도 음악줄넘기 배우고 싶어요!"라는 외침이 터져 나왔고, 음악줄넘기는 학교 전체의 관심사가 되었습니다. 1993년 5월, 대방초등학교 강당에서 시작된 첫 음악줄넘기 수업은 제 인생에서 가장 의미 있는 순간 중 하나가 되었습니다. 그때 저는 알지 못했습니다.

   음악줄넘기로 그린 32년, 꿈과 행복

그 작은 시작이 32년이라는 긴 여정의 출발점이 될 것이라는 것을 말입니다. 첫 만남 이후 저는 단 하루도 음악줄넘기를 놓은 적이 없습니다. 그것이 바로 32년간 이어져 온 사랑 이야기의 진정한 시작이었습니다.

4. 작은 시작이 만든 큰 변화

음악줄넘기가 가져온 놀라운 변화

1993년 가을, 음악줄넘기가 대방초등학교에 자리를 잡으면서 학교 전체에 활기가 넘치기 시작했습니다. 아이들의 표정은 확연히 밝아졌고, 아침마다 "선생님, 오늘도 음악줄넘기 해요?"라는 질문이 쏟아졌습니다. 체육복을 챙기지 않으려던 아이들이 아침부터 체육복을 입고 기다릴 만큼 적극적으로 변했죠. 가장 놀라운 변화는 그동안 운동에 소극적이었던 아이들에게서 나타났습니다. 몸집이 작아 늘 뒷전이었던 민수는 자신감에 차서 두 발 모아 뛰기를 보여 주었고, 운동에 자신이 없던 정미도 "이제 20번 연속으로 넘을 수 있어요!"라며 기쁨을 감추지 못했습니다.

줄넘기가 아이들 내면의 잠재력을 일깨우고 있음을 깨닫는 순간이었습니다.

협동과 배려를 배우는 교육의 장

이 변화는 교실을 넘어 학교 전체로 퍼져 나갔습니다. 쉬는 시간과 점심시간이면 아이들이 운동장으로 달려 나와 "선생님, 줄 좀 빌려주세요!"라며 음악줄넘기를 하러 왔습니다. 아이들은 서로에게 동작을 알려 주며 함께 연습했고, "어? 나는 이게 더 쉬운데"라며 서로의 방식을 공유했습니다. 점심시간에 스피커에서 흘러나오는 음악에 맞춰 줄을 넘는 모습은 학교의 새로운 풍경이 되었습니다.

음악줄넘기는 아이들의 사회성 발달에도 큰 도움이 되었는데, 내성적이었던 영희는 시연 때만큼은 당당한 주인공이 되었고, 친구들과 어울리기 어려워했던 재호는 줄넘기를 하면서 자연스럽게 함께 어울리게 되었습니다. 음악줄넘기는 아이들에게 협동과 배려를 가르치는 훌륭한 교육의 장이 되었습니다.

가정으로 이어진 교육의 감동

학부모님들의 반응도 뜨거웠습니다. 학부모 상담 주간에 예상치 못한 이야기들이 쏟아졌습니다. 평소 아이가 활동적이지 않아 걱정이던 민수 어머니는 "우리 민수가 집에서도 줄넘기 얘기만 해요"라며 기뻐하셨고, 몇몇 학부모님들은 아이들을 위해 직접 줄넘기 줄을 사 주셨습니다. 교육의 긍정적인 효과가 가정으로까지 이어지고 있음을 보여 주는 증거였습니다.

음악줄넘기가 아이들의 삶에 불어넣은 활력은 곧 제 삶의 활력이 되었습니다. 저는 매일 아침 오늘은 또 어떤 아이가 새로운 변화를 보여 줄지 기대하며 학교에 나왔습니다.

그때는 몰랐습니다. 이 작은 학교에서 시작된 음악줄넘기가 제 평생의 꿈이 되고, 수많은 아이들의 인생을 바꾸는 마법 같은 힘을 가지게 될 줄은 말입니다.

5. '줄넘기 선생님'으로 불리기까지

'줄넘기 선생님!' 아침마다 들려오는 소리

1994년 봄, 음악줄넘기가 대방초등학교에 굳건히 뿌리를 내리자, 아이들이 저를 부르는 호칭이 완전히 바뀌었습니다. 이제 아이들은 저를 "줄넘기 선생님!"이라고 부르며 아침 등굣길부터 활기차게 맞아 주었습니다. 아이들이 집에서까지 줄넘기를 연습하고 즐거워한다는 사실은 제게 큰 보람을 안겨 주었죠.

평소 체육에 소극적이었던 민수는 "선생님, 어제 집에서도 연습했어요!"라며 달려와 자신감을 드러냈고, 몸이 통통해 운동을 꺼리던 정미는 "엄마가 음악줄넘기 덕분에 제가 밝아졌다고 하셨어요"라고 웃으며 말했습니다. 아이들을 통해 전해지는 가정에서의 긍정적인 반응들은 저에게 큰 힘이 되었습니다.

학부모 상담 주간에 만난 정미 어머니는 "우리 아이가 정말 달라졌어요", "아이 표정이 이렇게 밝을 수 있나 싶어 깜짝 놀랐다"고 말씀하시며 놀라움과 감사를 표현해 주셨습니다. 학부모님들 사이에서도 "김동섭 선생님 반에서는 음악줄넘기라는 걸 한다더라"라는 입소문이 퍼져 나갔습니다.

음악줄넘기로 그린 32년, 꿈과 행복

교장선생님의 든든한 지원과 언론의 관심

박정효 교장선생님은 저의 음악줄넘기 활동을 한결같이 지지해 주셨습니다. "우리 학교 분위기가 완전히 달라졌어요"라며 칭찬하셨고, "학교 예산에서 음악줄넘기를 위한 준비물을 사는 데 우선으로 지원하라"며 실질적인 지원도 아끼지 않으셨습니다. 교무회의 때마다 제 활동을 긍정적으로 소개하시며 다른 선생님들의 참여를 독려해 주셨죠. 그 덕분에 음악줄넘기는 학교 전체의 활력소가 되었습니다.

1994년 가을, 구미교육청에서 음악줄넘기 활동에 대한 문의가 들어오기 시작했고, 저는 기꺼이 다른 학교 선생님들에게도 가르쳐 드렸습니다. 1995년 봄에는 지역 신문에서 취재 요청이 들어와 '음악줄넘기로 아이들에게 활력을 불어넣는 김동섭 선생님'이라는 제목으로 기사가 실리며 지역사회에까지 널리 알려지게 되었습니다.

'줄넘기 선생님'으로 완전히 자리 잡다

1995년 말이 되자, 저는 대방초등학교 내는 물론 지역사회에서도 '음악줄넘기 선생님'으로 완전히 자리 잡았습니다. 아이들, 학부모님, 동료 선생님들 모두 저를 그렇게 불렀죠.

1993년 조심스럽게 시작한 작은 시도가 2년 만에 이렇게 큰 반향을 일으킬 줄은 꿈에도 생각하지 못했습니다. 돌이켜 보면 이 모든 시작은 교무실 책상 위 신문 귀퉁이의 기사 한 줄과 이왈규 스승님과의 우연한 만남에서 비롯되었습니다. 그때 저는 '순간의 선택이 평생을 좌우한다'는 것을 몸으로 배웠습니다.

더 큰 꿈을 품게 되다

'줄넘기 선생님'이라는 별명을 얻게 되면서 저는 더 큰 꿈을 품게 되었습니다. 더 많은 아이들에게 음악줄넘기의 즐거움을 전해 주고, 체계적으로 연구하고 발전시키고 싶었습니다. 이왈규 선생님과 박정효 교장선생님의 격려에 힘입어 "모든 아이들이 즐겁게 운동할 수 있는 세상"을 만들겠다는 꿈을 꾸게 되었죠.

이 꿈은 앞으로 30여 년간 제 인생을 이끌어 갈 원동력이 되었습니다. 1996년 2월, 대방초등학교를 떠나는 마지막 날, 아이들은 "선생님, 다른 학교에 가서도 꼭 하세요"라고 말해 주었고, 저는 "선생님은 이제 평생 음악줄넘기 선생님이야"라고 답했습니다. 대방초에서의 3년은 제가 '줄넘기 선생님'으로 거듭난 소중한 시간이었습니다. 음악줄넘기는 단순한 운동이 아니라, 아이들의 마음을 움직이고 학교를 변화시키며 지역사회에 활력을 불어넣는 마법 같은 힘을 가지고 있었고, 저는 앞으로도 그 정체성을 잃지 않겠다고 다짐했습니다.

   음악줄넘기로 그린 32년, 꿈과 행복

6. 금오초, 열정으로 빛났던 4년

금오초 6학년 7반, 음악줄넘기 교실이 무대가 되다

1996년 3월, 저는 금오산 자락에 자리한 금오초등학교 교문을 들어섰습니다. 구미역에서 도보 5분, 전교생만 2,000명에 교직원 100여 명이 오가는 대규모 학교였습니다. 부임 첫날 교무실에서 교장선생님께서 제게 당부하셨습니다.

"김 선생, 체육부장과 6학년 7반 담임을 함께 맡아 주게. 그리고 연식정구부 감독도 부탁하네."

교직 9년 차에 동시에 세 가지 임무를 짊어진 셈이었지요. 아침에는 정구 코트에서 학생들과 러닝을 하고, 낮에는 교실에서 수업과 생활지도를, 오후에는 정구장에서 라켓 소리와 함께 하루를 마무리하는 숨 가쁜 날들이 시작되었습니다.

정구부 훈련을 지도하던 어느 날, 문득 제 반 체육 수업이 눈에 들어왔습니다. 아이들이 운동장 두 바퀴를 돌다 헉헉거리며 주저앉는 모습은 대방초에서 보았던 익숙한 풍경 그대로였습니다. 붉어진 볼, 무겁게 내려앉은 다리. 저는 마음속으로 다짐했습니다.

"적어도 우리 반만큼은 바꿔 보자."

그날부터 매주 목요일 6교시 특활 시간에 음악줄넘기를 시작했습니다. 시작은 서툴렀습니다. 줄에 걸려 넘어지고, 박자를 놓쳐 우왕좌왕했지요. 하지만 아이들은 포기하지 않았습니다. 기본 스텝을 차근차근 밟으며 천천히 몸을 데우자, 조금씩 호흡이 맞아 갔습니다. 음악을 얹는 순간, 아이들의 표정이 달라졌습니다.

"선생님, 이번에는 저희가 동작을 만들어 볼게요!"

아이들의 눈빛 속에서 스스로의 의지가 피어나고 있었습니다. 서로의 움직임에 맞춰 안무를 구상하고, 동작을 이어 가기 시작했습니다. 둘이 함께 뛰는 복수뛰기, 줄 안에 또 다른 줄을 넣는 복합줄넘기, 두 줄을 동시에 돌리는 더블터치까지 도전의 반경이 눈에 띄게 넓어졌습니다. 체력은 차츰 오르고, 팀워크는 단단해졌으며 줄넘기 실력은 높아져 아이들의 눈동자는 마치 무대의 조명처럼 반짝였습니다.

가을, 교내 종합학예발표회의 막이 올랐습니다. 무대 뒤에서 손에 땀을 쥔 아이들에게 저는 조용히 속삭였습니다.

"박자는 너희가 이끌어 가는 거야. 틀려도 괜찮다. 한 번 더."

조명이 켜지고 음악이 흐르자, 바닥을 때리는 줄 소리와 발소리가 한 덩어리의 리듬이 되어 강당을 가득 채웠습니다. 공연이 끝나자 환호와 박수가 물결처럼 밀려왔습니다.

한 학부모님이 제 손을 꼭 잡고 말씀하셨습니다.

"선생님, 우리 아이가 이렇게 달라질 줄 몰랐습니다."

그 순간의 떨림을 저는 아직도 잊지 못합니다.

다음 해에도 저는 6학년 7반을 맡아 똑같은 루틴으로 지도하였고, 우리 반은 학교 대표로 구미시 초등학교 종합학예발표회 무대에 섰습니다. 구

　　　　　　　　　　　음악줄넘기로 그린 32년, 꿈과 행복

미시문화예술회관 대극장에 45개 초등학교가 모인 자리. 금오초 음악줄넘기는 가장 큰 환호를 받았습니다. 그날 이후 우리 아이들은 LG 주부배구대회 개막식, 청소년 축제 한마당, 구미 시민의 날 등 지역 행사에 연이어 초청을 받았습니다. 아이들은 기술을 넘어 자신감을 얻었고, 무대에서는 순간마다 조금 더 당당해졌습니다.

저는 금오초 4년 동안 6학년 7반을 담임하며 음악줄넘기로 신나는 하루를 열고, 아이들과 줄을 넘으며 즐거운 학교생활을 보냈습니다.

저는 그 무대에서 분명히 배웠습니다. '교육은 아이들이 진정으로 즐거워할 때 살아난다.' 아이들의 웃음과 땀방울이 곧 수업의 가장 큰 보람이었습니다.

정구부 감독, 경북 맹주가 되어 제주에서 배우다

제가 금오초에 오게 된 데는 조금 특별한 사연이 있었습니다. 중학교 시절 잠깐 몸담았던 탁구 선수 경험이 구미교육청 체육 장학사님의 귀에 들어간 것이었습니다. 어느 날 장학사님께서 전화를 걸어 오셨습니다.

"김 선생, 금오초는 연식정구(교기) 특기학교인데, 감독이 자리를 옮기게 됐네. 전문 코치가 있으니 지도는 걱정하지 말고, 선수 관리와 팀 운영을 맡아 주면 좋겠네."

저는 순간 망설였습니다.

"장학사님, 저는 탁구를 했지 정구는 해 본 적이 없습니다."

그러자 장학사님은 차분히 웃으며 말씀하셨습니다.

"네트를 사이에 둔 라켓 스포츠라는 공통점이 있어. 무엇보다도 선수들을 이끌 리더십이 필요하네. 김 선생이 적임자라고 믿네."

그날 밤, 교정에 한참을 서 있었습니다. 낯선 도전에 대한 두려움과 새로운 길을 열어 보고 싶은 설렘이 뒤섞였습니다. 결국 저는 "할 수 있다"는 다짐으로 도전을 수락했습니다. 교사의 길에서 한 번쯤은 넘어야 할 산이라고 생각했기 때문입니다.

첫해는 그야말로 새벽부터 밤까지 땀으로 채웠습니다. 체력 훈련, 풋워크, 스트로크, 복식 포메이션, 경기 영상 분석…. 하루가 모자랐습니다. 훈련이 끝나면 아이들은 코트 바닥에 털썩 주저앉았고, 저 역시 라켓을 무릎에 얹은 채 한참을 땀을 훔치곤 했습니다. 결과는 준우승. 아쉬움이 남았지만, 아이들의 잠재력은 분명했습니다.

이듬해부터 흐름이 달라졌습니다. 경북대회 개인·복식·단체전을 휩쓸며 "금오초 정구부는 다르다"는 평가가 이어졌습니다. 우리는 경북의 맹주가 되어 있었습니다.

음악줄넘기로 그린 32년, 꿈과 행복

마침내 1999년, 치열한 예선을 통과해 전국소년체육대회에 경북 대표로 출전하게 되었습니다. 개최지는 제주도. 선수단 입장식에서 교육감님께서 직접 자리하셨습니다.

"애들아, 너희는 경북을 대표하는 자랑스러운 얼굴이다. 자신감을 가져라. 이길 수도, 질 수도 있다. 그러나 끝까지 최선을 다하는 모습이 바로 진짜 승리다. 너희들이 자랑스럽다. 힘내라, 금오초!"

아이들의 눈빛이 그 말에 번쩍 빛났습니다. 교육감님의 격려는 단순한 말이 아니라 가슴에 불을 지피는 응원이었습니다.

경기는 치열했습니다. 16강을 무난히 넘겼지만, 8강에서 우승 후보 대전팀과 맞붙게 되었습니다. 세트스코어 2:2, 마지막 단식 승부. 듀스에 듀스가 이어지는 동안 코트 위 아이의 등줄기를 타고 땀이 비처럼 흘렀습니다. 관중석에서는 교육감님이 두 손을 불끈 쥔 채 연신 소리쳤습니다.

"끝까지 가 보자! 포기하지 마라!"

마지막 공이 라인을 스치듯 벗어나며 점수판은 2:3을 가리켰습니다. 패배였습니다. 아이는 라켓을 천천히 내려놓고 고개를 숙였습니다. 저는 말없이 아이의 어깨를 감싸며 속삭였습니다.

"괜찮다. 오늘의 땀이 내일의 힘이 된다."

패배의 아쉬움을 안고 우리는 9인승 렌터카에 올라 제주 곳곳을 달렸습니다. 한라산 드라이브, 성산일출봉, 천지연 폭포, 주상절리…. 관광지를 돌며 아이들은 처음엔 말이 없었지만, 점차 웃음을 되찾았습니다. 저녁에는 흑돼지구이를 앞에 두고 콜라잔을 부딪치며 외쳤습니다.

"선생님, 내년에 꼭 우승해요!"

저는 미소 지으며 대답했습니다.

"그래, 오늘의 실패는 내일의 성공을 위한 발판이다."

호텔로 돌아오는 길, 창밖의 제주 바다가 마지막 빛을 건네고 있었습니다. 뒷좌석 아이들의 눈빛이 다시 반짝이는 것을 보며 저는 확신했습니다. '이 아쉬움은 반드시 더 큰 도약의 불씨가 될 것이다.'

금오초와의 아쉬운 이별과 새로운 시작

4년간의 금오초 근무 만기가 다가오자, 저는 전국소년체전 우승에 대한 아쉬움 때문에 구미교육청의 전보 유예 제안을 기쁘게 받아들였습니다. 하지만 2000년 2월, 대학원 학위수여식을 마치고 돌아오자마자 "선생님, 유예가 안 됩니다"라는 짧은 통보를 받았습니다. 당시 관례와 달리 사유도 설명도 없는 결정에 당혹감과 허탈함이 밀려왔지만, 저는 금오초 정구부와의 인연이 여기까지임을 담담히 받아들였습니다.

그 순간, 저는 조용하고 한적한 시골 학교로 가고 싶다는 마음을 굳혔습니다. 도시의 속도와 경쟁에서 벗어나 자연 속에서 아이들과 소박한 일상을 다시 만들고 싶었죠. 여러 조언을 구한 끝에, 상주와 경계를 이루는 무을초등학교로 내신을 제출했습니다.

금오초에서 보낸 4년은 정구부 감독, 음악줄넘기 지도, 그리고 친목회장 활동으로 가장 뜨겁고 치열했던 교직 인생의 시간이었습니다. 특히 아이들과 함께 음악줄넘기를 통해 무대 위에서 잠재력이 활짝 피어나는 감격을 경험하고, 교직원들과는 '가족 같은 학교'를 만들어 갔던 소중한 추억이 선명하게 남아 있습니다.

이듬해 3월, 정들었던 금오초를 떠나는 발걸음은 아쉬웠지만 마음은 이

상할 만큼 가벼웠습니다. 금오초에서 배운 열정과 팀워크, 공동체의 온기를 가슴에 품고, 무을초에서 아이들과 또 다른 행복을 만들어 갈 수 있을 거라는 기대가 제 발걸음을 단단하게 해 주었습니다.

제4장

작은 학교, 큰 도전
―무을초에서 꽃핀 열정

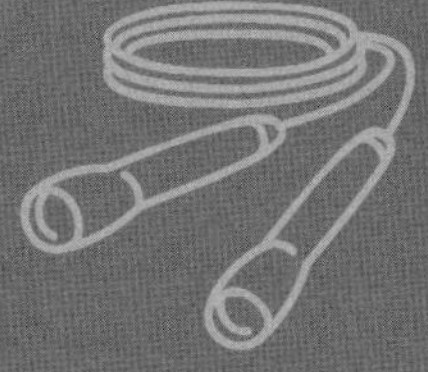

1. 폐교 직전의 분교, 새로운 시작을 꿈꾸다

2000년 3월, 저는 이름처럼 '새가 춤춘다'는 뜻을 품은 무을면 무을초등
학교로 발령을 받았습니다. 농악의 고장이자 역사 깊은 마을, 구미시 환
경 시범마을로 지정된 송산리의 교정은 전원학교처럼 맑고 단정했습니
다. 봄 햇살이 마당에 쏟아지고, 아이들 웃음소리가 금방이라도 터져 나
올 듯 가슴이 설렜습니다.

하지만 설렘은 오래가지 않았습니다. 전입해 온 선배님들 대부분이 본
교 근무를 강력히 희망하며 교무실 공기가 팽팽해졌던 것입니다. 결국 교
장선생님의 간곡한 부탁과 선배님들의 요청으로 저는 본교에서 약 4km
떨어진 무곡분교장 분교부장으로 가게 되었습니다. 아쉬움이 컸지만 마음
속으로 다짐했습니다. "그곳에서도 아이들과 새 이야기를 시작하면 된다."

분교장에 처음 닿던 날, 제 눈앞에 펼쳐진 풍경은 학교라기보다 오래된
폐공장 같았습니다. 칙칙한 외벽과 교실 표시도 없고, 녹슨 창틀, 잡초 가
득한 운동장, 금방이라도 무너질 듯 기울어진 조회대…. 막막했지만 마음
은 오히려 단단해졌습니다.

"여기를 아이들이 꿈을 키우는 공간으로 바꾸겠습니다."

강당이 없어 운동장에서 치른 3월 2일 개학식. 전교생 39명이 "선생님,

안녕하세요!" 하고 달려와 인사하는 순간, 허름한 건물과 해맑은 웃음이 선명한 대비를 이루며 제 마음에 작은 불씨가 켜졌습니다.

분교 선생님들과 의기투합해 가장 먼저 환경 정비에 나섰습니다. 저는 선산읍까지 달려가 50m짜리 호스를 사 왔고, 아이들과 함께 외벽 물청소를 했습니다. 검은 물줄기가 흘러내릴 때마다 아이들은 팔을 걷어붙이고 환하게 웃었습니다. 오후에는 교무실에 모여 시트지를 오려 교실과 특별실 명패를 붙였습니다. 투박하던 건물은 조금씩 학교의 얼굴을 찾아 갔습니다. 교장선생님께서 둘러보시며 말씀하셨습니다.

"아니, 이렇게 달라졌다고? 정말 수고 많았네!"

모두의 어깨가 가볍게 떨렸습니다. 분교의 첫 작은 기적이 그렇게 시작되었습니다.

2. 분교장에서 꽃피운 음악줄넘기

방과 후, 갈 곳 없는 아이들에게 선물한 꿈

무을초등학교 무곡분교장으로 전입 온 저는 방과 후 갈 곳 없이 운동장을 맴도는 아이들을 보며 마음이 아팠습니다. 대구 본가를 오가는 대신 숙직실 옆 창고를 정리하여 만든 방에 머물며 '아이들에게 음악줄넘기를 선물하자'고 다짐했죠. 다음 날부터 느티나무 그늘 아래서 음악줄넘기를 시작했습니다.

처음에는 주저하던 아이들이 제 손을 잡고 눈을 맞추자 금세 박자에 몸을 실었습니다. 땀을 흘리면서도 포기하지 않는 아이들의 눈빛 속에서 저는 희망을 보았고, 낡은 운동장은 어느새 꿈과 리듬의 마당으로 변해 갔습니다.

아이들의 실력은 곧 공연을 할 수준이 되었고, 가을 본교의 도지정 연구학교 보고회에서 선보인 음악줄넘기는 관객들을 놀라게 했습니다. "분교 아이들이 어떻게 저런 실력을?" 경북도교육청 장학관님의 감탄은 며칠 뒤 기적 같은 소식으로 이어졌습니다. 바로 2000년 제1회 경북학생축제 초청이었죠. 예산이 넉넉지 않았지만, 교장선생님께서 마련해 주신 노란 티셔츠와 흰 바지는 아이들에게 큰 희망이 되었습니다.

포항 실내체육관, 모두가 주인공이 된 순간

포항 실내체육관. 5,000여 명의 관중 앞에서 무곡분교장 아이들은 떨리는 가슴을 부여잡고 섰습니다. 강당도 없는 운동장에서 흙먼지를 마시며 갈고 닦은 묘기들을 선보였죠. 줄이 바닥에 닿는 소리가 음악과 함께 하나의 리듬이 되어 울려 퍼졌습니다. 숨죽인 관중석의 시선 속에서 아이들은 끝내 해냈습니다. 공연이 끝나자 관중들이 일제히 일어나 기립박수를 보냈고, 저를 껴안으며 눈시울을 붉힌 구미교육청 여장학사님은 "김 선생님, 우리 분교장 아이들이 해냈습니다!"라고 외쳤습니다. 그날의 감동은 아직도 제 가슴을 뜨겁게 울립니다.

이후 아이들의 이야기는 언론에 대서특필되었고, 방송 출연까지 이어졌습니다. "전교생 39명 초미니 무곡분교—신기의 음악줄넘기"라는 기사 제목처럼, 시골 분교의 아이들은 전국 무대의 주인공이 되었습니다.

폐교의 아픔, 그러나 이어진 희망

그러나 기적의 시간은 오래가지 못했습니다. 겨울, "무곡분교를 본교로 통합해야 합니다"라는 차가운 통보가 내려졌습니다. 마지막 날, 텅 빈 운동장을 바라보며 첫 만남부터 지금까지의 모든 순간이 스쳐 지나갔습니다. 2001년 3월, 슬픔을 뒤로하고 아이들과 함께 본교로 향했습니다. 무곡분교는 폐교되었지만, 제게는 영원히 살아 있는 작은 기적의 공간으로 남았습니다. 그곳에서 저는 '실수해도 괜찮아, 한 번 더'라는 다짐을 다시 새기며 새로운 하루를 시작했습니다.

3. 음악줄넘기, 학교를 넘어 가족으로 확장되다

무을초에서의 새로운 시작과 시범학교 지정

2001년 3월, 무곡분교장이 폐교되면서 저는 아이들과 함께 무을초 본교로 자리를 옮겼습니다. 5학년 담임과 더불어 학교 교육과정을 총괄하는 연구부장이라는 중요한 역할을 맡게 되면서 책임감과 함께 설렘을 느꼈습니다. 얼마 지나지 않아 교장선생님께서 조용히 저를 부르셨습니다. "김 선생님, 구미시교육청에서 우리 학교를 **체육교육 시범학교**로 운영해 달라고 요청이 왔습니다. 선생님이 맡아 주시겠습니까?" 대방초에서 이미 음악줄넘기 시범학교를 성공적으로 이끈 경험이 있었기에, 저는 흔쾌히 제안을 수락했습니다. 분교에서 다져 온 생생한 현장 경험까지 더해 더 좋은 프로그램을 만들 수 있다는 확신이 있었기 때문입니다.

'중간놀이'의 기적과 가족으로 확장된 리듬

저는 대방초 시범학교 경험을 바탕으로, 아이들의 기초 체력 저하와 개인화된 놀이 문화 문제를 해결하기 위해 **중간놀이** 시간을 활용한 프로그램을 설계했습니다. 2교시가 끝나면 운동장에는 경쾌한 음악이 울려 퍼졌고, 아이들은 요일마다 다른 줄넘기 활동을 즐겼습니다. 분교에서 함께

온 아이들은 뛰어난 줄넘기 실력으로 본교 아이들에게 '또래 도우미'가 되어 주었고, 이는 아이들이 빠르게 친해지는 계기가 되었습니다.

음악줄넘기의 활기는 학교를 넘어 가정으로 이어졌습니다. 저는 '가족 줄넘기의 날' 프로그램을 만들어 일요일 아침, 부모님과 아이들이 함께 줄넘기를 하도록 권했습니다. 처음엔 어색해하시던 부모님들도 줄에 맞춰 함께 뛰며 웃음꽃을 피웠고, 몸으로 호흡을 맞추는 사이 대화와 온기도 자연스럽게 오갔습니다. 줄 하나가 가족의 끈을 더욱 단단하게 묶어 주는 모습은 교육이 교실을 넘어 삶으로 이어질 수 있다는 확신을 주었습니다.

음악줄넘기부의 탄생—사제동행의 시간

시범학교의 핵심을 키우기 위해 음악줄넘기부를 만들었습니다. 4학년부터 6학년까지 35명이라는 예상치 못한 많은 아이들이 참여 의사를 밝혔

음악줄넘기로 그린 32년, 꿈과 행복

고, 결국 20명을 선발해 방과 후 활동을 시작했습니다. 강당에서는 복수 줄넘기, 더블터치 같은 고난도 기술에 도전하며 넘어지고 일어서기를 반복했습니다. 그 과정에서 아이들 손바닥에는 굳은살이 박혔지만, 눈빛은 더욱 또렷해졌습니다.

연습이 늦어 스쿨버스를 놓치는 날이면 제 차에 아이들을 태워 바래다주며 사제 관계를 넘어 정을 쌓았습니다. 음악줄넘기는 단순히 운동 기능만을 향상시키는 것이 아니라, 아이들의 마음까지 건강하게 만들어 주었습니다. 특히 몸이 약했던 수영이라는 학생은 "선생님, 저도 이제 다른 운동들이 무섭지 않아요!"라며 자신감을 얻었죠.

여름방학에는 음악줄넘기 캠프를 열어 아이들의 실력을 한 단계 더 끌어올렸습니다. 캠프 마지막 날, 학부모님들을 초청한 작은 발표회에서 아이들은 자신감 넘치는 모습으로 갈고닦은 실력을 뽐냈습니다. "우리 아이가 이렇게 당당하게 무대에 설 수 있을 줄 몰랐어요"라는 학부모님의 감사 인사는 저를 뭉클하게 만들었습니다.

시범학교 보고회 성황, 전국으로 퍼진 리듬

2001년 가을, 시범학교 보고회 날. 강당은 교육청 관계자, 교장, 교사, 학부모들로 가득 찼습니다. 전교생이 운동장에서 시범을 보인 후, 음악줄넘기부 아이들은 강당에서 특별 공연을 펼쳤습니다. 신나는 음악과 고난도 기술, 그리고 서로를 돕는 모습에 환호가 쏟아졌습니다. 저는 현장에서 바로 활용할 수 있는 지도안과 자료를 공유했고, 보고회 이후 다른 학교의 자문 요청과 연수가 끊이지 않았습니다. 무을초의 작은 움직임은 교문을 넘어 지역과 전국으로 퍼져 나갔고, 무을초는 "음악줄넘기 명문 학교"로 불리게 되었습니다.

MBC 〈생방송 화제집중〉—전국을 울린 음악줄넘기

어느 날, 서울 MBC 〈생방송 화제집중〉의 섭외 전화가 걸려 왔을 때 조용하던 무을초 교정은 술렁였습니다. 제작진은 2박 3일 동안 학교에 머물며 음악줄넘기로 활기를 되찾은 아이들의 모습을 카메라에 촘촘히 담아냈습니다. 중간놀이 시간의 활기, 교실 수업 장면, 그리고 방과 후 음악줄넘기 시범단의 열정적인 연습까지, 모든 순간이 영상으로 기록되었습니다. 촬영 마지막 날에는 학부모와 동창회가 마련한 삼겹살 파티로 제작진을 따뜻하게 환대하며 정을 나눴습니다. 마침내 방송 당일, 전교생과 교직원 모두 강당에 모여 화면을 지켜보았습니다. "우와! 우리 학교다!", "우리가 나왔다!", "선생님 나왔어요!" 아이들의 환호와 상기된 볼은 잊을 수 없는 장면이었습니다.

그런데 방송이 나간 다음 날, 제게 뜻밖의 전화 한 통이 걸려 왔습니다. "여보세요, 거기 무을초등학교 김동섭 선생님 되십니까?" 낯선 목소리에 제 이름을 확인해 주자, 수화기 너머로 반가움이 한꺼번에 쏟아졌습니다.

"야! 동섭아! 나야, 영산! MBC 방송에 네가 나오는 걸 보고 혹시나 싶어 전화했다. 진짜 너였구나!"

20년 동안 소식이 끊겼던 고등학교 친구였습니다. 휴대폰이 흔치 않던 시절, 친구는 저를 꼭 찾아야겠다는 마음 하나로 무작정 MBC 방송국에 전화를 걸었다고 했습니다. 개인 정보를 알려줄 수 없다는 PD의 말에도 포기하지 않고 간절히 부탁한 끝에 결국 학교 대표 번호를 알게 되어 제

　　　　　　　음악줄넘기로 그린 32년, 꿈과 행복

게 연락했던 것이었죠. 전화기 너머로 전해지는 친구의 숨 고르는 소리에 제 가슴도 뜨거워졌습니다. 지금은 인천에서 목회자로 지낸다는 친구는, 화면 속 제 모습을 보자마자 학창 시절의 추억이 떠올라 그냥 지나칠 수 없었다고 말했습니다. 그날 이후 우리는 꾸준히 연락하며 서로의 삶을 응원했습니다.

방송은 단순히 학교를 전국에 알린 것을 넘어, 제 삶의 잃어버렸던 소중한 인연의 다리를 복원해 주는 기적을 선물했습니다.

4. 전국대회 첫 도전, 준우승의 영광

2001년 가을, 무을초에서 시범학교를 성공적으로 운영하고 방송까지 나간 직후였습니다. 저는 아이들에게 한 걸음 더 큰 꿈을 심어 주고 싶었습니다.

"얘들아, 이번엔 전국 음악줄넘기 경연대회에 나가 보자."

"와! 전국대회요? 너무 신나요!"

"그런데 우리가 나갈 수 있어요?"

줄넘기부의 은진이가 눈을 크게 뜨며 물었습니다.

"그래서 여러분들 의견을 들어 보려고 해요. 물론 쉽지 않을 거예요. 전국의 실력 있는 학교들이 모두 모이는 자리니까요. 그래도 우리가 그동안 갈고닦은 실력을 보여 줄 기회이기도 하고요."

아이들은 잠시 조용해졌습니다. 그러다가 줄넘기부 주장인 병기가 손을 번쩍 들었습니다.

"선생님, 나가 보고 싶어요! 우리가 얼마나 열심히 연습했는데요."

"맞아요! 우리도 할 수 있어요!"

다른 아이들도 하나둘 목소리를 높였습니다. 아이들의 적극적인 반응에 가슴이 뭉클했습니다.

단순한 공연을 넘어, 창작 음악줄넘기로 승부하기로 뜻을 모았습니다. 곡은 당시에 많은 이들의 사랑을 받던 'I'm Still Loving You'로 정했습니다. 8·16·32카운트로 박자를 나누어 동선을 설계하고, 가사와 리듬에 맞춰 줄넘기 동작과 대형 전환을 정교하게 맞췄습니다.

연습은 공연 때와 달랐습니다. 경연은 '한 명의 실수도 허락되지 않는 무대'였으니까요. 방과 후 강당에 울려 퍼지는 발소리는 늘 늦은 밤까지 이어졌습니다. 아이들은 전주에서의 호흡동작인 줄 돌리기에서부터 본주에서 이루어지는 다이내믹한 캉캉 스텝, 옆떨쳐 흔들어 뛰기와, 이중뛰기, 좌우 이동 스텝, 앞뒤 방향 전환, 하이라이트인 되돌려 360도 회전 뛰기 등을 수없이 반복했고, 저는 자세와 표정, 줄의 라인까지 하나하나 교정했습니다.

어떨 땐 연습이 끝나면 이미 밤 8시가 다 되었습니다. 학교에서 2~3km 떨어진 집으로 가는 길은 늘 제 차 안이었습니다.

"선생님, 오늘 여기서 꼬였어요."

"내일은 더 잘할게요!"

아이들의 재잘거림은 피곤한 제 어깨를 다시 일으켜 세우는 힘이 되었습니다. 전국대회라는 무게가 그들의 어깨에 올려져 있었지만, 눈빛은 점점 더 단단해지고 있었습니다.

신앙의 벽 앞에서—설득과 약속

대회를 앞두고 난관이 닥쳤습니다. 시범단 15명 중 12명이 독실한 기독교 가정이었고, 그중 3명은 목회자 가정의 아이들이었습니다. 문제는 대회 일정이 일요일이라는 점이었습니다.

저는 학부모님들을 모아 떨리는 목소리로 말씀드렸습니다.

"아이들이 정말 간절히 준비했습니다. 이 대회가 아이들에게 큰 용기와 성장을 줄 것입니다. 제가 서울 현지 교회에서 새벽예배를 드리고, 아이들과 함께 정성을 다하겠습니다."

잠시 정적이 흘렀습니다. 한 학부모님이 조용히 입을 여셨습니다.

"선생님의 진심을 믿겠습니다."

이내 다른 분들도 고개를 끄덕이셨습니다.

아이들의 꿈은 그렇게 가정의 응원과 함께 다시 힘을 얻었습니다.

서울의 새벽, 예기치 못한 갈등

대회 전날, 아이들은 학교 버스를 타고 설레는 마음으로 서울로 향했습니다. 창밖의 빌딩과 강남대로의 불빛에 감탄사가 쏟아졌고, 숙소에 도착해서도 마지막 동작 점검을 멈추지 않았습니다.

그리고, 대회 당일 새벽, 약속대로 숙소 근처 교회에서 예배에 참여했습니다. 짧지만 간절한 기도로 마음을 가다듬고 나오려는 순간, 주차장 쪽에서 날카로운 목소리가 들렸습니다.

"누구 차요? 빨리 빼시오!"

차로 달려가 보니 목사님으로 보이는 분이 얼굴을 붉히며 고함을 치고 있었습니다. 저는 정중히 다가가 사정을 설명했습니다.

"목사님, 저희는 지방에서 올라온 시골 아이들입니다. 오늘 대회가 있어 예배를 위해 잠시 주차했습니다. 양해해 주시면 감사하겠습니다."

그러나 돌아온 대답은 더 큰 고성이었습니다.

"아이들이 교회 다니는 아이들이라지만, 이 교회 신자가 아니지 않습니까!"라는 말에 저도 모르게 목소리가 높아졌습니다.

"예배를 드리러 온 아이들을 격려해 주셔야지, 이렇게 불같이 화를 내시는 건 옳지 않습니다!" 험악한 공기가 감돌던 그때, 한 장로님께서 다급히 뛰어와 저를 말리며 연신 사과하셨습니다.

"정말 죄송합니다, 선생님. 오해가 있었던 것 같습니다."

간신히 상황을 정리하고 아이들을 버스에 태웠습니다. 차 안에서 아이들이 걱정스러운 눈빛으로 저를 바라봤습니다. 저는 애써 미소를 지으며 말했습니다.

"괜찮아, 아무 일도 아니야. 이제 우리 무대만 생각하자."

불쾌한 아침이었지만, 오히려 그 경험은 아이들을 더 단단하게 만들었습니다.

잠실체육관의 함성, 그리고 준우승

대회장으로 향하는 버스 안, 아이들의 얼굴에는 긴장과 설렘이 뒤섞여 있었습니다. "선생님, 제가 실수하면 어떡하죠?"라는 걱정에 저는 "괜찮다, 그동안 열심히 연습한 너희들을 선생님이 믿는다. 실수해도 상관없어. 우리가 할 수 있는 최선을 다하면 되는 거야"라고 다독였습니다. 잠실체육관에 들어서자, 전국에서 모인 수많은 팀들의 모습에 아이들의 눈이 휘둥그레졌고, "와, 정말 많다!", "저 팀들 되게 잘하는 것 같은데…"라며 긴장했습니다. 저는 "얘들아. 우리도 저만큼 열심히 연습했잖아. 우리 자신감 갖고 도전해 보자."라고 격려하며 마지막 점검을 마쳤습니다.

마침내 우리 차례가 왔고, 아이들은 무대에 올라 그동안의 모든 땀과 노력을 쏟아냈습니다. 우리가 수없이 반복하고 연습했던 'I'm Still Loving You' 박자에 맞춰 뛰는 발걸음, 줄과 하나가 된 듯한 자연스러운 동작, 그리고 무엇보다 즐겁게 뛰는 아이들의 밝은 표정이 관중들의 시선을 사로잡았습니다. 하이라이트 구간에서 되돌려 흔들어뛰기로 대형 전환이 완벽하게 이어지자 관중석에서 탄성이 터져 나왔습니다. 실수 없는 완벽한 루틴, 아이들의 땀방울이 만들어 낸 결과였습니다. 4분간의 공연이 끝나자 객석에서 큰 박수가 터져 나왔고, 무대에서 내려온 아이들의 얼굴에는 뿌듯함이 가득했습니다. "선생님, 우리 잘했죠?"라는 물음에 저는 "정말 잘했다! 너희들이 자랑스럽다"고 답했습니다.

'우리도 할 수 있다'는 확신

결과 발표 시간이 다가왔고, 손에 땀을 쥐며 기다리던 순간 사회자의 목소리가 울렸습니다. "준우승, 경상북도 구미시 무을초등학교!" 순간 아이

　음악줄넘기로 그린 32년, 꿈과 행복

들은 귀를 의심하다가 이내 환호성을 질렀고, 서로를 부둥켜안고 눈물을 터뜨렸습니다. 시골의 작은 학교 아이들이 첫 전국대회에서 거둔 기적이 었습니다. 저는 지도자상까지 받았고, 제 옆에서 한 아이가 "선생님… 우리 진짜 해냈어요"라고 속삭일 때, 제 가슴은 뜨겁게 벅차올랐습니다.

이 경험은 아이들에게 '우리도 할 수 있다'는 확신을 심어 주었고, 저는 끝까지 아이들을 믿어 준 어른 한 사람의 힘을 다시 한번 확인했습니다. 이 성과는 무을초 음악줄넘기부의 새로운 시작점이 되었고, 아이들은 모든 면에서 달라지는 모습을 보였습니다.

첫 전국대회 준우승이라는 값진 경험은 아이들이 스스로의 가능성을 발견하고 꿈을 키워 나갈 수 있도록 돕는 교육의 진정한 의미를 깨닫게 해 주었습니다. 이번 도전은 단순한 결과를 넘어 아이들의 마음을 송두리째 바꿔 놓았습니다. 완벽한 루틴을 위해 서로의 동작을 끊임없이 맞추고, 실수한 친구를 감싸안으며 다시 줄을 돌리던 순간 속에서 아이들은 연대와 책임을 배웠습니다. 잠실체육관에 울려 퍼진 박수 소리는 아이들의 삶 속에서 오래도록 근육처럼 작동할 힘이 되리라 믿었습니다.

5. 운동장에 새로운 리듬, 광안리 바다 선물

준우승이 만든 기적, 그리고 행복한 일상

전국대회 준우승 이후, 무을초 아이들은 중간놀이 시간을 더욱 좋아하게 되었습니다. 매일 "선생님, 오늘도 음악줄넘기 해요?"라는 질문을 받을 때마다 교사로서의 보람을 느꼈습니다. 예전보다 더 또렷한 리듬이 흘렀습니다. 줄 하나를 사이에 두고 아이들이 만들어 낸 이야기는 준우승이라는 성적을 넘어 평생의 용기와 자신감으로 남았습니다.

무을초 음악줄넘기 시범단 아이들은 단순히 줄을 넘는 법만 배운 것이 아니었습니다. 중간놀이 시간에는 전교생 도우미 역할을 통하여 넘어져도 다시 일어나는 힘, 친구의 박자를 존중하며 맞추는 법, 그리고 꿈을 크게 품을 용기를 배웠습니다.

땀과 리듬을 함께 나눈 동행

무을초 음악줄넘기 시범단 아이들과 저는 단순한 교사와 제자가 아닌, 땀과 리듬을 함께 나누는 진정한 한 팀이었습니다. 여름날 연습이 길어지면 아이들은 "선생님, 우리 개울로 가요!"라고 외쳤고, 우리는 학교 옆 개울가로 달려가 시원한 물살 속에서 멱을 감고 다슬기를 잡았습니다. 냇가에서 끓여 먹던 라면 한 그릇은 세상 어떤 진수성찬보다 맛있었죠.

해 질 녘까지 뛰놀던 아이들을 마을마다 바래다주고 나서야, 저는 늦은 밤 학교를 나설 수 있었습니다. 가을이면 단풍 든 산길을 함께 걸으며 또 한 장의 추억을 더했습니다. 아이들과 함께한 계절마다 제 마음도 한결 넉넉해졌습니다.

교사의 동반자, 아이들의 성장

그 무렵 저는 한국음악줄넘기의 위촉 강사로 전국 교사 연수회를 다닐 때마다 아이들을 시범 공연자와 연수 도우미로 데리고 갔습니다. 짧은 팔과 작은 어깨가 만들어 내는 정교한 루틴은 언제나 연수에 참여한 선생님들에게 큰 감동을 주었고, 아이들은 무대를 즐겼습니다. 아이들이 교사의 길을 돕는 가장 큰 동반자가 되어 주는 모습이 흐뭇했습니다.

한번은 경남 진주에서 연수를 마치고 돌아오는 길, 문득 아이들에게 바다를 보여 주고 싶다는 생각에 곧바로 부산 광안리로 향했습니다. 차창 밖으로 끝없이 펼쳐진 바다를 본 아이들은 "와, 진짜 바다다!"라며 감탄했고, 옷이 젖는 줄도 모른 채 신발을 벗어 던지고 파도를 향해 달려가 소리 내어 웃었습니다. 그날 광안리의 햇빛과 아이들의 웃음소리는 아직도 제 기억 속 가장 환한 장면으로 남아 있습니다.

새로운 시작을 향한 날갯짓

무을초등학교에서의 2년은 음악줄넘기 지도자로서 한 단계 성장할 수 있는 소중한 시간이었습니다. 낯선 환경에서 시작한 도전이었지만, 아이들과 함께 만들어 낸 성과는 그 어떤 것과도 바꿀 수 없는 보람이었습니다. 이곳에서 음악줄넘기가 단순한 운동을 넘어 학교 문화를 바꾸고, 아이들의 자신감을 키우며, 지역사회의 관심을 끌어내는 종합적인 교육 활동이 될 수 있음을 확신하게 되었습니다.

2002년 2월, 무을초를 떠나는 날, 아이들이 보여 준 마지막 공연을 보며 저는 다음 부임지에서도 이 소중한 경험을 바탕으로 더 많은 아이들에게 음악줄넘기의 즐거움을 전해 주겠다고 다짐했습니다.

6. 열정이 만든 확신, 전국 1등급(푸른기장)

음악줄넘기 연구로 쌓은 땀방울의 기록

무을초에서 보낸 2년은 추억뿐 아니라 저의 교육적 실천과 연구의 결실이 함께 이어진 시기였습니다. 이미 금오초 시절부터 음악줄넘기를 더 전문적으로 탐구하고자 하는 열망이 있었기에 한국교원대학교 교육대학원에 진학했습니다. 수업과 연습, 대회 준비로 바쁜 나날이었지만, 틈틈이 교육학·체육학 관련 강의를 들으며 음악줄넘기를 과학적·이론적으로 정립하는 데 몰두했습니다.

결국 석사 논문 주제도 '음악줄넘기'로 정했습니다. 현장에서 체득한 경험을 학문적으로 분석하고, 아이들의 기초 체력 신장 효과를 데이터로 증명했습니다. 이 과정에서 연구 설계와 자료 정리 능력이 길러졌고, 이후 현장연구 운영과 보고서를 작성하는 데 큰 힘이 되었습니다.

그 결실을 모아 「다양한 음악줄넘기 프로그램이 초등학생의 기초 체력 신장에 미치는 영향」이라는 보고서를 완성했습니다. 1993년 대방초에서부터 쌓아 온 지도 경험, 금오초와 무을초에서의 실천, 그리고 대학원에서의 학문적 탐구가 한데 모여 더욱 탄탄한 연구가 되었습니다.

2001년, 제43회 전국 현장교육 연구대회에 출품된 이 보고서는 최종 심사에서 "매우 우수하고, 무엇보다 실질적이다"라는 평가를 받았습니다.
그리고 마침내 전국 1등급(푸른기장)의 영예를 안았습니다.

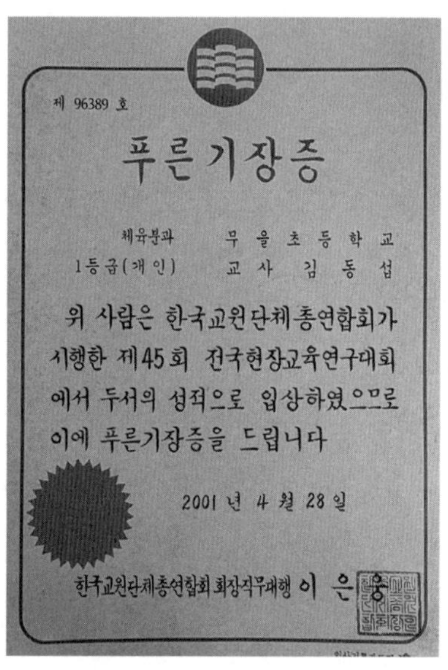

시상대에 오르던 순간, 저는 혼자가 아니었습니다. 보고서 속 수치와 그
래프마다, 운동장에서 흘린 아이들의 땀과 웃음이 함께 스며 있었기 때문
입니다. 상을 손에 쥔 그날, 제 마음속에는 한 가지 확신이 더욱 굳어졌습
니다. '음악줄넘기는 단지 체육 수업의 한 종목이 아니라, 아이들의 몸과
마음을 함께 키우는 교육의 길이다.'

저의 석사 논문과 현장연구는 이후 여러 학술 논문에서 참고·인용되며
적용성을 인정받았습니다. 그러나 무엇보다 큰 의미는, 교사의 작은 실천
이 학문으로, 그리고 국가적인 공인으로 이어졌다는 사실이었습니다.

그날의 푸른기장은 단순한 훈장이 아니었습니다. 그것은 교직의 길을

 음악줄넘기로 그린 32년, 꿈과 행복

지탱해 준 확신의 증거였고, 제가 걸어온 모든 시간의 값진 보상처럼 느껴졌습니다. 저는 다시 한번 마음속에 다짐했습니다.

"실수해도 괜찮다. 한 번 더. 연구도, 수업도, 아이들과의 내일도."

7. '꿈'을 묻다―20년 후의 약속, 타임캡슐

학년 말 어느 날, 6학년의 '꿈단지' 행사를 지켜본 우리 반 5학년 반장인 은진이가 반짝이는 눈으로 외쳤습니다.

"선생님, 우리도 꿈단지 만들어요!"

아이들의 제안은 곧 우리 모두의 약속이 되었습니다. 과학자, 선생님, 음악줄넘기 선수…. 아이들은 20년 후의 나에게 편지를 써서 유리병에 넣고, 비닐로 감싸 단단히 묶었습니다.

작은 삽으로 국기 게양대 옆 햇살이 잘 드는 자리를 파고, 우리는 함께 타임캡슐을 묻었습니다.

"2022년 8월 15일, 광복절에 다시 만나 열어 보자!"

굳게 맞잡은 눈빛과 손길 속에, 유리병은 단순한 물건이 아니라 아이들의 꿈과 신뢰, '함께 자라겠다'는 다짐이 되어 흙 속에 잠들었습니다.

잊고 있던 약속, 화단에서 되살아난 기억

세월은 강물처럼 흘렀습니다. 무을초를 떠난 지 20여 년, 다시 그곳을 찾을 기회란 좀처럼 오지 않았습니다. 그런데 2023년 5월, 무을초 연구부장님의 요청으로 교직원 대상 음악줄넘기 연수를 위해 학교를 다시 찾게

　음악줄넘기로 그린 32년, 꿈과 행복

되었습니다. 뒤로는 푸른 산, 앞으로는 들판—'새가 춤춘다'는 이름 그대로의 풍경은 여전했지만, 예전과 달라진 건 웅장한 강당 하나뿐이었습니다.

교장실에서 새로 부임하신 여교장선생님과 이야기를 나누던 중, 뜻밖의 질문이 흘러나왔습니다.

"혹시 교장선생님, 예전 교사 시절 아이들과 국기 게양대 옆에 '꿈단지'를 묻지 않으셨나요?"

순간, 머리를 한 대 얻어맞은 듯 멍해졌습니다. 까맣게 잊고 있던 기억이 '딸깍' 하고 맞물렸습니다. 교장선생님 말씀인즉, 환경 개선 공사 중 포클레인 버킷에 유리병이 떠올랐고, 열어보니 곰팡이 슬고 희미해진 편지들이 들어 있었다는 것이었습니다.

저는 그 병을 건네받아 집으로 돌아와 돋보기를 쓰고 한 글자 한 글자 더듬어 읽었습니다. 세월이 잉크를 흐릿하게 만들었지만, 그 속에는 분명 아이들의 꿈과 웃음, 5학년 1반 23명의 얼굴이 살아 있었습니다. 약속했던 2022년 8월 15일을 놓쳐 버린 아쉬움에 가슴이 먹먹했지만, 저는 편지들을 스캔해 파일로 남기고, 원본은 소중히 보관했습니다.

방송이 이어 준 인연, 제자와의 20년 만의 통화

얼마 뒤, 모르는 번호로 전화가 걸려 왔습니다.

"선생님, 저… 무을초 5학년 1반 김은진인데요."

심장이 쿵 하고 내려앉았습니다. 그는 KBS 스승의 날 특집으로 방영된 〈줄넘기를 사랑하는 김동섭 교장선생님〉 편을 보고 제 연락처를 수소문 끝에 알아냈다고 했습니다.

"선생님, TV 속 모습이 예전 그대로시더라고요. 아이들과 늘 함께 뛰셔서 그런가 봐요."

농담 반, 진담 반의 그 말에 웃음이 터졌지만, 목 끝이 뜨거워지는 것을 숨길 수 없었습니다. 그는 지금 대구의 한 대학교 행정실에서 근무한다 했습니다. 학창 시절에도 성실하고 야무지던 아이가 이제 사회의 당당한 구성원으로 성장해 있었다는 사실이 자랑스럽고 뿌듯했습니다.

제자는 동창 몇 명과 연락이 닿는다며 곧 함께 찾아뵙겠다고 약속했습니다. 방송이 학교만 비춘 것이 아니라, 잊혀 가던 인연을 다시 이어 준 다리였음을 새삼 느낀 순간이었습니다.

작은 유리병, 큰 등불

타임캡슐은 단순한 유리병이 아니었습니다. 그것은 아이들의 미래, 우리 반의 약속, 그리고 교사인 제가 걸어온 길을 비추는 작은 등불이었습니다.

20년의 세월을 건너 제 손에 돌아온 편지들은 조용히 속삭였습니다.

"스승은 가르친 지식의 무게가 아닌, 아이들의 가슴에 새겨진 사랑과 믿음의 깊이만큼 영원히 기억된다."

저는 그날의 꿈단지를 마음의 서랍 맨 위 칸에 두었습니다. 그리고 어디에 있든, 어떤 삶을 살든, 아이들이 '우리는 할 수 있다'는 믿음을 잃지 않기를 조용히 응원하며 살아가기로 다짐했습니다.

8. 수구초심(首丘初心), 성주로 향하는 발걸음

눈부신 2년, 그리고 이별의 시간

무을초등학교에서 보낸 2년은 제 교직 인생에서 가장 눈부신 장면들로 채워져 있었습니다. '새가 춤춘다'는 이름처럼 고요하고 아름다운 교정에서 아이들과 음악줄넘기로 호흡하며, 폐교 위기의 분교 아이들에게 꿈과 희망을 심어 줄 수 있었습니다. 경북학생축제 공연, 전국대회 준우승이라는 기적, MBC 〈생방송 화제집중〉을 통해 전국에 알려지는 성과까지 더해지자 교사로서 더할 나위 없는 성취와 행복을 맛보았습니다. 무대 위에서 환하게 웃던 아이들의 미소와 반짝이는 눈빛은 지금도 제 삶을 지탱하는 가장 든든한 기억입니다.

그러나 구미 근무 12년 만기 규정은 피할 수 없었고, 정든 아이들과의 이별을 생각하면 마음이 저릿했습니다. 그때, 우리 시범단을 아껴 주시던 구미시장님이 직접 전화를 주셨습니다. "선생님, 구미에 한 해만 더 머물러 주실 수 없겠습니까?" 시의 크고 작은 행사에서 무을초 음악줄넘기 시범단이 지역을 빛내 주었다며, 근무 유예를 간곡히 요청하셨습니다. 시장님께서 학교까지 찾아와 말씀하실 때 저 역시 크게 흔들렸습니다.

수구초심(首丘初心), 고향으로 돌아가다

하지만 유예는 길어야 1년뿐이었습니다. 그 뒤에는 또다시 떠나야 한다는 사실이 저를 붙잡았습니다. 무엇보다 제 마음 깊은 곳에서는 고향 성주로 돌아가 후배 교사들과 배움을 나누고, 아이들에게 음악줄넘기로 꿈을 키워 주고 싶다는 열망이 점점 커졌습니다. **수구초심(首丘初心)**—여우가 죽을 때 머리를 고향 언덕으로 향하듯, 저 역시 뿌리를 잊지 않고 돌아가야겠다는 다짐이 제 선택을 이끌었습니다. 저는 감사의 마음을 전하고, 조용히 성주로 향할 준비를 했습니다.

2002년 2월, 월드컵의 열기만큼 뜨거운 마음으로 무을초 운동장을 마지막으로 걸었습니다. 분교장에서 시작된 작은 기적, 본교에서 이어진 시범학교의 성과, 잠실체육관 전국대회 무대에서 아이들과 끌어안고 흘린 눈물…. 모든 장면이 주마등처럼 스쳐 지나갔습니다. 음악줄넘기는 단순한 체육 활동이 아니었습니다. 그것은 아이들과 저를 단단히 이어 준 교육의 끈이자, 아이들의 가능성을 "할 수 있다"로 바꾸는 믿음의 도구였습니다. 정든 구미를 떠나는 발걸음은 아쉬웠지만, 고향 성주로 향하는 길은 설렘으로 가득했습니다. '진심으로 가르치면 아이들은 반드시 응답한다'는 확신을 가슴에 품고, 저는 새로운 교실로 향했습니다.

제5장

성주중앙초의 영광,
'꿈도리' 탄생과 기적

1. 고향 성주에서 이어진 음악줄넘기의 꿈

무을초에서 보낸 2년은 제 교직 인생의 한 페이지를 찬란하게 수놓은 시간이었습니다. 폐교 위기의 작은 분교에 음악줄넘기를 심어 전국 준우승이라는 기적을 일궈냈던 순간들, 아이들의 눈빛 속에 스며 있던 희망과 자신감은 저를 교사로서 더없이 행복하게 했습니다. 그 성과 덕분일까요, 구미시장님이 근무 연한을 더 유예해 달라며 직접 찾아오셨던 일도 있었습니다. 그러나 제 마음은 이미 고향을 향해 있었습니다. 성주의 아이들에게도 음악줄넘기의 꿈을 심어 주고 싶다는 간절함이 저를 이끌었습니다.

차창 밖으로 익숙한 성주의 풍경을 바라보며, 저는 스스로 다짐했습니다.

"이곳에서 다시 새로운 꿈을 피워내자. 성주 아이들과 함께라면 또 다른 기적을 만들 수 있을 것이다."

성주중앙초등학교는 성주군의 중심가에 자리 잡은 역사 깊은 학교였습니다. 전교생 500여 명의 아이들이 넓은 운동장을 뛰어다니며 활기찬 목소리를 내는 모습을 보니, 무을초와는 사뭇 다른 풍경이었습니다. 하지만 제 마음속에는 변함없는 다짐이 있었습니다. 이곳에서도 아이들과 함께 음악줄넘기로 행복한 추억을 만들어 보겠다는 것이었습니다.

부임한 지 며칠 되지 않아 학부모회장님이 교무실을 찾아오셨습니다.

"선생님, 무을초에서 아이들과 음악줄넘기 하실 때 TV에 나오셨던 거 봤습니다. 설마 그 선생님이 우리 학교에 오실 줄은 정말 몰랐습니다. 우리 아이들에게도 음악줄넘기를 가르쳐 주시면 안 될까요?"

그 한마디는 제 안에서 잠자고 있던 불씨에 다시 불길을 일으켰습니다. 저는 곧 4~6학년 25명의 아이들을 모아 방과 후 음악줄넘기부를 꾸렸습니다.

방과 후 강당은 곧 우리의 연습장이 되었습니다. 처음 배우는 줄넘기인데도 아이들은 너무 좋아하며 열심히 잘 따라 주었습니다. 그동안 93년부터 쌓은 음악줄넘기 노하우를 갖고 단계별 훈련안을 만들어 요일별로 종목을 정하여 차근차근 줄넘기의 다양한 기술들을 익히도록 하였습니다. 아이들은 구슬 같은 땀이 바닥에 떨어져 반짝였고, 그 위로 아이들의 웃음소리와 제 목소리가 메아리쳤습니다.

"하나, 둘, 셋! 리듬을 다시 맞추자!"

"선생님, 이번엔 제가 더블터치 성공했어요!"

아이들의 얼굴은 성취감으로 환하게 빛났고, 저 역시 목소리에 다시 힘이 실렸습니다.

그 무렵 전국은 월드컵의 붉은 물결로 들끓고 있었습니다.

저는 아이들에게 말했습니다.

"이번엔 월드컵 응원가로 안무를 짜 보자."

신나는 '월드컵 코리아'의 리듬에 맞춰 복수 줄넘기, 복합 줄넘기, 더블터치, 대형 전환까지 아이들과 함께 안무를 완성해 갔습니다.

얼마 후 성주군 체육회에서 연락이 왔습니다.

"성주중앙초 '음악줄넘기' 시범단에서 응원전 식전 공연을 맡아 주실 수 있겠습니까?”

아이들은 놀란 눈으로 서로를 바라보더니 함성을 터뜨렸습니다.

“선생님, 진짜 우리가 무대에 서는 거예요?”

“그래, 이제 우리가 땀 흘려 준비한 걸 마음껏 보여 줄 시간이야.”

드디어 성밖숲 잔디광장, 붉은 물결로 가득한 응원 인파 앞에서 아이들이 무대 위에 올랐습니다. ‘월드컵 코리아’의 전주가 울려 퍼지자 줄은 공중에서 반짝이며 춤을 췄고, 더블터치와 복합 줄넘기 동작이 터질 때마다 관중석에서는 탄성이 터져 나왔습니다.

“와, 저 작은 아이들이 어떻게 저렇게 해내지?”

“정말 멋지다!”

응원객들의 박수와 환호에 아이들은 눈빛을 주고받으며 더욱 힘차게 줄을 돌렸습니다. 강당에서 흘린 수많은 땀방울이 무대 위에서 빛나는 보석처럼 결실을 맺는 순간이었습니다.

2002년의 그 뜨거운 여름, 대한민국이 승승장구하여 16강, 8강, 4강 응원전에서 음악줄넘기 공연은 없으면 안 될 존재가 되었습니다. 성주중앙초 ‘꿈도리’ 음악줄넘기 시범단은 월드컵의 붉은 함성 속에서 진짜 ‘꿈’을 실어 돌렸습니다. 아이들은 “우리도 할 수 있다”는 자신감을, 저는 교사로서의 더 큰 보람을 온몸으로 느꼈습니다.

지금도 2002년 월드컵 4강 이야기가 나오면, 저는 성밖숲 거리 응원전에서 멋지게 공연했던 우리 ‘꿈도리’ 친구들이 가장 먼저 떠오릅니다. 붉은 물결 속에서 줄을 돌리던 아이들의 해맑은 미소와 벅찬 눈빛은, 제 기억 속에 영원히 가장 아름다운 장면으로 남아 있습니다.

　　　　　　　　음악줄넘기로 그린 32년, 꿈과 행복

2. 음악줄넘기 620 운동과 학교 혁신

방과 후 '음악줄넘기부'가 무대를 넓혀 갈수록, 제 마음 한편에 질문이 남았습니다.

"무대 위 몇 명의 변화만으로 충분한가?"

답은 분명했습니다. 전교생 모두가 매일같이 줄 위에서 음악과 호흡을 만나야 한다. 저는 학교 전체의 분위기를 살펴보았습니다. 아이들은 대체로 밝고 건강했지만, 체육 시간이면 운동을 힘들어하는 아이들이 눈에 띄었습니다. 특히 아침 시간이면 늦게 등교하는 아이들이 제법 많았고, 조회 시간에도 힘없이 서 있는 모습들이 마음에 걸렸습니다.

"이 아이들에게도 음악줄넘기의 기쁨을 전해 주고 싶습니다."

저는 교장선생님께 조심스럽게 제안을 드렸습니다. 무을초에서의 경험을 바탕으로, 성주중앙초에서도 전교생이 함께하는 음악줄넘기 프로그램을 시작해 보고 싶다고 말씀드렸습니다. 다행히 교장선생님께서는 흔쾌히 허락해 주셨고, 동료 선생님들도 관심을 보여 주셨습니다.

"김 선생님, 아이들이 좋아할 것 같네요. 한번 해 보시지요."

첫 번째 도전은 전교생을 대상으로 한 아침 운동 시간을 만드는 것이었습니다. 저는 매일 아침 8시 30분부터 8시 50분까지, 딱 20분간 전교생이 운동장에서 함께 줄넘기를 하는 프로그램을 제안했습니다. 처음에는 반신반의하는 분위기였습니다.

"20분이면 너무 길지 않을까요?", "아이들이 매일 할 수 있을까요?"

여러 우려가 있었지만, 저는 확신이 있었습니다. 무을초에서 경험한 바에 따르면, 음악과 함께하는 줄넘기는 아이들에게 지루함이 아닌 즐거움을 주었기 때문입니다.

첫째 주부터 시작된 '아침 20분 줄넘기' 시간. 운동장에 스피커를 설치하고 신나는 음악을 틀었습니다. 처음에는 줄도 제대로 넘지 못하고 엉켜서 넘어지는 아이들이 많았습니다. 하지만 저는 포기하지 않았습니다.

"괜찮아, 처음엔 다 그래. 선생님이 처음 배울 때도 마찬가지였어."

아이들 사이사이를 다니며 하나하나 직접 가르쳐 주었습니다. 줄을 잡는 법부터 시작해서, 음악 박자에 맞춰 뛰는 방법까지. 몸으로 직접 보여 주고, 함께 뛰며 격려했습니다.

놀라운 변화는 둘째 주부터 나타나기 시작했습니다. 아침마다 운동장으로 달려 나오는 아이들의 발걸음이 가벼워졌습니다. 처음에는 "또 줄넘기야?" 하며 투덜거리던 아이들이

"선생님, 오늘은 어떤 음악 나와요?" 하며 기대하는 눈빛으로 바뀌었습니다.

한 달이 지나자 더욱 놀라운 일들이 벌어졌습니다. 아침에 늦게 오던 아이들이 줄넘기 시간에 맞춰 일찍 등교하기 시작했습니다. 아침 조회 시간에 힘없이 서 있던 아이들의 얼굴에 생기가 돌았습니다. 무엇보다 아이들이 서로 도와 가며 줄넘기를 배우는 모습이 아름다웠습니다.

"이렇게 해 봐. 내가 도와줄게.", "팔은 이렇게 돌리는 거야."

　　　　　음악줄넘기로 그린 32년, 꿈과 행복

고학년 아이들이 저학년을 가르치고, 잘하는 아이들이 못하는 친구들을 격려하는 모습이 자연스럽게 나타났습니다. 학급 간의 벽도 허물어졌습니다. 줄넘기 시간만큼은 모든 아이들이 하나가 되어 같은 음악에 맞춰 뛰었습니다.

3개월이 지날 무렵, 학교 전체의 분위기가 완전히 달라졌습니다. 아이들의 체력이 눈에 띄게 향상되었고, 감기에 걸리는 아이들도 줄어들었습니다. 담임선생님들께서도 변화를 느끼셨습니다.

"요즘 아이들이 수업 시간에 집중을 잘해요.", "체육 시간에 지쳐 하던 아이들이 오히려 더 활발해졌어요."

무엇보다 제가 감동받은 것은 아이들의 표정이었습니다. 매일 아침 운동장에서 만나는 아이들의 얼굴에는 밝은 웃음과 자신감이 넘쳤습니다. 줄넘기를 통해 '할 수 있다'는 성취감을 맛본 아이들이 다른 일에도 적극적으로 도전하는 모습을 보였습니다.

학부모님들의 반응도 뜨거웠습니다.

"선생님, 우리 아이가 집에서도 줄넘기를 하고 싶다고 해요."

"요즘 아침에 일찍 일어나서 학교 가려고 해요. 줄넘기 시간이 좋다면서요."

가정에서도 아이들이 줄넘기 이야기를 자주 한다는 소식이 들려왔습니다. 저는 이 모든 변화가 단순히 운동 능력의 향상에서 그치지 않는다는 것을 알았습니다. 아이들이 함께 어울리고, 서로 격려하며, 매일 작은 성취를 경험하는 과정에서 마음도 함께 자라고 있었던 것입니다.

반년이 지나자 성주중앙초등학교의 '아침 20분 줄넘기'는 지역에서도 화제가 되었습니다. 다른 학교 선생님들이 견학을 오시기도 했고, 교육청에서도 우수 사례로 관심을 보여 주셨습니다.

하지만 저에게 가장 소중한 것은 아이들의 변화였습니다. 줄넘기를 통해 아이들은 단순히 체력을 기르는 것이 아니라, 함께하는 기쁨, 도전하는 용기, 서로를 격려하는 마음을 배웠습니다. 매일 아침 20분이 만들어 낸 기적이었습니다.

"선생님, 줄넘기 시간이 하루 중에 가장 좋아요."

한 아이가 건넨 이 말이 제 가슴 깊이 남았습니다. 성주중앙초등학교에서 시작된 전교생 줄넘기는 단순한 운동 프로그램을 넘어, 학교 전체를 하나로 만드는 소중한 시간이 되었습니다. 그리고 이것은 앞으로 펼쳐질 더 큰 꿈의 시작이기도 했습니다.

아침마다 운동장에 울리는 신나는 음악과 함께 춤추듯 뛰는 500여 명의 아이들. 그 모습을 바라보며 저는 확신했습니다. 음악줄넘기는 정말로 아이들을 행복하게 만드는 마법 같은 힘이 있다는 것을. 그리고 이 작은 시작이 앞으로 얼마나 큰 변화를 가져올지, 그때는 미처 상상하지 못했습니다.

2004년 3월, 경상북도교육청 지정 체육교육 시범학교로 지정되었습니다. 저는 이제까지 대방초와 무을초 두 번의 음악줄넘기 시범학교 운영 경험과 노하우로 '신나는 음악줄넘기 620 운동' 프로그램을 설계하여 아이들의 기초 체력 신장과 건전한 인성 함양을 목표로 체계적인 연구를 통한 연구로 일반화 자료를 얻기 위하여 노력하였습니다.

시작하는 날, 조회 시간에 저는 아이들에게 말했습니다.

"줄 하나, 음악 한 곡, 그리고 너희들의 호흡. 그 세 가지만 기억하자."

　　　　　　　　　　음악줄넘기로 그린 32년, 꿈과 행복

고개를 끄덕이는 아이들의 표정에 기대와 호기심이 섞여 있었습니다. 곧바로 운동장 스피커에서 요일별 오늘의 음악이 울려 퍼지기 시작했습니다.

'음악줄넘기 620 운동'은 주 6회 중간놀이 시간 20분을 이용하여 음악줄넘기 활동을 하는데, 학년 발달 단계에 맞춘 3축 체계로 운영했습니다. 요일마다 구성을 달리해 아이들이 스스로 흥미를 체득하도록 했습니다.

- 월·수: 개인 루틴

저학년은 줄 길이 맞추기, 양발 모아 뛰기, 제자리 구보, 번갈아 2박자 뛰기부터 시작했습니다. 고학년은 엇걸어 뛰기, 옆떨쳐 뛰기, 되돌려 옆흔들기까지 난이도를 높여 갔습니다.

- 화·금: 커플(짝) 루틴

맞서서, 옆 나란히, 번갈아 연속 뛰기 등 둘이서 호흡을 맞추는 동작을 익혔습니다. 월 1회는 파트너를 바꿔 배려와 소통을 배우게 했습니다.

- 수·토: 단체(학급, 동아리) 루틴

긴줄 파도넘기, 8자 돌기, 긴줄 1인 4도약, 긴줄 손 가위·바위·보 게임까지. 간격과 속도를 조절하며 팀의 박자를 몸으로 익혔습니다.

여기에 더해 시범학교 운영 계획서에는 다음과 같은 세부 운영이 포함되어 있었습니다.

- 체육 시간 준비운동: 5분 음악줄넘기
- 줄넘기 급수 인증제 운영(저학년 5종목/중학년 8종목/고학년 10종목)
- 줄넘기 워크북 제작·활용: 안무·급수 카드·줄넘기 일기, 월 1회 검증

- 전교생 동아리 편성(수·토 활동)
- 가족 줄넘기 날 운영(매주 일요일 아침, 커플 줄넘기)
- 이색 운동회: '성주중앙 줄넘기 축제 한마당'으로 동아리 대항, 가족 대항, 교직원·학부모 대항, 지역 주민 참여까지 확장

리듬에 익숙해지면 아이들에게 개인별 '줄넘기 워크북'을 나눠 주었습니다. 친구와 함께 목표를 세우고 스스로 체크하도록 했고, 복도와 강당 벽에는 '성취 기록판'을 설치했습니다. 비나 한파가 닥치면 실내로 곧바로 전환하는 '우천·한파 프로토콜'을 마련했고, 안전 당번·음악 당번·장비 당번을 정해 책임감을 나누었습니다.

"선생님, 줄넘기하다 힘들면 좀 쉬어도 돼요?"

"괜찮아. 숨으로 박자를 잡아 보자. 옆 친구랑 같이 한 박만 더."

작은 격려 속에서 아이들은 다시 줄을 잡곤 했습니다.

   음악줄넘기로 그린 32년, 꿈과 행복

학교가 매일 흔들리는 시간, 활기찬 하루

2교시가 끝나고 종이 울리면, 당번이 바구니를 챙겨 운동장으로 달려 나갔습니다.

"하나, 둘, 셋, 넷!"

손피켓을 높이 들면 운동장에 큰 원이 생기고, 교실 옆과 복도 끝에도 작은 원들이 동시에 돌기 시작했습니다.

담임선생님들은 학급 리듬 보드에 참여 체크와 '칭찬 한 줄'을 적었습니다.

"오늘 ○○의 배려가 우리 반을 살렸어요."

그 한 문장이 아이들의 어깨를 가볍게 밀어 주었습니다.

주말이면 가족 줄넘기 날. 아이는 부모의 손을 끌어 마당에서 짝 줄넘기로 맞서서·옆나란히·번갈아 뛰기를 함께 연습했습니다.

"아빠, 엄마랑 같이 줄넘기하니까 더 재미있어요!"

비록 짧은 시간이었지만 가정의 대화 습관이 달라졌습니다. 한 어머님은 웃으며 말했습니다.

"선생님, 요즘은 아이가 먼저 줄을 챙기고 아빠 손을 끌어요. 집이 달라졌어요."

또한 줄넘기 급수 인증제, 동아리 활동, 동아리 대항 줄넘기대회 등을 통해 생활화의 촘촘한 그물을 만들어 주었습니다. '리듬은 습관에서 자란다'는 믿음대로, 달력은 작은 리듬들로 가득 채워졌습니다.

가을운동회를 바꾼 '줄넘기 축제 한마당'

가장 큰 변화는 가을운동회였습니다. 하루 반짝하는 경쟁 대신, 모두가 주인공이 되는 축제의 장으로 바꾸었습니다.

막은 꿈도리 시범단의 화려한 공연으로 열렸습니다. 더블터치·복합 넘기·대형 전환이 파도처럼 이어지자 관람석은 환호로 가득 찼습니다.

"와, 리듬이 완벽해!"

"저렇게 빠른데 하나도 안 걸리네!"

이어 사회자가 외쳤습니다.

"이제부터는 여러분 차례입니다!"

그날만큼은 시범단 친구들이 각 동아리의 리더가 되어 줄 길이 조정, 스텝과 호흡동작, 대형 맞추기까지 또래 코칭을 맡았습니다.

축제는 1부 '같이 뛰자', 2부 '우리는 팀', 3부 '가족이 팀', 4부 '지역 주민 건강 줄넘기', 5부 '리듬이 예술이 될 때'로 이어졌습니다. 마지막 전교생 합동 루틴에서는 운동장 전체가 하나의 커다란 원이 되어 리듬을 공유했습니다.

해가 기울 무렵, 사회자가 마지막 멘트를 건넸습니다.

"오늘의 우승은 함께 우리 모두가 한마음으로 만든 박자에게 돌아갑니다."

　　　　　　　　　

이날의 축제는 KBS 〈세상의 아침〉(2004. 9. 21, '아주 특별한 가을 운동회')과 한국교육신문(2004. 9. 22, '줄넘기로 하나 됐어요')에 소개되며 큰 반향을 일으켰습니다.

매일 펼쳐지는 음악줄넘기 프로그램이 자리 잡자, 담임 기록장엔 이런 문장이 늘었습니다.

"아이들이 더 건강해졌습니다.", "이전보다 발표도 잘하게 되었어요."

체력 측정표의 숫자는 오름차순으로 채워졌고, 참여율도 높아졌습니다. 무엇보다 아이들의 표정이 달라졌습니다. 숨이 찼다가도 금세 웃고, 줄에 걸려도 친구에게 손을 내미는 얼굴. 저는 그 얼굴들을 보며 확신했습니다.

'교육은 아이들이 즐거울 때 가장 깊게 배워진다.'

학교의 위상, 공동체의 자부심

'음악줄넘기 620 운동'과 시범학교 운영, 줄넘기 축제 모델, 그리고 자료 공개까지 현장을 바꾸는 실천은 학교의 얼굴이 되었습니다.

2004년, 우리 학교는 경북교육청 50대 교육과정 우수학교로, 2005년에는 교육인적자원부 전국 100대 교육과정 우수학교(골든 리본상)로 선정되었습니다.

"선생님, 이거 우리도 받은 거 맞죠?"

"그럼, 너희가 흘린 땀이 만든 상이지."

아이들의 눈빛이 더 환해졌습니다.

그러나 무엇보다 값진 보상은 교무회의에서 교장선생님이 남기신 한마디였습니다.

“우리 학교가 음악줄넘기로 아이들의 건강과 웃음으로 유명해졌습니다. 여러분, 고맙습니다.”

그날 저는 게시판에 붙은 작은 쪽지를 오래 바라보았습니다.

“오늘 너의 박자가 우리 반의 리듬이 되었어.”

상장보다 더 빛났던 문장. 그것이야말로 ‘음악줄넘기 620 운동’이 우리 학교에 남긴 가장 큰 성과였습니다.

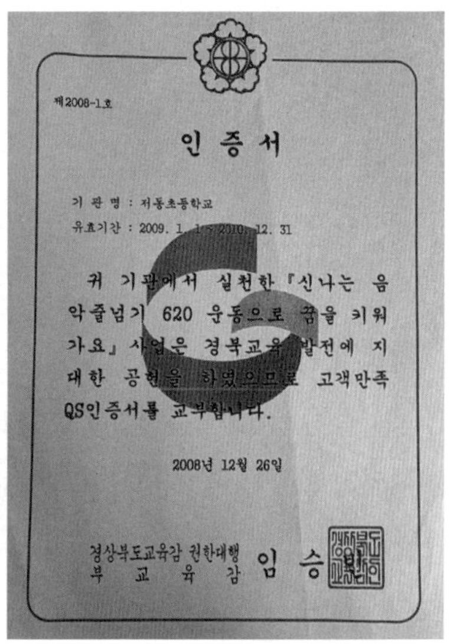

음악줄넘기로 그린 32년, 꿈과 행복

3. '꿈도리' 음악줄넘기 시범단의 탄생

방과 후 음악줄넘기부 아이들이 2002 월드컵 응원전에서 큰 호응과 박수를 받고, 전교생이 함께하는 아침 20분 음악줄넘기가 자리 잡고 반년이 지날 무렵, 저는 새로운 도전을 계획하게 되었습니다.

아침마다 운동장에서 보는 아이들의 놀라운 실력 향상을 보며, 이제는 더 체계적이고 전문적인 음악줄넘기 팀을 만들어 볼 때가 되었다고 생각했습니다.

2002년 여름, 방과 후 음악줄넘기부가 아닌, 성주중앙초 음악줄넘기 시범단을 창단할 계획을 세웠습니다. 전교생 대상의 아침 운동과는 별도로, 특별히 재능이 있고 열정적인 아이들을 선발하여 더 높은 수준의 음악줄넘기를 지도하고 싶었습니다.

"선생님, 저희도 시범단에 들어갈 수 있을까요?"

"얼마나 잘해야 시범단이 될 수 있어요?"

아이들의 관심은 뜨거웠습니다. 하지만 저는 실력만으로 선발하지 않았습니다. 가장 중요한 것은 음악줄넘기를 진심으로 사랑하고, 끝까지 포기하지 않는 마음가짐이었습니다. 체력이 부족해도, 처음에는 서툴러도 상관없었습니다. 열정과 성실함이 있다면 누구든 함께할 수 있었습니다.

드디어 시범단의 이름을 정할 때가 되었습니다. 아이들과 함께 고민한 끝에 '꿈도리'라는 예쁜 이름을 짓게 되었습니다. '줄넘기에 꿈을 실어 돌리는 아이들'이라는 뜻으로, 음악줄넘기를 통해 아이들의 꿈이 하나씩 이루어지길 바라는 마음을 담았습니다.

"선생님, 꿈도리가 뭐예요?"

"우리가 꿈을 이뤄 주는 줄넘기 팀이라는 뜻이야. 너희들의 꿈을 도와주고, 다른 사람들에게도 꿈과 희망을 전해 주는 그런 팀 말이야."

아이들은 "선생님 너무 좋아요", "우리 모두 꿈을 실어 전국대회 우승하고 싶어요", "아니 세계 챔피언이 될 거예요"라며 '꿈도리'라는 이름을 무척 좋아했습니다.

이후로 성주중앙초등학교 꿈도리 음악줄넘기 시범단이 공식적으로 탄생했습니다.

'꿈도리'의 활약은 성주 교육계에도 작은 파란을 일으켰습니다. 늘 지역

 음악줄넘기로 그린 32년, 꿈과 행복

에서 1등이라는 자부심을 지니고 있던 성주초등학교 학부모들 사이에서는, 성주중앙초의 음악줄넘기 열풍을 두고 "저 줄넘기 선생님을 우리 학교로 모셔 와야 한다"는 이야기가 있었다고 합니다.

지금 돌아보면 웃음이 나는 에피소드지만, 당시만 해도 음악줄넘기가 학교와 지역 사회에 미치는 파급력이 얼마나 컸는지를 보여 주는 생생한 방증이었습니다.

2003 꿈도리 시범단(제2기)

2004 꿈도리 시범단(제3기)

2005 꿈도리 시범단(제4기)

2006 꿈도리 시범단(제5기)

4. 가야산 아래, 한 줄에 묶인 두 학교의 약속

한 줄, 두 학교, 하나의 마음

2002년 성주중앙초에 부임한 저는 교실 창가에 설 때마다 무을초 아이들을 떠올리곤 했습니다. 해 질 녘 강당을 가득 채우던 땀 냄새와 "선생님, 한 번만 더요!"를 외치던 아이들의 눈빛. 저는 문득 두 학교 아이들을 한자리에 모아 주고 싶은 마음이 간절해졌습니다. 마침 성주중앙초 학부모님 중 한 분이 가야산 포천계곡에서 캠핑장을 운영하고 계셨고, 저는 곧바로 버스를 빌려 무을초로 향했습니다.

포천계곡 1박 2일, 첫 만남의 설렘

캠프 당일, 무을초 교정에서 버스를 본 아이들은 "선생님, 보고 싶었어요!"라며 달려 나왔습니다. "성주 친구들이랑 진짜 같이 해요?" 묻는 아이들에게 저는 "그럼! 오늘은 한 줄, 두 학교야"라고 답했습니다. 버스가 가야산 능선을 따라 달리자, 아이들의 설렘으로 차 안은 가득 찼습니다. 먼저 도착한 성주중앙초 아이들은 푸른 매트를 펴고 기다리고 있었습니다. 어색했던 첫인사를 깬 것은 줄넘기 소리였습니다. 탁, 탁, 탁! 박수와 웃음이 뒤섞이며 어색함은 금세 사라졌습니다.

맑은 물소리가 흐르는 계곡 옆 바위는 즉석 야외 강당이 되었습니다. 저는 아이들을 모아 "자, 30초 스피드부터! 준비, 셔틀!"을 외쳤습니다. 줄이 공기를 가르는 소리가 계곡물 소리와 합창을 이루었습니다.

무을초 아이가 성주중앙초 친구에게, 성주중앙초 아이가 무을초 친구에게 기술을 알려 주며 웃음이 끊이지 않았습니다. "둘이서 복수 줄넘기 가자!" 외침과 함께 운동화는 바위 위를 톡톡 튀었고, 어느새 아이들은 한 팀이 되어 있었습니다.

음악과 불꽃 아래서 하나 된 약속

오후에는 캠핑장 강당으로 자리를 옮겨 월드컵 응원가에 맞춰 창작 안무를 만들었습니다. 아이들은 각자 역할을 나누고 맨투맨으로 기술을 다듬었습니다.

"무을초 병기, 템포 유지하는 거 최고야", "성주중앙초 우준, 회전 스냅 완전 멋지다" 서로의 강점을 칭찬하며 음악이 끝날 때마다 "선생님, 한 번만 더요!"를 외쳤습니다.

창작음악줄넘기 연습을 마치고는 포천계곡의 시원한 계곡물에 몸을 담그고, 물놀이를 하면서 즐거운 시간을 보내다 해가 지고 바비큐 파티가 시작되자 아이들은 서로에게 고기를 덜어 주며 장난을 쳤습니다. 식사 후 모닥불이 활활 타오르자 아이들은 손을 잡고 둥글게 앉았습니다. 학부모님들께서 준비해 오신 폭죽이 밤하늘을 수놓자 아이들의 환호성이 계곡에 메아리쳤습니다. 그때 한 아이가 조심스럽게 말했습니다.

"선생님, 우리 내년에 또 해요." 저는 "약속하자. 내년엔 더 큰 무대에서, 한 줄로"라고 답했습니다.

다음 날 새벽, 아이들은 조용히 강당에 모여 마지막 훈련을 했습니다. 3분 지속 줄넘기, 마지막 30초, 이마에 땀이 맺혔지만 모두 포기하지 않았습니다. 줄이 동시에 바닥에 '툭' 닿는 순간, 아이들은 서로의 손을 높이 들어 올렸습니다. 말보다 확실한 응원이었습니다.

캠프를 마친 후 아이들은 서로의 연락처와 별명이 적힌 종이를 주고받으며 헤어졌습니다. 창밖으로 멀어지는 계곡을 보며 저는 다짐했습니다.

'줄 하나로 이어진 이 인연이 아이들의 세상을 넓혀 주기를.'

그 후 아이들은 중학교에 진학했지만, 성주중앙초 이름이 방송에 나오면 무을초 아이들의 안부 전화가 이어졌습니다.

포천계곡에서의 1박 2일은 단순한 캠프가 아니었습니다. 줄을 매개로 서로의 호흡을 맞추며 낯선 얼굴을 친구로 바꾸는 법을 배운 시간이었습니다. 화려한 상장이나 기록표가 아니라, 서로의 땀을 칭찬해 주는 따뜻한 마음을 가진 아이들이라면 어느 무대에서도 흔들리지 않을 것입니다. 한 줄에 묶인 두 학교 아이들이 가야산 별빛 아래서 배운 '함께 뛰면, 더 멀리 간다'는 진실을 저는 오래도록 기억하고 있습니다.

음악줄넘기로 그린 32년, 꿈과 행복

5. 불꽃으로 전국을 넘어 아시아 우승까지

'꿈도리'의 첫 전국대회 도전

2002년 월드컵 응원전 무대와 포천계곡 캠프를 통해 한층 더 단단해진 아이들은 이제 더 큰 꿈을 꾸었습니다. "선생님, 우리 전국대회에도 나가 보고 싶어요!"라는 아이들의 말에, 저는 그들의 열망을 확신했습니다. 마침 대한줄넘기협회 주관 전국 음악줄넘기대회가 서울에서 열린다는 소식에, 아이들은 여름방학을 반납하고 매일같이 강당에 모여 구슬땀을 흘렸습니다. 저는 3학년부터 6학년까지, 나이도 실력도 제각각인 24명의 아이들을 모아 '꿈도리' 시범단을 창단했습니다. 우리는 개인 줄넘기부터 시작해 복수줄넘기, 복합줄넘기, 더블터치 프리스타일까지 체계적으로 익히며 서로 호흡을 맞춰 나갔습니다. 연습은 결코 쉽지 않았습니다. 줄에 걸려 넘어지기도 하고, 박자가 맞지 않아 다시 시작하기도 했습니다. 하지만 아이들은 포기하지 않았고, 오히려 어려울수록 더 열심히 했습니다.

2003년 11월, 제1회 전국 창작음악줄넘기 경연대회에 첫 출전한 아이들은 긴장 속에서도 그동안 갈고닦은 실력을 마음껏 발휘했습니다. 음악이 시작되자 아이들의 움직임은 마치 하나의 작품처럼 아름답고 정교했습니다. 관중들의 박수와 환호가 체육관을 가득 메웠습니다. 결과는 놀라웠습니다. 성주중앙초등학교 '꿈도리' 시범단이 첫 출전에서 금상을 수상한 것입니다. 아이들은 기쁨의 눈물을 흘렸고, 이 첫 우승은 팀에 큰 자신감을 불어넣었습니다.

대한민국을 넘어 아시아로

2004년에 들어서면서 '꿈도리'의 활동은 더욱 활발해졌습니다. 각종 지역 행사에 초청받아 공연을 펼쳤고, MBC 〈초록세상〉과 KBS 〈세상의 아침〉 등 여러 방송에 출연하며 전국적인 명성을 얻었습니다.

그리고 그해 10월, 제6회 전국줄넘기선수권대회 겸 아시아대회 국가대표 선발전에서는 12개 전 종목 1위를 차지하며 종합 우승을 달성했습니다. 더욱 놀라운 것은 '꿈도리' 시범단 전원(24명)이 2005년 말레이시아에서 열리는 아시아대회에 국가대표로 선발되었다는 소식이었습니다. "우리 꿈도리가 국가대표래요!"라는 아이들의 외침에 학교는 축제 분위기였습니다. 작은 시골 학교의 줄넘기 팀이 대한민국을 대표해 아시아 무대에 설 수 있게 된 것입니다. 이 과정에서 아이들은 개인의 기량보다 팀워크, 배려, 끈기, 노력하는 습관이 얼마나 중요한지 깨달았습니다.

제2회 대회, 대상을 차지하다

2004년 11월 21일, 제2회 전국 창작음악줄넘기 경연대회가 열리는 서울 경희대학교 체육관. 전년도 금상의 아쉬움을 이번엔 반드시 대상으로 바꿔 놓겠다는 굳은 각오를 다진 날이었습니다. 예산이 넉넉지 않아 대절버스 대신 새벽 어스름에 왜관역에서 기차를 타고, 서울역에 내려 다시 지하철로 갈아타는 고단한 여정이었지만, 아이들 발목에는 피곤이 스며 있었을지언정 눈빛만큼은 불타오르고 있었습니다.

"선생님, 오늘은 진짜 끝까지 가요"라고 다짐하는 아이들의 말에 저는 "그래, 우리는 끝에서 웃자"라고 화답했습니다.

조명이 켜지고, 심사위원석 앞의 긴장감이 고조되었습니다. 무대감독의 짧은 "큐!" 사인과 함께, 우리 팀의 작품 〈불꽃〉이 시작되었습니다. 느린 도입부에서 아이들은 숨을 깊이 들이켜 한 박자, 한 박자를 눌러 담듯 긴장감을 쌓아 올렸습니다. 브리지 구간에서 앞뒤 이동 뛰기와 대형 변형으로 리듬을 끌어올렸고, 중반부에 들어서는 이중, 복합 뛰기, 되돌려 옆 흔들어 뛰기 360도 회전 같은 고난도 콤비네이션이 연쇄적으로 터져 나오자 관객석 곳곳에서 짧은 탄성이 터져 나왔습니다. 줄이 공기를 가르는 "탁, 탁"의 박동과 아이들의 동선은 한 치의 끊김도 없이 이어졌고, 마지막 피날레에선 전원이 중앙에 모여 성주의 별을 그리듯 완벽한 '클렌징' 동작으로 마무리했습니다. 불꽃이 잔영을 남기고 사그라지듯, 음악의 마지막 잔박까지 줄과 몸이 하나의 호흡으로 정리되는 순간, 찰나의 정적이 흘렀습니다.

그리고 체육관을 가르는 우렁찬 호명. "대상—성주중앙초등학교!"

순간 아이들은 서로를 부둥켜안고 울음을 터뜨렸습니다. "선생님, 우리가 해냈어요!" 여기저기서 터져 나오는 속삭임, 조명 아래 금빛 메달이 흔들리며 반짝였습니다. 저도 목이 메어 "얘들아, 수고했다"는 말밖에 할 수 없었습니다. 시상식을 마치고 밖으로 나오니 밤공기가 뺨을 스쳤습니다. 문제는 열차 시간. 경희대에서 서울역에 도착하니 출발 3분 전이었습니다. "애들아, 뛰자! 8번 승강장!" 저는 아이들에게 소리쳤고, 우리는 긴 복도를 영화의 한 장면처럼 전력 질주했습니다. "문 닫습니다"라는 안내 음성이 들릴 때, 마지막 아이가 턱걸이하듯 객차에 올라탔고 문이 '철컥' 닫혔습니다. 자리에 앉을 새도 없이 아이들은 통로에 기대어 그대로 곯아떨어졌고, 어깨에 걸린 메달들이 서로 '챙, 챙' 부딪히며 작은 자장가를 만들었습니다. 지나가던 승객이 "얼마나 열심히 했으면…"이라고 소곤거리는 소리에 저는 고개 숙여 작게 인사했습니다.

그날의 환호와 피로, 심장 박동 같은 발걸음은 아이들 가슴 한가운데에 태극마크처럼 단단히 달라붙었습니다. 그리고 우리는 다음 날, 강당의 벽에 '아시아대회 정상을 향하여!'라는 새로운 문구를 붙였습니다. 박수 대신 숨을 맞추고, 환호 대신 박자를 세며 '불꽃'이 남긴 뜨거운 잔열로, '꿈도리'는 명실상부한 대한민국 최고의 음악줄넘기 팀으로서 아시아 정상을 향한 첫 발걸음을 내디뎠습니다.

제3회 말레이시아 아시아대회 우승의 영광

2005년 2월, 드디어 말레이시아 쿠알라룸푸르에서 열리는 제3회 아시아 줄넘기선수권대회에 참가하게 되었습니다. 아이들과 저는 설렘과 긴장을 안고 말레이시아로 향했습니다.

"선생님, 비행기에서 내려다본 쿠알라룸푸르가 정말 커요!"

"우리나라와 너무 달라요. 여기서 정말 우리가 잘할 수 있을까요?"

처음 해외 대회에 나가는 아이들은 모든 것이 신기하고 새로웠습니다. 다른 나라 선수들의 실력도 대단했고, 경기장의 규모도 국내 대회와는 차원이 달랐습니다.

하지만 막상 경기가 시작되자 꿈도리 아이들은 평소 실력을 마음껏 발휘했습니다. 수없이 반복 연습했던 그 루틴들이 아시아 무대에서도 완벽하게 펼쳐졌습니다.

"꿈도리 코리아! 꿈도리 코리아!"

관중석에서 응원하는 한국 교민들의 목소리가 들렸습니다. 아이들은 더욱 힘이 났고, 그동안 연습한 모든 것을 쏟아부었습니다. 결과는 놀라웠습니다. 꿈도리 시범단이 금메달 17개, 은메달 21개, 동메달 8개로 총 46개의 메달을 획득하며 종합 우승을 차지한 것입니다.

특히 최우준 학생은 6관왕을 달성하며 대회 최고의 스타로 떠올랐습니다. 그리고 3중 뛰기에서 129회라는 신기록을 세우며 아시아 전체를 놀라게 했습니다.

"선생님, 우리가 정말 아시아 1등을 했어요!"

"꿈도리가 아시아 최고예요!"

시상대에서 태극기가 올라가고 애국가가 울려 퍼질 때, 아이들과 저는 눈물을 흘렸습니다. 성주 시골에서 시작된 작은 꿈이 아시아 정상에 서게 된 순간이었습니다.

한국으로 돌아온 후 꿈도리의 아시아대회 우승 소식은 전국을 강타했습니다. 2월 12일 영남일보에는 "성주중앙초등 줄넘기시범단, 아시아를 뛰어넘었다"라는 제목으로 대서특필되었습니다.

2월 16일에는 MBC 〈생방송 화제집중〉에 "우리는 줄넘기 왕"이라는 제목으로 출연했고, 2월 26일에는 〈생생 정보 토요일을 잡아라!〉에도 소개되었습니다. KBS에서도 3월 4일 〈8시 뉴스타임〉에서 "줄넘기 신동! 세계로! 세계로!"라며 꿈도리의 성과를 조명했습니다.

아시아대회 우승 이후 꿈도리의 활동은 더욱 활발해졌습니다. 4월에는 서울올림픽공원에서 열린 심장병 예방 줄넘기 축제에서 특별 공연을 펼쳤고, 대구야구경기장에서 열린 삼성-LG 야구 개막전 경기에서도 시범 공연을 통해 ESPN 스포츠 방송 채널로 전국에 소개되기도 하였습니다.

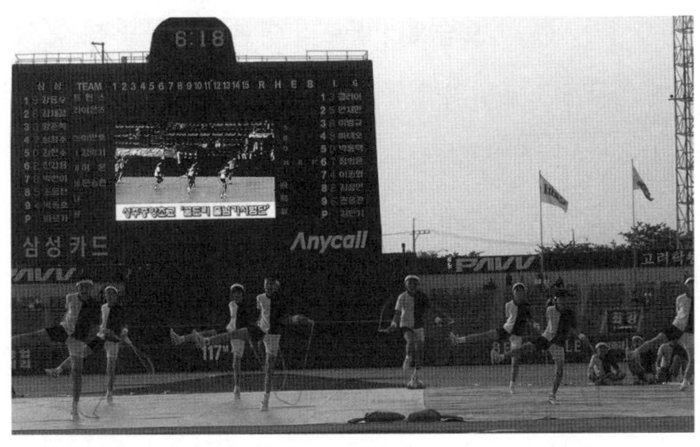

5월에는 성밖숲에서 열린 제3회 성주가요제 식전 행사에서 고향 관중들 앞에서 당당한 모습을 보여 주었습니다. 무엇보다 5월 29일 서울 잠실 실내체육관에서 열린 제1회 전국 학생 단체 줄넘기선수권대회에서 3개 종목 중 2개 종목에서 1위를 차지하며 아시아 챔피언의 실력을 다시 한번 입증했습니다.

여름에는 더욱 특별한 일들이 기다리고 있었습니다. 7월 9일 KBS 〈VJ 클럽〉에서 "줄넘기 대왕 나가신다"라는 제목으로 최우준 학생을 집중 조명했고, 8월 6일에는 KBS 〈쇼 파워 비디오〉 신동 특집에 꿈도리 시범단이 출연했습니다.

하지만 2005년의 하이라이트는 10월에 있었습니다. 제7회 전국 줄넘기 선수권대회에서 꿈도리는 또다시 12개 전 종목 1위로 종합 우승을 차지했습니다. 더욱 놀라운 것은 5학년 최우준 학생이 9관왕을 달성하며 3중 뛰기에서 129회라는 새로운 신기록을 세운 것이었습니다.

"우준아, 정말 대단해! 너 때문에 우리 꿈도리가 더 유명해졌어."

"형님들이 잘 도와줘서 할 수 있었어요. 우리 모두의 승리예요."

최우준 학생의 겸손한 모습에서 꿈도리 정신의 진수를 볼 수 있었습니다. 개인의 영광보다는 팀의 성공을 더 소중히 여기는 마음가짐 말입니다. 그리고, 2006년 캐나다 토론토에서 열리는 세계줄넘기대회 국가대표 선발전을 겸하는 대회로 성주중앙초 꿈도리 시범단은 아시아 대표에 이어 이제는 세계대회 국가대표로 선발되었습니다.

언론의 파도—KBS 〈쇼 파워 비디오〉에 선 꿈도리

귀국 소식은 지역지를 넘어 중앙지, 방송까지 대서특필되었습니다. '시골 초등학교의 아시아 제패'라는 제목들이 줄줄이 걸렸고, 교무실 전화는 하루 종일 울렸습니다. 그리고 여름, 결정적인 전화가 또 하나 걸려 왔습니다.

"KBS 공개홀 〈쇼 파워 비디오〉에 '성주중앙초 음악줄넘기─줄넘기 달인'으로 초청하고 싶습니다."

아이들은 설렘 반 긴장 반으로 서울 KBS 공개홀에 섰습니다. 조명, 카메라, 분주한 스태프 사이에서 짧은 리허설이 끝나고, 본 녹화의 빨간 불이 켜졌습니다. 음악이 흐르자 아이들은 무대와 하나가 됐습니다. 기술이 터질 때마다 방청석에서 "와!" 하는 감탄이 연속으로 솟구쳤고, 피날레 대형이 잠기자 우레 같은 박수가 터졌습니다. 실수 제로.

녹화를 마치고 돌아오는 길, 휴게소에서 뛰어오던 아이들이 숨을 헐떡이며 소리쳤습니다.

"선생님! 방금 어떤 분들이 '너거 TV에 나온 그 친구들 아이가?'라고 하셨어요!", "그리고 '평양곡예단 같다'고… 헤헤."

아이들 볼이 환하게 달아올랐습니다. 카메라 앞에서 떨지 않던 그 아이들이, 낯선 칭찬 앞에선 여전히 수줍었습니다.

언론의 스포트라이트를 받다

'꿈도리'의 활약상은 전국 언론의 뜨거운 관심을 받았습니다. 2005년 10월 20일에는 KBS 〈무한지대 큐〉에 출연하여 전국에 감동을 전했고, 10월 26일 **한겨레신문**은 "줄넘기에 꿈 실어 세계로 간다"고 보도하며 '꿈도리'의 이야기를 대서특필했습니다. 10월 28일에는 **조선일보**가 "줄넘기로 세계를 넘을래요"라는 제목으로, **동아일보**는 "매일 줄넘기만 넘었을 뿐인데…"라는 제목으로 아이들의 성장 스토리를 감동적으로 전했습니다.

아시아 정상, 그 이상의 가치

2005년 한 해 동안, '꿈도리'는 아시아 정상에서 국내 최고의 자리를 굳건히 지켰습니다. 아시아대회 우승이라는 꿈같은 성과도 놀라웠지만, 그 과정에서 아이들이 보여 준 성장이 더욱 값졌습니다. 처음에는 줄에 자주 걸려 넘어지던 아이들이 이제는 아시아 최고의 기량을 자랑하는 선수가 된 것입니다. 그들은 개인 기록보다 서로를 격려하고 도우며 함께 성장하는 것의 중요성을 깨달았습니다.

이러한 성취는 교육감의 전폭적인 지원, 학부모들의 헌신적인 뒷받침, 그리고 지역 사회의 아낌없는 관심과 응원 덕분이었습니다. "연습은 우리를 배신하지 않는다"는 약속을 지킨 끝에 얻은 메달과 박수, 그리고 자신

음악줄넘기로 그린 32년, 꿈과 행복

감은 아이들 가슴에 오래도록 남을 태극마크가 되었습니다. 작은 시골 학교에서 시작된 '꿈도리'의 꿈은 이제 대한민국을 넘어 아시아 정상을 차지하고, 세계로 나아가고 있습니다.

6. 세계대회, 캐나다에 울린 금메달 함성

세계대회 선발전, '67'이 '91'로, 그리고 캐나다까지

말레이시아 아시아대회 종합 우승의 여운이 채 가시기도 전, 2005년 가을, 2006 캐나다 세계대회 국가대표 선발전이 열렸습니다. "이제는 세계다"라는 약속을 가슴에 품고, 우리는 매일 강당 바닥을 닳게 했습니다.

연세대학교 체육관에서 열린 첫 종목은 초등부 30초 스피드였습니다. 아시아 3중 뛰기 챔피언이자 30초 스피드 최고 기록(89회)을 보유한 우준이가 경기 존에 섰습니다. 연습 때면 90~94회를 오르내리던, 우리가 알고 있는 바로 그 박자였습니다. 주심의 구호와 함께 줄이 찰나에 공기를 갈랐습니다. 신발 밑창이 매트 위를 미끄러지듯 딛고, 손목은 기계처럼 균등한 원을 그렸습니다. 옆 레인들의 줄이 엇박으로 흔들릴 때도 우준이의 원은 흐트러지지 않았습니다. 딱 한 번도 줄에 걸리는 소리가 나지 않았습니다.

"Stop!" 구호와 동시에 줄이 무음으로 가슴 앞에 멈췄습니다. 우리는 본능처럼 서로의 손을 꽉 잡았습니다. "됐어… 걸리지 않았어." 그런데 전광판에 번쩍이며 바뀐 숫자는 '67'이었습니다. 잠시의 정적, 그리고 관중석 어딘가에서 억눌린 탄식이 새어 나왔습니다. 우준이는 숨을 고르기도 전,

　　　　　음악줄넘기로 그린 32년, 꿈과 행복

헐떡이며 제 쪽으로 달려왔습니다. "선생님, 제 기록이 67개래요!" 그의 어깨가 들썩였고, 제 심장도 스톱워치처럼 미친 듯이 뛰었습니다.

한 대의 캠코더가 밝힌 진실

저는 심판석으로 달려가 "이 아이는 훈련에서도 90회를 넘깁니다. 한 번도 걸리지 않았는데 뭔가 착오가 있었던 것 같습니다. 재측정 부탁드립니다"라고 간곡히 요청했습니다. 하지만 심판장의 대답은 "형평성상 불가합니다"라며 단호했습니다. 그때, 뒤에 있던 한 학부모님이 앞으로 나서며 캠코더를 내밀었습니다. "여기에 전 과정이 담겼습니다."

프레임 단위의 재계산 끝에, 전광판의 숫자는 조용히 바뀌었습니다. '91'. 체육관에 고요가 떨어졌다가, 이내 큰 박수가 터졌습니다. "기록 정정, 91회. 1위 최우준." 그 한 컷의 영상이 억울함을 진실로 바꾸는 순간이었습니다. 우준이는 그 여세를 몰아 팀을 이끌었고, 우리는 남자부 9개 전 종목 석권, 여자부 금 5, 은 3, 동 1이라는 압도적인 성적으로 종합 우승을 차지했습니다. 그날의 메달보다 더 빛났던 건, 아이들 등 뒤에서 조용히 팀을 지켜 낸 학부모의 기지였습니다.

세계 정상에 서다

그날 이후 '캐나다 세계대회'라는 단어가 아이들의 공책 여백마다 작은 불씨처럼 타오르기 시작했습니다. 그리고 진실을 밝혀 준 한 대의 캠코더는 우준이에게도 결정적인 전환점이 되었습니다.

그는 이듬해인 2006년 캐나다 토론토에서 개최된 세계 줄넘기대회에서 3중 뛰기 149개라는 세계 신기록으로 당당히 세계 챔피언에 올랐고, 각종 방송에서 '줄넘기 신동'으로 스포트라이트를 받으며 경북 교육의 우수성을 널리 알렸습니다. 한 번의 공정한 판정이 한 아이의 미래를 밝히고, 한 팀의 꿈을 더 멀리 끌어올렸던, 숨 막혔던 30초의 진실이었습니다.

2005년을 마무리하며 저는 생각했습니다. 아시아 우승이라는 놀라운 성과도 중요하지만, 그보다 더 소중한 것은 아이들이 배운 도전 정신과 끈기, 그리고 팀워크였습니다. 이러한 경험들이 아이들의 인생에 평생 도움이 될 것이라는 확신이 들었습니다.

하지만 꿈도리의 여정은 여기서 끝나지 않았습니다.

아시아 정상에 오른 이제, 더 큰 꿈이 우리를 기다리고 있었습니다. 바로 세계대회라는 최고의 무대 말입니다. 2006년에는 캐나다에서 열리는 세계줄넘기선수권대회가 꿈도리를 기다리고 있었습니다.

"선생님, 우리 이제 세계대회에서도 메달을 목에 걸 수 있을까요?"

"꿈도리라면 뭐든 할 수 있어. 아시아를 정복한 우리가 이젠 세계도 정복해 보자!" 아이들의 눈빛이 다시 한번 반짝였습니다.

꿈도리의 도전은 계속되고 있었습니다.

예산의 벽, 다시 한번 열린 길

환호 뒤에 또 하나의 현실이 기다리고 있었습니다. 캐나다 세계대회 원정 경비. 항공, 체재, 참가비… 계산기를 두드릴수록 한숨이 길어졌습니다. 그때 울린 전화.

"김 선생님, 경비는 걱정하지 마시고 아이들만 잘 준비시키세요."

지난 아시아대회 때처럼, 똑같은 교육감님의 단단한 목소리였습니다.

    음악줄넘기로 그린 32년, 꿈과 행복

곧장 도교육청 체육과에서 연락이 왔고, 항목별 내역서(항공·숙박·식비·참가비·보험 등)를 올렸습니다. 그리고 도착한 회신, '전액 지원'.

나중에 들었습니다. "올림픽 종목도 아닌데…"라는 이견이 적지 않았지만, 경북 교육의 이름으로 아이들의 꿈을 후원해야 한다는 교육감님의 의지가 길을 열어 주셨다고요. 그날 강당 벽엔 새 구호가 걸렸습니다.

"세계 정상 향하여! 할 수 있다! 꿈도리 파이팅!"

세계를 향한 마지막 준비

"선생님, 캐나다가 얼마나 먼지 알아요? 지구본에서 찾아봤는데 완전 반대편이에요!"

우준이가 흥분된 목소리로 말했습니다. 아이들에게 세계대회는 꿈만 같은 일이었습니다. 2005년 말레이시아 아시아대회에서 종합 우승을 차지한 후, 아이들의 기량은 더욱 향상되었습니다. 특히 우준이는 3중뛰기 129회라는 전국 기록을 세우며 명실상부한 줄넘기 신동으로 자리매김했습니다.

캐나다 토론토 출전을 앞두고 아이들의 마지막 훈련은 그 어느 때보다 열정적이었습니다. 세계 무대에서 한국을 대표한다는 무게감과 함께, 그 동안 갈고닦은 실력을 마음껏 펼쳐 보고 싶다는 기대감이 아이들의 눈빛에서 반짝였습니다.

"우리가 진짜 세계 무대에 서는 거죠? 꿈같아요!"

지혜가 줄넘기 줄을 꼭 쥐며 말했습니다. 성주 땅에서 자란 시골 아이들이 세계를 향해 날아간다는 것, 그 자체만으로도 기적 같은 일이었습니다.

"우리는 국가대표입니다", 성주체육관 세계대회 결단식

참가 경비 확보라는 큰 산을 넘긴 뒤, 남은 건 감사의 인사와 각오의 증명. 성주군청 도움으로 성주체육관을 빌려 세계대회 결단식을 열었습니다.

교육감님과 교육청 관계자, 지역 유지, 학부모와 군민까지 객석을 가득 메웠고, 현수막이 출렁였습니다.

"성주중앙초 꿈도리—캐나다 세계줄넘기대회 출정!"

우리는 대회에서 선보일 스피드, 파워, 스킬 총 12종목을 시연하고, 마지막으로 창작음악줄넘기와 멋진 기술줄넘기 공연으로 엮었습니다. 템포가 오를수록 관중석의 탄성이 커졌고, 피날레 대형이 잠기는 순간, 체육관 공기가 뜨겁게 흔들렸습니다.

교육감님이 단상에서 짧게 말씀하셨습니다.

"여러분은 이미 경북의 자부심입니다. 이제 대한민국의 이름으로 잘 다

     음악줄넘기로 그린 32년, 꿈과 행복

녀오세요. 그리고, 멋진 경기를 응원합니다."

그 현장을 중앙일보가 취재해 다음 날 지면에 큼지막하게 실었습니다. '우리는 국가대표—성주중앙초, 캐나다 세계줄넘기대회 출전 결단식.' 제목만으로도 아이들의 어깨가 한 뼘 더 올라갔습니다.

세계를 향한 험난한 여정, 비상 출정

도 교육감과 지역 사회, 동창회의 전폭적인 응원과 지원 덕분에 캐나다 세계대회 준비는 빈틈없이 마무리되고 있었습니다. 강당 벽에 굵은 글씨로 붙여 둔 "세계 정상을 향하여!"라는 문구가 굳건했고, 아이들의 눈빛은 오직 정상만을 향해 빛나고 있었습니다.

그런데 출국을 하루 앞둔 밤, 하늘이 무너졌습니다. 장맛비가 억수같이 쏟아졌고, 성주를 가로지르는 이천은 금세 흙물로 불어났습니다. 자막 아래로 호우 특보와 침수 위험이 끊임없이 흘렀고, 전화기는 쉴 새 없이 울렸습니다. 상습 침수 지역인 성주읍의 길이 끊기면, 몇 년간 갈아 넣은 우리들의 꿈은 공항에도 못 닿은 채 멈출 위기였습니다.

"지금 결단해야 합니다." 밤 8시, 학부모 비상 회의를 열었습니다. 창밖으로 번개가 손가락처럼 튀고 지붕을 내리치는 빗소리에 말이 잠겼지만, 모두가 고개를 끄덕였습니다. "오늘 밤, 대구로 이동합니다." 비상 연락망이 번개처럼 돌았고, 젖은 가방을 껴안은 아이들이 하나둘 모였습니다. 비옷 위로 흐르는 물줄기가 운동화까지 스며들었지만 누구 하나 불평하지 않았습니다. 밤 9시, 빗발을 가르며 출발한 버스는 잠겨 가는 골목과 불어난 강을 뒤로했습니다.

대구에 도착한 우리는 24시 찜질방에서 급히 컵라면으로 허기를 채우고, 헤어드라이어로 젖은 양말을 말렸습니다. "선생님, 우리 반드시 갑니다. 그렇죠?"라는 아이의 물음에 저는 "그렇다. 우리는 팀이다. 함께 가서, 함께 뛴다"고 힘주어 말했습니다.

폭우를 건너, 꿈을 향해 날다

이튿날 새벽 6시, 인천행 버스에 올랐습니다. 와이퍼를 최고로 올려도 앞 유리는 자꾸 흐릿해졌고, 물안개가 도로를 집어삼킬 듯 밀려왔습니다. 평소 4~5시간 거리였던 길이 7시간으로 늘어났지만, 아이들은 누구 하나 불평하지 않았습니다. 창밖의 회색 풍경을 바라보며 무릎 위의 줄 손잡이를 가만가만 쥐었다 펴는 그들의 손끝에서 포기하지 않겠다는 굳은 의지가 느껴졌습니다.

정오 무렵, 빗줄기를 뚫고 마침내 인천공항 진입로에 들어섰을 때, 아이들은 일제히 서로의 손을 맞잡았습니다. 안도와 결의가 한 번에 피어오르는 표정이었습니다. 탑승구로 향하는 발걸음이 가벼워질 무렵, 제 마음속에 한 문장이 또렷이 떠올랐습니다. '만약 그 밤에 머뭇거렸다면 우리는 여기에 없었을 것이다.'

비행기는 회색 먹구름을 밀어내고 빛 위로 날아올랐습니다. 창문 너머로 구름바다 위로 떠오르는 아침 햇살이 기체를 길게 쓸었습니다. "선생님, 이제 진짜 시작이지요?"라는 아이들의 질문에 저는 "그래. 공항은 통과했고, 다음은 정상이다"라고 답했습니다. 그렇게 우리는 폭우를 건너 출국을 지켜 냈습니다. 꿈을 포기하지 않기 위해 내린 한 번의 빠른 결정, 그리고 끝까지 흔들리지 않았던 팀의 마음이 만들어 낸 첫 번째 승리였습니다.

 음악줄넘기로 그린 32년, 꿈과 행복

세계를 마주하다

토론토에 도착했을 때, 캐나다의 시원한 공기와 넓은 하늘이 우리를 맞이했습니다. 대회가 열리는 토론토대학교 체육관을 본 아이들은 "와! 선생님! 우리나라 체육관보다 훨씬 커요!"라며 감탄했습니다. 웅장함에 압도된 것도 잠시, 아이들은 곧바로 줄넘기 줄을 들고 연습 공간으로 뛰어갔습니다. 그 모습을 보며 저는 가슴이 벅차올랐습니다.

이 아이들이 얼마나 멀리 왔는지, 그리고 얼마나 대단한 꿈을 키워 왔는지 다시 한번 깨닫는 순간이었습니다.

토론토 첫 밤, 선수촌에서 만난 '세계'

장거리 비행 끝에 토론토에 내리자 허공의 냄새마저 달랐습니다. 대회 본부가 마련한 토론토대학교 기숙사에 입촌해 여권 확인, 방 배정, 오리엔테이션까지 일사천리. 아이들을 방으로 돌려보내고 혹시나 하는 마음에 생활관을 한 바퀴 도는 길, 남자아이들 방이 비어 있었습니다.

"설마…" 심장이 순간 철렁. 멀찌감치서 깔깔대는 웃음소리가 들려 그쪽으로 가 보니—아프리카 선수단 방. 우리 아이들과 현지 아이들이 침대에 둘러앉아 손짓·발짓으로 서로의 기술을 보여 주며 한바탕 웃고 있었습니다.

"선생님! 우리 줄넘기 보여 달라 해서 같이 놀고 있었어요!"

언어는 서로 달라도, 리듬은 하나였습니다. 안전 수칙을 다시 확인시키고 방으로 돌려보내며, 창밖의 야경을 오래 바라봤습니다. '그래, 이제 진짜 '세계'의 무대다.'

세계 무대에서 펼쳐진 열전

세계 18개국 1,000여 명이 모인 경기장은 아침부터 뜨거웠습니다. 우리는 늘 하던 대로 몸을 풀고, 마지막 체크리스트를 속삭였습니다.

대회 첫날부터 우리 아이들의 기량은 세계인들의 시선을 사로잡았습니다. 각국에서 온 선수들과 코치들이 우리 꿈도리 팀의 연습 모습을 신기한 듯 지켜봤습니다. 특히 더블터치 스피드 릴레이 종목은 다른 나라에서는 볼 수 없는 독특한 장면이었습니다.

"코리아 팀, 아주 빨라요!"

캐나다 코치가 엄지손가락을 들어 올리며 우리에게 말했습니다. 아이들의 얼굴에 자부심이 가득했습니다.

본격적인 경기가 시작되자, 아이들은 그동안 갈고닦은 실력을 유감없이 발휘했습니다. 개인종목에서 우준이가 연신 메달을 목에 걸었고, 단체종목에서도 우리 팀의 호흡은 완벽했습니다.

첫날, 스피드의 파도

싱글로프 30초 릴레이, 더블터치 스피드 릴레이… 스타트 신호와 함께 줄이 공기를 가르는 탁-탁-탁 리듬이 객석까지 번졌습니다. 구간 교대가 '딱' 하고 맞아떨어질 때마다 전광판의 숫자가 앞서 나갔고, 탄성이 물결처럼 일었습니다. 동·은·금이 차례로 목에 걸릴 때 아이들은 손등으로 땀을 훔치며 웃었습니다.

"좋아, 계획대로 가고 있어."

둘째 날, 팀워크의 정교함

여자부가 더블터치 종목에서 메달을 연거푸 보탰고, 혼성부도 흐름을 이어 받았습니다. 당일 회의에서 루틴의 미세한 '박자 밀림'을 즉시 수정했습니다.

"여기서 한 걸음 더 내밀면 타이밍이 맞아요."

아이들의 말이 정답이었습니다. 팀은 그렇게 스스로 성장하고 있었습니다.

하이라이트—3중뛰기 결승, 149개의 호흡

메인 이벤트 경기. 중앙 코트에 세계 강자들이 일렬로 섰습니다.

심판의 구호가 천장까지 맑게 울렸습니다.

"Skippers ready—Go!"

첫 궤적이 공중에 그려지고, 로프가 바닥을 톡톡 찍었습니다. 30개 즈음 여기저기서 줄이 발끝에 걸려 멈추기 시작했고, 70개를 넘기자 20여 명으로 줄었습니다. 호흡 소리와 로프가 내는 규칙적 박자만이 경기장을 채웠습니다. 100개를 지나자 공기가 더 무거워졌습니다.

남은 선수는 열 명. 대한민국의 최우준, 그리고 미국·브라질·영국·캐나다의 에이스들. 손목 각도는 더 단단히 잠기고, 발목 리바운드는 더욱 높게 그리고 가볍게.

120개, 세 명. 한국, 미국, 캐나다.

130개, 캐나다 선수가 먼저 멈췄습니다.

137개, 미국 선수의 줄이 아주 살짝 발등을 스치며 멈췄습니다.

이제 코트엔 한 사람. 최우준만이 남았습니다.

관중석의 숨소리가 한 박자에 맞춰 모였습니다.

138… 139… 140… 145… 146… 147… 148…

마지막 스윙이 바닥을 톡 하고 찍은 순간,

"Stop!"

전광판을 보지 않아도 모두가 알았습니다.

'149'. 세계 신기록.

우준이는 고개를 숙여 천천히 숨을 고르고 짧게 말했습니다.

"선생님… 해냈습니다."

          음악줄넘기로 그린 32년, 꿈과 행복

2006년 한여름, 캐나다 토론토에서 4일간의 대회를 통해 '꿈도리' 시범단은 세계에서 모인 선수들과 당당히 겨루어 금 3, 은 3, 동 6이라는 쾌거를 이루어 냈습니다.

시상대 맨 위, 태극마크가 조명 아래 반짝였습니다. 태극기가 올라가고 애국가가 울리자 아이들과 코치진의 눈가가 차례로 젖었습니다. 목에 건 금빛 메달은 금속 이상의 무게와 수천 번의 연습 박자, 팀이 함께 맞춘 호흡, 서로에 대한 믿음이 겹겹이 엮인 결과였습니다. 국경과 언어를 넘어 꿈도리는 이제 세계 최고의 팀으로 대한민국의 명예를 드높였습니다.

태극기가 휘날린 시상대

저는 시상대에 오른 아이들이 태극기를 들고 있는 모습을 보며, 저는 가슴 깊은 곳에서 우러나오는 감동을 느꼈습니다. 대한민국의 조그만 시골 성주 땅에서 자란 이 아이들이, 지구 반대편 캐나다에서 태극기를 가장 높은 곳에 올린 것입니다.

"선생님! 우리가 해냈어요!"

우준이가 금메달을 목에 걸고 달려왔습니다. 그 순간 저는 아이를 꼭 안아 주며 함께 기뻐했습니다. 다른 아이들도 하나둘 달려와 우리는 하나가 되어 감격의 순간을 나눴습니다.

"선생님 덕분이에요. 선생님이 아니었다면 우리가 여기까지 올 수 있었을까요?"

나영이의 말에 저는 고개를 저었습니다. 이 모든 것은 아이들 자신의 노력과 열정, 그리고 끝까지 믿고 응원해 준 학부모님들과 성주 지역사회의 따뜻한 마음이 만들어 낸 기적이었습니다.

메달을 넘어선 감동, 캐나다 문화 체험

캐나다 세계 줄넘기 대회에서 총 12개의 메달을 획득하며 빛나는 성과를 거둔 '꿈도리 시범단'은 주최 측이 준비한 특별한 문화 체험 투어에 참여했습니다. 첫 코스는 세계 3대 폭포인 나이아가라 폭포였습니다. 아이들은 크루즈를 타고 폭포 가까이 다가가 물보라를 맞으며 대자연의 웅장함에 압도되었고, 순수한 환호성을 터뜨리며 세계 챔피언이라는 부담을 잠시 내려놓았습니다. 나이아가라에 이어 아이들은 유적지 탐방을 통해 이국적인 고풍스러운 건축물을 눈으로 확인하고 캐나다의 역사와 문화를 간접적으로 체험했습니다. 또한, 현지 시장과 길거리 공연을 보며 일상 속으로 들어가 새로운 것을 배우고 즐거워했습니다.

모든 일정을 마친 후 방문한 놀이공원에서는 롤러코스터를 타며 대회 기간의 긴장을 시원하게 해소했습니다. 이 모든 경험은 아이들에게 특별한 추억을 선물하고 선수들 간의 유대감을 더욱 단단하게 만들었으며, 세계대회의 성과만큼이나 소중한 성장의 자산이 되었습니다.

감격의 귀국, 그리고 새로운 시작

토론토에서의 4일간은 꿈같은 시간이었습니다. 아이들은 세계 무대에서 당당히 실력을 발휘했고, 한국을 빛냈습니다. 무엇보다 이 경험을 통해 아이들은 한층 더 성장했습니다.

귀국길 비행기에서 아이들은 메달을 만지작거리며 행복해했습니다. 그 모습을 보며 저는 다시 한번 음악줄넘기의 힘을 실감했습니다. 단순한 운동을 넘어, 아이들의 꿈을 키워 주고 세상을 향해 날아갈 날개를 달아 주는 것이 바로 음악줄넘기였습니다.

인천공항에 도착했을 때, 수많은 기자들과 관계자들이 우리를 기다리고 있었습니다. 아이들의 세계대회 쾌거는 이미 한국 전역에 알려진 상태였습니다.

"세계챔피언이 된 기분이 어때요?"

기자의 질문에 우준이는 환하게 웃으며 대답했습니다.

"정말 꿈같아요! 앞으로도 더 열심히 해서 한국을 빛내고 싶어요!"

그 순간 저는 이 아이들과 함께 걸어온 길이 얼마나 값진 것인지 다시 한번 깨달았습니다. 캐나다 토론토에서 울린 금메달 함성은 단순한 우승의 기쁨이 아니라, 꿈을 향해 끝까지 달려온 모든 이들의 승리를 알리는 희망의 메시지였습니다.

7. '줄넘기 선생님'─경북교육상, 신지식인상

2005년 말레이시아 아시아대회에서 종합 우승과 2006년 캐나다 토론토 세계대회에서 금 3개, 은 3개, 동 6개의 쾌거를 이뤘던 꿈도리의 기적은 제게는 평생 잊지 못할 또 다른 영광이 기다리고 있었습니다.

2005 경북교육상, 명예를 안다

2004년 가을, 교무실 전화벨이 울렸습니다. 수화기 너머 도교육청 장학사님의 단단한 목소리.

"연말 '경북교육상' 신청을 왜 안 하셨습니까?" 저는 황급히 손사래를 쳤습니다. "제가 그렇게 큰일을 한 것도 아니고, 경북에 훌륭한 선생님들이 얼마나 많은데요….."

장학사님은 말끝을 분명히 하셨습니다.

"선생님은 충분히 받을 만한 분이십니다. 우리 경북교육의 우수성을 전국에 알리셨잖아요." 심사 과정에서 "신청이 없어도 발굴하는 것이 교육청의 일"이라는 지적이 있었다는 뒷이야기까지 들려주셨지요. 저는 감사 인사를 드리며 조심스레 약속했습니다.

"그럼 내년에 허락이 되면 꼭 신청하겠습니다." 그 약속을 내려놓고도 제 하루는 다르지 않았습니다. 방과 후 '꿈도리' 시범단, 전교생 '음악줄넘기 620 운동', 다가올 아시아대회 준비…. 그리고 2005년 2월, 말레이시아 쿠알라룸푸르. 우리는 금메달 21개, 은메달 17개, 동메달 9개―종합 우승을 거머쥐었습니다. 아이들의 끈기와 팀워크, 학부모님들의 응원이 맞물려 만들어 낸 결실이었습니다. 아이들에겐 평생의 자신감이, 제게는 교사로서의 단단한 보람이 되었습니다.

가을이 오고, '2005 경북교육상' 신청 공문이 도착했습니다. 지난해의 약속도 있고, 주변 선배님들의 응원도 겹쳤습니다.

"김 선생, 언제까지 평교사로 아이들만 가르칠 건가? 이젠 교감, 교장으로 승진도 하고 좀 더 편하게 지내야지."

승진 생각 없이 아이들 곁에만 서 있던 저에겐 쉽지 않은 고민이었지만, 용기를 내 서류를 제출했습니다. 기대보다 '혹시 모를 실망'을 스스로 달래는 마음이 더 컸습니다. 12월 초, 떨리는 손으로 공문을 펼쳤습니다.

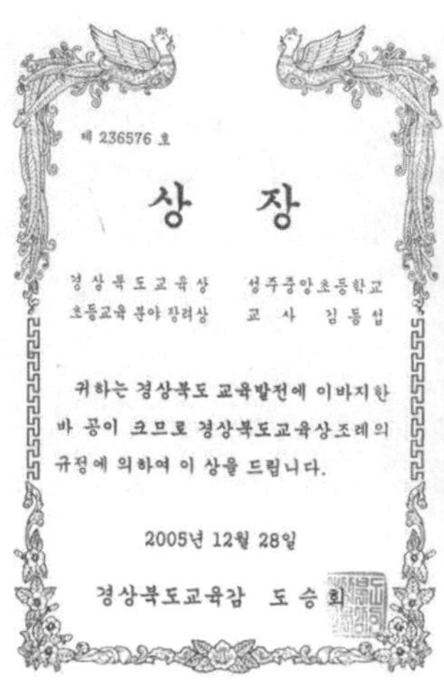

'경북교육상 수상자(초등교육 부문) 김동섭'

순간 교무실의 공기가 달라졌습니다. '내가 받아도 되나….' 얼떨떨한 마음 사이로 그동안의 시간이 주마등처럼 스쳤습니다. 선배님들의 축하 전화가 이어졌습니다.

"김 선생, 축하한다! 네가 받을 줄 알았다." 그때 알았습니다. 이 상은 상 패 하나로 끝나는 일이 아니라, 교육자로서 다음 걸음을 비추는 등불이라 는 것을.

수상 소감에서 저는 이렇게 말했습니다.

"이 상의 무게만큼 저의 어깨는 더 낮추고, 더 열심히 하겠습니다."

영광은 겸손으로, 혜택은 책임으로, 박수는 내일의 수업 준비로 바꾸자 고 스스로에게 다짐했습니다.

2006년 신지식인 선정, 전국구 스타가 되다

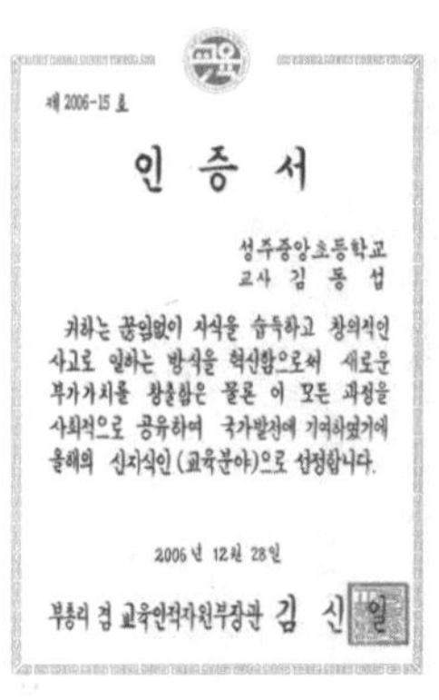

신지식인 인증서 전수 (2006.12.29)

12월의 어느 추운 아침, 교무실에서 전화벨이 울렸습니다. 교육부에서 걸려 온 전화였습니다.

"성주중앙초등학교 김동섭 선생님이시죠? 축하드립니다. 2006년 교육 부문 신지식인으로 선정되셨습니다."

순간 귀를 의심했습니다. 신지식인이라니! 음악줄넘기를 통해 아이들과 함께해 온 평범한 일상이, 국가적으로 인정받을 만큼 큰 의미를 갖는다는 것이 믿어지지 않았습니다.

국가가 각 분야의 창의적 혁신인을 선정하는 '신지식인'(교육 부문)으로 뽑혔습니다. 1998년 외환 위기 이후 국가 경쟁력 제고를 위해 도입된 이 제도는, 학위나 직함보다 새로운 지식의 창출과 공유, 현장 변화를 이끈 실천을 높이 평가합니다. 제게 주어진 이 타이틀은 '음악줄넘기'가 교실과 운동장, 지역사회를 바꾸어 낸 실제 변화를 국가가 공식적으로 인정해 준다는 뜻이었습니다.

평가의 근거는 분명했습니다.

- 전교생 '음악줄넘기 620운동'으로 즐거운 학교 조성 기여,
- 시범학교 운영을 통해 정착시킨 학교·지역 축제 모델(가족 줄넘기, 동아리 대항전, 창작 음악줄넘기 발표),
- 전국·아시아·세계 무대에서의 성과,
- 다양한 음악줄넘기 개발 자료의 공개와 확산.

무엇보다 평가위원들의 마음을 움직인 건 숫자보다 아이들의 표정이었습니다. 숨이 찼다가도 금세 웃는 얼굴, 넘어져도 옆 친구에게 손을 내미는 장면, 학교가 '건강과 웃음의 공간'으로 변해 간 현장의 질감이었습니다. 서울 정부청사에서 상을 받던 날, 저는 마음속으로 여러 번 되뇌었습니다.

"초심을 잃지 말자. 더 많이 배우고, 더 넓게 나누자."

돌아오는 길, 상패를 가방에 조심스레 넣으며 다시 약속했습니다. 상보다 더 중요한 것은 언제나 내일의 수업과 아이들과의 중간놀이 20분이라는 것을. 앞으로도 교육 현장의 혁신을 위해 제가 가진 지식과 경험을 아낌없이 나누고, 줄 하나가 아이들의 삶에 심어 주는 '할 수 있다'는 믿음을 더 멀리, 더 깊게 퍼뜨리겠다고요.

신지식인 선정 소식은 곧바로 언론의 주목을 받았습니다. 그해 12월 29일 저녁, MBC 뉴스데스크 메인 뉴스로 저의 이야기가 전국에 방영되었습니다. 매일신문에도 큰 기사로 실렸습니다.

"음악줄넘기로 교육 혁신을 이룬 신지식인 교사"

신문 제목을 보며 가슴이 벅차올랐습니다. 1993년 대방초등학교에서 처음 음악줄넘기를 시작한 이후 13년, 이제 저는 정말로 '줄넘기 선생님'으로 전국에 알려지게 되었습니다.

첫 방송 출연, 2001년의 떨림을 기억하며

사실 제가 처음 방송에 출연한 것은 2001년으로 거슬러 올라갑니다. 당시 저는 무을초등학교에 근무하며 무곡분교장 아이들과 함께 음악줄넘기를 지도하고 있었습니다.

어느 날 갑자기 MBC PD님으로부터 전화가 왔습니다.

"김동섭 선생님이시죠? 〈생방송 화제집중〉이라는 프로그램인데요, 선생님의 음악줄넘기 이야기를 소개하고 싶습니다."

처음에는 망설였습니다. 시골 학교의 작은 이야기가 방송에 나갈 만큼 대단한 것인지 확신이 서지 않았기 때문입니다. 하지만 PD님의 진심 어린 설득에 마음이 움직였습니다.

"선생님의 이야기가 전국의 많은 선생님들과 아이들에게 희망을 줄 수 있을 것 같아요."

2001년 7월 16일, 방송 촬영팀이 무을초등학교를 찾았습니다. 아침 일찍부터 카메라와 조명 장비를 설치하는 제작진을 보며 아이들의 눈이 호기심으로 반짝였습니다.

"선생님, 우리가 진짜 TV에 나오는 거예요?"

"그래, 너희들이 열심히 연습한 모습을 전국의 친구들이 보게 될 거야."

촬영이 시작되자 평소보다 더 긴장한 아이들의 모습이 역력했습니다. 하지만 음악이 흐르기 시작하자 아이들은 이내 평소의 모습을 되찾았습니다. 리듬에 맞춰 줄을 돌리고, 경쾌하게 뛰어오르는 아이들의 모습은 그 자체로 한 편의 예술이었습니다.

PD님이 저에게 인터뷰를 요청했습니다.

"선생님, 음악줄넘기를 시작하게 된 계기가 무엇인가요?"

"아이들이 체육 시간을 지루해하는 모습을 보며 고민이 많았습니다. 그러던 중 음악과 함께하는 줄넘기를 접하게 되었고, 이것이 아이들과 소통하는 최고의 방법이라는 확신을 갖게 되었습니다."

방송이 나간 후 반응은 폭발적이었습니다. 전국 각지에서 문의 전화가 쇄도했고, 많은 학교에서 음악줄넘기를 도입하고 싶다는 연락이 왔습니다. 그때 처음으로 깨달았습니다. 우리가 하고 있는 일이 단순히 한 학교의 체육 활동을 넘어, 전국의 교육 현장에 새로운 바람을 불어넣을 수 있다는 것을 말입니다.

전국 언론이 주목한 성주중앙초의 기적

첫 방송 이후 언론의 관심은 꾸준히 이어졌습니다. 2004년부터는 본격적으로 방송 출연이 가속화되었습니다.

KBS에서는 〈세상의 아침〉, 〈VJ 클럽〉, 〈쇼 파워 비디오〉, 〈무한지대 큐〉 등 주요 프로그램에 연이어 출연했습니다. 특히 우준이가 출연한 〈VJ 클럽〉에서 "줄넘기 대왕 나가신다"라는 제목으로 방영되었을 때는 전국의 아이들이 우준이를 부러워했습니다.

"선생님, 저도 TV에 나가고 싶어요!"

아이들의 눈이 반짝였습니다.

2005년 2월, MBC 〈생방송 화제집중〉에서 다시 한번 우리를 찾았습니다. 이번에는 "우리는 줄넘기 왕"이라는 제목으로 성주중앙초 꿈도리 팀을 소개했습니다. 4년 전 무을초에서의 첫 방송과는 달리, 이제는 아시아대회 우승팀으로서 당당한 모습을 보여줄 수 있었습니다.

촬영 당일, 제작진은 아이들의 성장한 모습에 감탄했습니다.

"4년 전 무을초 방송 때와는 완전히 다른 수준이네요. 정말 놀랍습니다!" PD님의 말에 저도 뿌듯함을 느꼈습니다. 그동안 아이들과 함께 걸어온 길이 헛되지 않았음을 확인하는 순간이었습니다.

MBC 〈생생 정보 토요일을 잡아라!〉에서도 우리 아이들의 모습이 방영되었고, 신문 기사도 끊이지 않았습니다. 조선일보, 동아일보, 중앙일보, 한겨레신문 등 전국 주요 일간지가 앞다투어 성주중앙초 꿈도리 팀의 이야기를 실었습니다.

음악줄넘기로 그린 32년, 꿈과 행복

대한민국을 감동시킨 아이들의 꿈

언론 보도를 통해 우리 아이들의 이야기가 알려지면서, 전국에서 수많은 체육문화 행사 초청 공연 요청이 쇄도했습니다.

2005년 서울 올림픽공원에서 열린 심장병 예방 줄넘기 축제, 대구야구 경기장에서의 삼성-LG 프로야구 개막전 축하공연, 일산 KINTEX에서의 교육박람회 공연까지, 우리 아이들은 대한민국 곳곳에서 음악줄넘기의 아름다움을 선보였습니다.

"선생님, 우리가 정말 유명해졌네요!"

지혜가 신문 스크랩을 들고 와서 말했습니다. 아이의 얼굴에는 자부심이 가득했습니다.

가장 기억에 남는 것은 2005년 10월 한겨레신문에 실린 기사였습니다. "세계 최고 도전하는 성주중앙초교 꿈도리 시범단—줄넘기에 꿈 실어 세계로 간다"라는 제목의 기사에서, 기자는 이렇게 썼습니다.

"김동섭 선생님의 지도 아래 아이들은 단순한 운동을 넘어, 꿈을 키우고 있다."

그 문장을 읽으며 저는 깊은 감동을 받았습니다. 제가 추구해 온 음악줄넘기의 진정한 의미를 언론이 정확히 파악하고 있었던 것입니다.

교육계가 인정한 혁신적 교육법

방송과 신문 보도가 이어지면서, 교육계에서도 음악줄넘기에 대한 관심이 높아졌습니다. 한국교육신문, 교원신문 등 교육 전문지에서 연이어 특집 기사를 실었습니다.

"줄넘기로 하나 됐어요"라는 제목의 한국교육신문 기사에서는 성주중앙초등학교의 변화된 모습을 자세히 소개했습니다. 전교생이 20분 줄넘기를 통해 체력이 향상되고, 무엇보다 아이들의 자신감이 크게 늘었다는 내용이었습니다. 소년조선일보와 소년동아일보 등 어린이 신문에서도 우리 아이들을 조명했습니다. "줄넘기는 심심풀이 아니라 건강 다지는 데 그만"이라는 기사에서, 아이들이 직접 음악줄넘기의 장점을 설명하는 모습이 인상적이었습니다.

국민체육 21에 실린 '숨은 영웅'

2006년 10월, 국민체육 21이라는 체육 전문지에 특별한 기사가 실렸습니다. "숨은 1인치의 영웅을 찾아서—성주중앙초등 꿈도리 줄넘기시범단"이라는 제목이었습니다. 기사에는 "음악과 함께 펼쳐지는 요정들의 무도회"라는 부제가 달려 있었습니다. 기자는 우리 아이들의 음악줄넘기를 요정들의 춤에 비유하며, 그 아름다움을 극찬했습니다.

"김동섭 선생님과 꿈도리 아이들이 만들어 내는 음악줄넘기는 단순한 체육 활동을 넘어서는 예술이다."

그 문장을 읽으며 저는 가슴이 뿌듯했습니다. 13년 전 대방초등학교에서 처음 시작했던 작은 시도가, 이제는 예술의 경지에까지 이르렀다는 평가를 받고 있었습니다.

전국구 유명인이 된 부담과 기쁨

2001년 첫 방송부터 2006년까지, 저는 10여 개가 넘는 방송 프로그램에 출연하고, 20여 개의 신문과 잡지에 기사가 실렸습니다. 이제 저는 정말로 '줄넘기 선생님'으로 전국에 알려졌습니다.

하지만 유명해진다는 것은 생각보다 부담스러운 일이기도 했습니다. 어디를 가나 사람들이 알아보기 시작했고, 항상 모범이 되어야 한다는 부담감이 생겼습니다.

"선생님, 그 유명한 줄넘기 선생님 맞으시죠? 2001년에 처음 방송 봤어요!"

마트에서 장을 보다가 갑자기 누군가가 말을 걸어올 때면, 당황스러우면서도 한편으로는 뿌듯했습니다. 5년이 지났는데도 첫 방송을 기억해주는 분들이 있다는 것이 감사했습니다.

무엇보다 기뻤던 것은 우리 아이들이 자부심을 갖게 되었다는 점이었습니다.

"우리 학교가 전국에서 제일 유명한 학교예요!"

아이들이 당당하게 말하는 모습을 보며, 음악줄넘기가 아이들에게 준 가장 큰 선물은 자신감이라는 것을 다시 한번 깨달았습니다.

꿈을 현실로 만든 13년의 여정

2006년 연말, 신지식인 상패를 받아 들고 교무실에 앉아 지난 13년을 돌아보았습니다. 1993년 대방초등학교에서 이왈규 선생님께 음악줄넘기를 배우며 시작된 여정이, 이제는 전국의 주목을 받는 교육 혁신 사례가 되었습니다.

무을초등학교에서의 첫 방송 도전, 성주중앙초등학교에서의 꿈도리 팀 결성, 전국대회 석권, 아시아대회 우승, 그리고 세계대회 금메달까지. 그 모든 과정이 파노라마처럼 스쳐 지나갔습니다.

특히 무을초등학교 시절, 2001년 MBC 〈생방송 화제집중〉에 처음 출연했을 때의 떨림과 설렘을 잊을 수 없습니다. 그때 방송을 보고 음악줄넘기를 시작했다는 선생님들의 편지를 받을 때마다, 제가 걸어온 길이 많은 이들에게 영감을 주었다는 사실에 감사함을 느꼈습니다.

"선생님, 우리 정말 대단하죠?"

우준이가 세계대회 금메달을 목에 걸고 물었던 그 순간이 떠올랐습니다. 정말 대단했습니다. 작은 시골 학교에서 시작된 음악줄넘기가 이제는 전국을 감동시키고 있었으니까요.

하지만 이것은 끝이 아니라 새로운 시작이었습니다. 이제 저는 더 많은 아이들에게 음악줄넘기의 즐거움을 전해야 할 사명감을 느꼈습니다.

'줄넘기 선생님'이라는 이름으로 전국에 알려진 지금, 저에게는 더 큰 책임과 함께 더 큰 꿈이 생겼습니다. 전국의 모든 아이들이 음악줄넘기를 통해 건강하고 자신감 넘치는 어른으로 성장할 수 있도록 돕는 것, 그것이 바로 앞으로 나아가야 할 길이었습니다.

2006년을 마무리하며, 저는 다시 한번 다짐했습니다.

이 소중한 관심과 사랑을 헛되이 하지 않겠다고, 더 많은 아이들의 꿈을 키워 주는 '줄넘기 선생님'이 되겠다고 말입니다.

새로운 도전,
섬으로 향하다

1. 영예 뒤의 성찰, 새로운 목표 설정

영광 뒤에 찾아온 공허함

2006년 7월, 성주중앙초등학교 '꿈도리' 줄넘기 시범단은 캐나다 토론토 세계대회에서 금메달 3개를 포함해 총 12개의 메달을 획득하는 쾌거를 이뤘습니다. 시골의 작은 학교에서 시작된 음악줄넘기가 마침내 세계를 정복한 것입니다. 아이들의 환한 미소와 태극기가 올라가는 시상대의 모습은 제게 교육자로서 누릴 수 있는 최고의 영광이었습니다.

하지만 영광 뒤에는 예상치 못한 공허함이 찾아왔습니다. 세계대회 우승이라는 목표를 향해 달려온 지난날을 되돌아보니, 이제 무엇을 해야 할지 막막했습니다. 저는 문득 '정말 도움이 필요한 곳에서 다시 시작하고 싶다'는 갈망을 느끼기 시작했습니다. 어느 날 아내와 산책하며 "나는 아직 뭔가 부족한 것 같아. 정말 어려운 환경에서, 정말 도움이 필요한 아이들과 함께 다시 시작해 보고 싶어"라고 말했을 때, 제 마음은 이미 정해져 있었습니다.

울릉도로 향하는 새로운 꿈

저는 경북의 유일한 섬, 울릉도로 가기로 결심했습니다. 본토와 떨어진 외딴섬에서 문화적으로 소외되고 열악한 환경의 아이들에게 음악줄넘기를 통해 꿈과 희망을 심어 주고 싶었습니다. 주변 사람들은 "지금도 충분히 잘하고 있는데 왜 굳이 힘든 곳으로 가려고 하느냐"며 만류했습니다.

하지만 저는 지난 성공들을 통해 음악줄넘기가 단순한 운동이 아닌, 아이들에게 자신감과 팀워크를 심어 주고 꿈을 키워 주는 교육 도구임을 확신했기 때문입니다. 어려운 환경일수록 더 큰 변화를 만들어 낼 수 있을 것이라 믿었습니다.

2006년 가을, 저는 마침내 울릉도행을 굳혔습니다. 물론 두려움이 없었던 것은 아닙니다. 하지만 제 마음속에는 '음악줄넘기는 어디서든 아이들에게 기쁨과 꿈을 줄 수 있다'는 확신이 있었습니다.

성찰과 다짐으로 가득한 시간

성주중앙초에서의 마지막 몇 달은 성찰과 다짐으로 가득한 시간이었습니다. 그동안 이뤄 낸 성취들을 돌아보며 감사함을 느꼈고, 동시에 앞으로 해야 할 일들에 대한 기대감도 컸습니다.

저는 진정한 교육자란 성공에 안주하지 않고 끊임없이 새로운 도전을 추구하는 사람이라는 것을 깨달았습니다. 아이들에게 꿈을 심어 주기 위해서는 교사 자신부터 꿈을 가지고 도전하는 모습을 보여 줘야 한다고 생각했습니다.

울릉도에서 또 다른 기적을 만들어 보자고 다짐하며, 저는 새로운 사명감을 가지고 미지의 섬 울릉도를 향한 여정을 시작했습니다.

2. 주변의 만류와 가족들의 응원

울릉도로 떠나다, 새로운 교육의 시작

성주중앙초에서 5년간의 임기가 끝나 가면서 이별의 시간이 다가왔습니다. 아이들과 함께 기적 같은 순간들을 만들어 낸 충만함과, 떠나야 한다는 아쉬움이 교차했습니다. 때마침 경북교육상 수상 소식까지 더해지자, 주변에서는 한결같이 편한 곳으로 가라는 권유가 이어졌습니다. 경력과 실력을 인정받아 대구 근교 여건이 좋은 경산이나 칠곡, 구미 시내의 큰 학교로 갈 수도 있었지만, 제 마음속에는 새로운 도전에 대한 갈망이 꿈틀거리고 있었습니다. "음악줄넘기를 정말 필요로 하는 아이들은 어디에 있을까?"라는 질문이 밤마다 저를 깨웠습니다.

그러던 중 우연히 울릉도 교육 환경에 대한 이야기를 듣게 되었습니다. 험한 바다를 건너야만 갈 수 있는 외딴섬, 문화적 혜택에서 소외된 아이들, 척박한 교육 환경. 그곳에야말로 제가 정말 필요한 곳이 아닐까 하는 생각이 들었습니다.

마침 울릉도에 근무하던 대학교 후배가 "선배님, 섬마을 아이들에게도 '음악줄넘기로 할 수 있다'는 꿈을 심어 주시죠"라며 부탁해 왔습니다.

주변의 만류와 가족의 깊은 응원

울릉도 전출 의사를 밝히자, 주변의 반응은 한결같았습니다. 동료와 선배 교사들은 "김 선생, 울릉도는 우리가 생각하는 것보다 훨씬 더 힘든 곳이야. 정말 신중하게 생각해 봐"라며 깊은 우려를 표했습니다. "성주에서 이렇게 좋은 성과를 냈는데 굳이 험한 곳으로 갈 필요가 있나?"라는 걱정 섞인 만류가 이어졌습니다.

하지만 평소 말수가 적으셨던 아버지께서 "편한 곳에서 안주하는 것보다, 정말 도움이 필요한 곳에서 네 능력을 발휘하는 것이 더 값지다. 네가 옳다고 생각하는 길을 가거라"라고 말씀해 주셨을 때, 저의 망설임은 완전히 사라졌습니다. 제자들의 응원도 큰 힘이 되었습니다. 처음에는 서운해하며 눈물을 보이던 아이들이 제가 울릉도에 가는 이유를 듣고는 "선생님, 울릉도 아이들도 저희처럼 줄넘기를 재미있게 할 수 있게 도와주세요"라며 순수한 응원을 보냈습니다.

가장 큰 지지자는 아내였습니다. 제가 울릉도 이야기를 쉽게 꺼내지 못하자 아내는 먼저 "말해요. 울릉도죠?"라고 물었습니다. "요즘 당신 표정을 보면 알아요. 어디로 가야 할지 마음을 이미 정해 놓은 사람 표정이에요"라고 말하는 아내의 말에 저는 놀랐습니다. "가 보고 싶습니다. 그곳 아이들 환경이 쉽지 않답니다. 그래도 우리가 해 온 방식이면 변화시킬 수 있을 것 같습니다"라고 답하자, 아내는 "가요. 대신 약속 하나. 몸 상하지 않게, 그리고 자주 전화해요"라고 말하며 눈물을 훔쳤습니다. 그날 밤의 조용한 허락은 제 결심을 더욱 단단하게 만들었습니다.

추진력과 확신, 그리고 새로운 도전

"건전지 하나쯤은 빼내야 한다"는 말을 자주 듣곤 합니다. 이런 성향은 울릉도 전보 신청에서도 그대로 드러났습니다. 호불호가 분명하고 일단 결정하면 망설임 없이 추진하는 제 성격은 육지에서의 안정적인 생활보다 새로운 도전을 더 매력적으로 느끼게 했습니다. 저는 "해야 할 일이고, 해야만 하는 일은 내가 먼저 한다"는 신조를 가진 사람이었습니다.

제가 울릉도행을 결심한 가장 큰 이유는 음악줄넘기의 무한한 가능성에 대한 확신 때문이었습니다. 성주중앙초 '꿈도리' 팀이 세계 무대에서 금메달을 딴 것을 보며 저는 음악줄넘기가 어떤 환경에서도 아이들에게 꿈과 희망을 줄 수 있다는 것을 깨달았습니다. 음악줄넘기는 단순히 운동이 아니라 아이들에게 자신감과 협동심을 기르며 꿈을 키워 주는 교육 도구입니다. 이런 가치는 어떤 지역에서든 발휘될 수 있다고 믿었습니다.

성주중앙초에서 많은 것을 이뤘지만, 그것에 만족할 수는 없었습니다. 더 어려운 환경에서 더 큰 도전을 통해 음악줄넘기의 새로운 가능성을 탐험하고 싶었습니다. 2005년 경북교육상, 2006년 신지식인상을 받으며 교육자로서 더 큰 책임감을 느꼈고, 그 책임감은 저를 울릉도로 이끌었습니다. 문화적으로 소외된 울릉도 아이들에게 음악줄넘기를 통해 새로운 세상을 보여 주고, 자신감을 갖고 큰 꿈을 꾸게 도와주는 것이 제 새로운 사명이었습니다.

울릉도, 새로운 장의 시작

울릉도로 떠나기 전 가장 어려운 일은 아이들과의 이별이었습니다. 제가 울릉도로 간다는 소식에 교실은 조용해졌고, 아이들은 "선생님, 정말

　음악줄넘기로 그린 32년, 꿈과 행복

가세요?”, “우리 어떻게 해요?”라며 아쉬워했습니다. 저는 아이들에게 “여러분은 이제 스스로 잘할 수 있어요. 음악줄넘기로 키운 자신감으로 여러분의 꿈을 향해 나아가길 응원해요”라고 말해 주었습니다.

울릉도 인사 발표가 난 후 저는 새로운 시작에 대한 구체적인 다짐을 세웠습니다. 울릉도 아이들에게도 성주중앙초 아이들만큼 좋은 지도를 하고, 열악한 환경에 굴복하지 않고 아이들의 꿈을 키워 주겠다고 말입니다. 울릉도만의 특색 있는 음악줄넘기 문화를 만들고, 언젠가는 아이들을 세계 무대에 세우겠다는 목표도 세웠습니다.

“진정한 교육 열정은 지역이나 환경을 가리지 않는다”는 신념으로, 저는 울릉도에서의 새로운 시작을 철저히 준비했습니다. 새로운 환경에서 아이들과 만나 또 다른 기적을 만들어 낼 수 있다는 확신으로 가득 찼습니다. 32년 음악줄넘기 인생의 새로운 장이 시작되려 하고 있었습니다.

3. 낯선 섬마을로 향하는 배 위에서

온 세상이 잠든 새벽 5시, 차가운 바람이 부는 포항항에 섰습니다. 울릉도로 가는 첫 배를 놓치지 않기 위해 전날 밤부터 포항에 머물렀지만, 짐을 싸는 내내 '과연 내가 울릉도에서 육지에서처럼 잘 할 수 있을까?' 하는 생각이 머릿속을 맴돌았습니다. 성주중앙초에서 이룬 모든 영광을 뒤로하고 전혀 다른 환경에서 새로운 시작을 해야 한다는 사실에 설렘과 불안이 교차했습니다.

배가 포항항을 떠나자 육지는 점점 멀어졌습니다. 가족들과 헤어지는 아쉬움, 새로운 환경에 대한 두려움, 과연 울릉도 아이들과 잘 어울릴 수 있을까 하는 걱정이 파도처럼 밀려왔습니다. 하지만 마음 한편으로는 분명한 확신이 있었습니다. 울릉도에도 음악줄넘기의 즐거움을 모르는 아이들이 있을 것이고, 그 아이들에게 새로운 꿈을 심어 줄 수 있다면 그것만으로도 충분히 의미 있는 일이라는 생각이었습니다.

배는 파도를 가르며 힘차게 나아갔습니다. 갑판에 나가 바람을 맞으며 바다를 바라보니, 문득 아버지의 말씀이 떠올랐습니다. "동섭아, 어디를 가든 남에게 해 끼치지 말고 존경받는 사람이 되어라." 가난한 농부였던 아버지의 가르침이 울릉도에서도 빛을 발할 수 있을까요. 승객들과 이야

　　　　음악줄넘기로 그린 32년, 꿈과 행복

기를 나누며 울릉도에 대한 정보를 얻었습니다. 겨울에는 눈도 많이 오고 배편도 자주 끊기며, 문화적 혜택이 부족하다는 이야기에 두려움보다는 오히려 도전 의식이 강하게 솟구쳤습니다. 열악한 환경이라도 음악줄넘기 하나만 있으면 아이들과 충분히 소통할 수 있을거야. 저는 배 위에서 울릉도에서도 성주중앙초에서처럼, 아니 그보다 더 열정적으로 아이들과 함께하겠다고 다짐했습니다.

도착, 그리고 새로운 시작

멀미를 달래며 5시간 가까운 항해를 버텼을 때, 드디어 도동항이 눈앞에 나타났습니다. 하지만 눈보라와 먹구름이 섬을 뒤덮으며 마치 세상 끝에 도착한 듯한 풍경이 펼쳐졌습니다. 낯섦과 고독이 한꺼번에 밀려왔습니다.

부두에 내리자 저를 기다리던 저동초 선생님들이 "김동섭 선생님, 입도를 환영합니다!"라고 쓰인 현수막을 들고 서 계셨습니다. 동료 교사들의 따뜻한 미소와 뜨끈한 오징어내장탕 한 그릇에 긴장이 풀리고 몸과 마음이 녹았습니다. 관사에 도착해 문을 열자 눅눅한 습기와 곰팡이 냄새가 코를 찔렀습니다. 보일러를 켜고 밤늦게까지 청소기를 돌리며 저는 스스로에게 말했습니다. '이제 진짜 울릉도 생활이 시작되는구나.'

그날 저녁, 허기를 달래려 찾은 골목 상점에서 낯선 저를 본 상점 할머니가 "못 보던 분인데… 선생님인가 보지?"라고 물었습니다. 짧은 대화였지만 섬사람들의 따뜻한 정이 느껴졌습니다. 관사로 돌아와 라면을 끓였습니다. 김이 모락모락 피어오르는 그릇 앞에 앉아 소주 한 잔을 따르며 저는 다짐했습니다.

"야, 정말 왔구나. 흔들리지 말자."

32년 음악줄넘기 인생의 새로운 장이 울릉도에서 열리고 있었습니다.

울릉도 외딴섬에 피어난 기적

1. 울릉 저동초에서 또 한 번의 도전

섬마을에서 다시 시작된 꿈

동해의 푸른 바다 건너 외딴섬, 울릉도에 도착한 첫날의 기억이 지금도 생생합니다. 2007년 3월, 저는 울릉 저동초등학교로 발령받아 또 한 번의 새로운 도전을 시작했습니다. 성주중앙초에서 '꿈도리' 팀을 전국을 넘어 아시아와 세계 정상에 올려놓았던 영광을 뒤로하고, 모두의 만류에도 불구하고 여건이 더 어려운 울릉도로 향한 것은 오직 한 가지 마음 때문이었습니다. 줄넘기를 통해 아이들이 보여 준 그 눈부신 변화, 그 기적 같은 순간들을 더 많은 아이들에게 전해 주고 싶다는 간절함이었죠.

3월 2일 개학식 아침, 매서운 바닷바람 속에서 등교하는 섬마을 아이들을 처음 마주하는 순간, 그들의 해맑고 순수한 눈빛에 '섬이라서 다를 것'이라는 제 선입견이 단숨에 무너졌습니다. 교무실에 들어서자 동료 선생님들은 반가워하시면서도 "우리 아이들도 줄넘기 잘할 수 있을까요?"라며 조심스럽게 물으셨습니다. 저는 자신 있게 대답했습니다. "물론입니다. 아이들의 가능성은 어디나 똑같습니다. 다만 그 가능성을 어떻게 이끌어내느냐가 중요할 뿐이죠." 울릉도라는 지리적 한계가 오히려 저를 더 자극했습니다.

     음악줄넘기로 그린 32년, 꿈과 행복

새로운 약속, 그리고 희망

개학식을 마치고 담임을 맡은 5학년 1반 교실에서, 한 아이가 조심스럽게 손을 들고 물었습니다.

"선생님! 우리도 음악줄넘기 하고 싶습니다!" 엄마에게 제 이야기를 들었다는 아이의 말에 저는 잠시 놀랐습니다. 아이들의 호기심 가득한 눈빛을 보며 저는 단호하지만 따뜻하게 말했습니다.

"그래, 해 보자. 음악줄넘기로 더 즐겁고 건강한 학급을 만들어 보자." 그날의 약속은 곧바로 실천으로 이어졌습니다.

첫 체육 시간, 음악에 맞춰 리듬감 있게 줄넘기를 하는 제 모습을 본 아이들은 눈을 동그랗게 뜨며 관심을 보였습니다. "우와, 진짜 신기해요!"라며 외치는 아이들의 반응은 어디서나 마찬가지였습니다. 물론 현실적인 어려움도 많았습니다. 넉넉지 않은 체육 시설과 거센 바닷바람, 겨울철 눈보라 등 날씨의 영향도 컸습니다.

하지만 저는 이런 환경이야말로 아이들을 더 강하게 만들 수 있다고 생각했습니다. "바람을 이겨 내고 뛸 수 있다면 어떤 무대에서도 당당할 수 있을 거야"라는 제 말에 아이들은 고개를 끄덕이며 다시 줄을 잡았습니다.

울릉도에서 피어난 기적의 서막

방과 후 특기적성 시간에 음악줄넘기부를 만들자 아이들은 우르르 몰려왔습니다. 학부모님들은 연습이 끝날 무렵 만두와 음료를 가져와 아이들을 격려해 주셨고, 학부모총회에서는 한 어머님이 일어나 "김동섭 선생님, 우리 아이들에게도 성주중앙초처럼 음악줄넘기 시범단을 만들어 주시면 좋겠습니다"라고 요청했습니다.

저는 울릉도에 온 이유를 다시 확인하듯 "섬마을 아이들에게도 음악줄 넘기로 꿈을 키워 주고 싶습니다. 함께해 주시겠습니까?"라고 답했고, 강 당 안은 뜨거운 박수로 가득 찼습니다. 다음 날 지역 신문에는 '음악줄넘 기 김동섭 선생님 울릉도 오시다'라는 기사가 실렸고, 주민들의 기대는 그 대로 아이들의 연습 태도로 이어졌습니다.

몇 달이 지나자 아이들의 변화가 눈에 띄기 시작했습니다. 처음에는 줄 에 자주 걸리던 아이들이 어느새 음악에 맞춰 능숙하게 뛰기 시작했고, 개인 기술뿐만 아니라 단체 줄넘기에서도 놀라운 호흡을 보여 주었습니 다. 무엇보다 아이들의 표정이 달라졌습니다. 자신감이 넘치고 활기가 가 득했습니다.

"선생님, 우리도 대회 나갈 수 있어요?"라는 아이의 수줍은 질문에 저는 주저 없이 대답했습니다.

"물론이지. 너희들은 충분히 그럴 실력이 있어." 그 순간 아이들의 눈 빛이 반짝였습니다. 꿈을 향한 희망의 빛이었습니다. 저는 그 빛을 보면 서 다시 한번 다짐했습니다. 이 아이들에게 더 큰 무대를 선물해 주겠다 고, 그들의 꿈이 섬을 넘어 세상으로 뻗어 나갈 수 있도록 돕겠다고 말입 니다. 이렇게 울릉 저동초에서의 새로운 도전은 시작되었습니다. 성주에 서의 경험과는 또 다른 의미로, 더욱 간절하고 절실한 마음으로 피어나게 될 새로운 기적의 서막이었습니다.

 음악줄넘기로 그린 32년, 꿈과 행복

2. 열악한 환경에도 타오르는 열정

혹독한 겨울, 기적을 만들다

울릉도에서의 첫 겨울은 정말 혹독했습니다. 육지와는 차원이 다른 추위와 거센 바람 앞에서 저는 처음으로 "과연 이곳에서 음악줄넘기를 제대로 할 수 있을까" 하는 의구심을 품게 되었습니다. 11월 말부터 몰아치기 시작한 강풍은 상상을 초월해, 아이들이 줄넘기를 하려고 하면 줄이 바람에 휘날려 제대로 돌릴 수조차 없었습니다. 아이들의 불만 섞인 목소리에 저 역시 답답함을 느꼈습니다. "선생님, 바람이 너무 세요. 줄이 자꾸 엉켜요", "아, 정말 짜증 나! 왜 이렇게 바람이 불어요?"라는 아이들의 불평은 성주에서는 겪어 보지 못한 일이었습니다.

더 큰 문제는 열악한 실내 시설이었습니다. 체육관이라고 할 만한 공간이 없어, 교실 두 칸을 합쳐 만든 소강당이 주 연습 장소가 되었습니다. 동료 선생님들께 "죄송합니다. 줄넘기 연습 때문에 시끄러웠죠?"라고 미안한 마음을 전하면서도, 이런 환경에서 아이들의 실력을 끌어올릴 수 있을지 걱정이 앞섰습니다. 하지만 저는 포기하지 않았습니다. 오히려 이런 어려움이야말로 아이들을 더욱 강하게 만들 수 있는 기회라고 생각했습니다.

역경을 훈련으로 바꾸다

저는 울릉도의 독특한 기후를 훈련에 적극적으로 활용하기 시작했습니다. 바람이 거센 날에는 "애들아, 바람이 세다고 포기하면 안 된다. 이런 바람 속에서도 뛸 수 있다면, 실내에서는 훨씬 더 잘할 수 있을 거야"라고 말하며 바람을 이용한 저항 훈련을 진행했습니다. 겨울철 쌓이는 눈도 기회로 바꿨습니다. "애들아, 오늘은 눈 위에서 줄넘기 해 볼까?"라는 제 제안에 아이들은 처음엔 어리둥절해했지만, 이내 눈 위에서의 줄넘기를 게임처럼 즐기며 균형감각과 집중력을 길렀습니다. "선생님, 이거 진짜 재밌어요! 다른 학교 애들은 이런 거 못 해 보죠?"라는 아이들의 말에 웃음이 터져 나왔습니다. 이런 특별한 경험이야말로 울릉도 아이들만의 자산이 될 수 있었습니다.

배편 결항으로 줄넘기 장비나 음향기기를 제때 구할 수 없을 때도 있었습니다. 조급해하는 저를 보며 아이들은 "선생님, 괜찮아요. 우리 목소리로 박자 맞추면 되잖아요"라고 말했습니다. 아이들이 직접 노래를 부르며 연습하는 모습은 어떤 기계음보다 따뜻하고 인간적인 소리였습니다. 이는 오히려 아이들의 리듬감과 호흡을 더욱 좋게 만들었습니다. 학부모님들도 아이들의 변화를 직접 목격한 후에는 적극적으로 협조해 주셨습니다. 아이들이 집에서도 줄넘기 이야기만 하고, 학교 가는 것을 좋아하게 되었다는 이야기는 저에게 큰 힘이 되었습니다.

겨울이 준 선물, '강인함'

울릉도의 겨울을 보내면서 저는 '환경의 열악함이 반드시 장애물이 되는 것은 아니다'라는 깨달음을 얻었습니다. 오히려 그런 어려움을 어떻게

　　　　　음악줄넘기로 그린 32년, 꿈과 행복

받아들이고 활용하느냐에 따라 더 큰 성장의 기회가 될 수 있다는 것을 배웠습니다. 무작정 밀어붙이기보다 상황에 맞는 창의적인 해결책을 찾아가는 지혜를 얻게 된 것입니다.

몇 달이 지나자 아이들의 실력은 놀라울 정도로 향상되었습니다. 처음에는 바람 때문에 줄도 제대로 돌리지 못하던 아이들이, 이제는 어떤 날씨에도 안정적으로 줄넘기를 할 수 있게 되었습니다. "우리는 정말 강해졌구나"라는 확신이 제 마음속에도 자리 잡았습니다. 동료 선생님들도 "김동섭 선생님, 정말 대단하시네요. 이런 환경에서도 아이들이 이렇게 달라질 수 있다니"라며 저의 노력을 인정해 주셨습니다. 울릉도의 거친 자연은 아이들을 강하게 만들었고, 그 과정에서 저 역시 한층 더 성장할 수 있었습니다. 혹독한 겨울을 이겨 낸 아이들의 줄넘기는 이전과는 차원이 다른 수준이었습니다.

3. 섬 아이들의 숨겨진 재능을 발견하다

울릉도 아이들의 숨겨진 재능

울릉도에서의 두 번째 해가 시작되면서, 저는 이 아이들에게 특별한 재능이 숨겨져 있다는 확신을 갖게 되었습니다. 처음엔 성주 아이들과 비교하며 의구심을 품기도 했지만, 곧 울릉도 아이들만의 독특한 매력과 잠재력이 눈에 들어왔습니다. 먼저, 바다와 산으로 둘러싸인 자연에서 자란 덕분인지 아이들의 신체 능력은 놀라웠습니다. 특히 파도가 치는 해변에서 뛰어놀며 자란 아이들은 균형 감각과 순발력이 남달랐습니다.

"선생님, 저희는 파도 위에서도 걸을 수 있어요!"라고 자랑하는 아이를 보며, 도시 아이들이 쉽게 가질 수 없는 감각을 이미 몸에 익히고 있었음을 깨달았습니다.

음악적 감수성도 뛰어났습니다. 섬마을 특유의 민요와 어업요에 익숙해 리듬감이 천부적이었습니다. 울릉도 전통 민요인 '너영나영'에 맞춰 "하나, 둘, 너영나영~ 하나, 둘, 너영나영~" 구령을 외치며 줄넘기를 할 때는 전통과 현대가 어우러지는 아름다운 예술이 탄생했습니다. 무엇보다 가장 놀라운 것은 아이들의 끈기와 집중력이었습니다. 실패해도 포기하지 않고 다시 도전하는 모습은 정말 대단했습니다.

　　　　　　　　　　　음악줄넘기로 그린 32년, 꿈과 행복

특히 도영이는 처음엔 가장 서툴렀지만, 매일 새벽부터 와서 혼자 연습하며 몇 달 만에 팀의 핵심 멤버가 되었고, 6학년 혜빈이는 작은 체구에도 불구하고 뛰어난 리듬감과 표현력으로 줄넘기를 마치 춤처럼 소화해 냈습니다. "혜빈이는 너는 타고난 예술가구나"라는 제 말에 수줍게 웃으며 더욱 열심히 하는 모습은 제게 큰 기쁨이었습니다.

또한 6학년 민찬이는 동생들을 살뜰히 챙기고 팀워크를 이끌며, 성주 아이들보다 더 성숙한 리더십을 보여 주었습니다. "애들아, 우리 모두 힘내자. 선생님이 우리를 믿고 계서"라는 한마디로 다른 아이들에게 힘을 불어넣는 모습은 섬 아이들만의 특별한 유대감을 느끼게 했습니다.

마음을 읽고 가능성을 키우다

아이들의 재능을 발견하는 과정이 항상 순탄했던 것은 아닙니다. 아이들 스스로도 자신의 잠재력을 모른 채 "우리는 시골 아이들이라 못할 거예요"라며 자신감 부족을 보였습니다. "선생님, 우리가 성주중앙초처럼 우승도 하고, 정말 TV에 나올 수 있을까요?", "다른 학교 아이들은 우리보다 훨씬 잘할 텐데…"라는 말을 들을 때마다 저는 재능을 키우기 전에 먼저 아이들 마음의 벽을 허물어야 한다는 것을 깨달았습니다.

저는 아이들의 작은 성과도 놓치지 않고 칭찬했습니다.

"와, 민지가 오늘 연속으로 이중뛰기 50개나 넘었네! 정말 대단해!" 이렇게 하나하나 격려하자, 아이들은 점차 자신감을 찾아 갔습니다.

특히 4학년 정화의 변화는 큰 감동을 주었습니다. 처음엔 "저는 운동을 못해요"라며 소극적이었지만, 어머니의 응원과 함께 집에서 꾸준히 연습하며 엄청난 집중력을 보여 주었습니다. "선생님, 우리 정화가 집에서 매일 연습해요. 정말 열심히 하는 모습을 보니 저도 감동받았어요"라는 어머니의 말씀은 아이들의 재능이 가정의 따뜻한 관심과 만나 더욱 빛을 발한다는 것을 깨닫게 했습니다. 저는 아이들 각자의 특성을 파악해 리듬감이 뛰어난 아이는 팀의 박자를, 체력이 좋은 아이는 지구력을, 표현력이 좋은 아이는 감정을 담은 연기를 맡기는 등 맞춤형 지도를 통해 모두가 즐겁게 참여하도록 이끌었습니다.

모두가 함께 만든 기적의 서막

몇 개월이 지나자 놀라운 변화가 일어났습니다. 아이들은 복잡한 동작도 능숙하게 해냈고, 단체 연기에서는 완벽한 호흡과 단결력을 보여 주었습니다. "우와, 우리가 이렇게 잘할 수 있었구나!"라며 스스로 놀라워하는 아이들을 보며 저는 확신했습니다. 재능은 타고나는 것이지만, 그것을 발견하고 키워 주는 것이 교육자의 역할이라는 것을요. 울릉도 아이들 특유의 순수함과 협동심은 도시 학교에서 보기 힘든 소중한 자산이었습니다.

학기 말 학예발표회에서 아이들은 떨리는 마음을 꾹 참고 최선을 다했습니다. 실수해도 포기하지 않고 즐기는 모습에 학부모님들은 감동하며 "선생님, 우리 아이들이 이렇게 멋있을 줄 몰랐어요"라고 감탄했습니다.

그날 밤, 저는 이 아이들의 숨겨진 재능을 더 많은 사람들에게 보여 주겠다고 다짐했습니다. 울릉도에서 만난 아이들을 통해 모든 아이에게는 저마다의 재능이 있고, 그것을 믿어 주는 것이 가장 중요하다는 것을 배웠습니다. 이제 이 아이들과 함께 더 큰 도전을 향해 나아갈 시간이었습니다. 울릉도 바다처럼 넓고 깊은 이 아이들의 재능을 세상에 보여 줄 시간 말입니다.

   음악줄넘기로 그린 32년, 꿈과 행복

4. 섬에 스며들다, 죽도에서 하나 되다

울릉도 생활은 낯섦에서 시작해 조금씩 친숙함으로 번져 갔습니다. 2007년 3월, 섬에 첫발을 디뎠을 때 저는 스스로에게 다짐했습니다.

"피할 수 없으면 즐기자."

그 말대로 낮에는 교실과 운동장을 종횡무진했고, 저녁이면 강당에 음악을 켜고 아이들과 함께 줄을 돌렸습니다. 그 열정은 생각보다 빨리 섬 전체로 퍼져 나갔습니다.

식당 문을 열면 주인아주머니가 먼저 손을 흔들며 반겼습니다.

"우리 줄넘기 선생님 오셨다!"

시장 골목을 지나면 어르신들이 웃으며 말을 건네셨습니다.

"음악줄넘기 잘 보고 있습니다. 아이들이 달라졌어요."

짧은 인사 한마디가 저를 이곳 사람으로 묶어 주었습니다. 음악줄넘기는 단순한 취미를 넘어, 낯선 섬에 뿌리를 내리게 해 준 언어였습니다. 그렇게 저는 울릉도의 한 부분이 되어 갔습니다.

아침이 만든 루틴, 몸에 새긴 섬의 시간

1년이 흐르자 아침 풍경이 완전히 달라졌습니다. 눈을 뜨면 먼저 전기

밥솥에 쌀을 안쳤습니다. 교문은 늘 제가 열었습니다. 수건을 목에 두르고 봉래폭포 오르막을 힘차게 오르면, 폭포수 앞에서 그날 수업을 떠올리며 계획을 세웠습니다. 차가운 계곡물로 얼굴을 씻을 때면 정신이 번쩍 들었습니다. 내려오는 길에는 전호, 부지깽이, 곰취 같은 봄나물을 살폈고, 주머니는 금세 푸른 향으로 가득 찼습니다.

집 문을 열면 고소한 밥 냄새가 반겼습니다. 막 데친 나물을 양푼에 담고 계란 프라이 하나를 얹어 고추장을 풀어 쓱쓱 비비면, 그릇 바닥이 보일 때까지 숟가락이 멈추지 않았습니다. 단출했지만 그 한 그릇이 하루를 버티게 했습니다.

몸도 달라졌습니다. 육지에서 과음과 스트레스로 늘 불편하던 위가 섬의 리듬을 타며 편안해졌습니다. 회식 자리에서도 저는 스스로를 단속했습니다.

"흔들리지 말자."

혼자 부임한 교사라는 이유로 구설에 오르지 않겠다는 다짐이었습니다. 그런 저를 향해 주민들이 건네는 말은 큰 격려가 되었습니다.

"김 선생님은 다릅니다."

그 말을 들을 때마다 저는 마음속 단추를 하나 더 단단히 채웠습니다.

죽도 야유회, 교육공동체가 하나 되다

2008년 3월, 교무부장과 친목회장을 함께 맡던 어느 날, 운영위원장님이 교무실로 찾아오셨습니다.

"교무부장님, 이번 주 일요일에 죽도로 단합 야유회 한번 가시죠. 선생님들도 육지 안 나가시는 주간이잖아요."

 음악줄넘기로 그린 32년, 꿈과 행복

저는 웃으며 대답했습니다.

"너무 좋은 생각입니다. 함께 가겠습니다."

일요일 아침, 저동항에는 마흔 명이 넘는 사람들이 모였습니다. 우리는 큰 오징어 배와 위원장님의 보트에 나누어 타고 손에 잡힐 듯 가까운 죽도로 건넜습니다. 섬은 마치 우리만의 무인도처럼 고요했습니다. 선착장에는 큼직한 천막 두 개가 그늘을 드리웠고, 그 옆 가마솥에서는 문어와 전복, 뿔소라, 홍합, 큼직한 닭이 인삼과 함께 보글보글 끓고 있었습니다. 해계탕의 향이 바닷바람을 타고 퍼져 나갔습니다. 한쪽에서는 삼겹살이 지글거렸고, 횟집 사장님은 갓 잡은 생선을 능숙하게 썰고 계셨습니다.

낚싯대가 선생님들 손에 하나씩 쥐어졌습니다. 투명한 물 아래로 물고기 그림자가 스쳐 갔고, 작은 고기가 한 마리씩 올라올 때마다 아이들 얘기, 학교 얘기, 섬의 역사 얘기가 자연스레 이어졌습니다. 학부모님이 잔을 들며 말씀하셨습니다.

"선생님들, 오늘은 학교 얘기도 좋지만 서로 더 알고 지냅시다. 함께 가야 멀리 갑니다."

저도 고개를 끄덕이며 화답했습니다.

"맞습니다. 아이들 앞에서 한 팀으로 서겠습니다. 음악줄넘기도, 학교도, 우리 모두 함께 키우겠습니다."

식사가 한창일 때, 운영위원장님의 보트가 우리를 태우고 죽도 주변을 돌았습니다. 공암(코끼리 바위)과 삼선암이 손에 잡힐 듯 가까웠고, 바위와 파도 소리가 묘하게 합을 맞추었습니다.

섬을 떠나오며 저는 마음속으로 짧게 메모했습니다.

"오늘, 학교는 더 단단해졌다."

그날의 야유회는 단순한 행사가 아니라 굳은 약속이었습니다. 교직원과 학부모가 서로의 이름을 부르고, 마음을 나눈 시간. 그 이후로 학부모님들은 다른 어느 지역 못지않게 학교를 신뢰해 주셨습니다.

요즈음도 TV를 보다 울릉도 소식이 나오면 저는 습관처럼 울릉 지인들에게 안부 전화를 드립니다. 그럴 때마다 늘 같은 대답이 돌아왔습니다.

"선생님은 반 울릉도 사람입니다."

저도 웃으며 답했습니다.

"저도 그렇게 생각합니다."

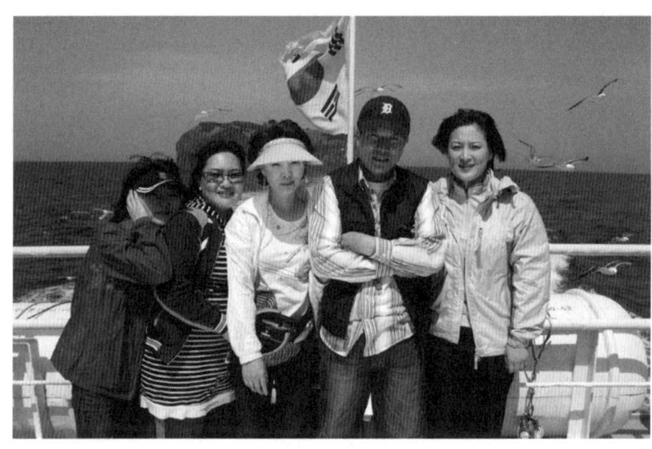

 음악줄넘기로 그린 32년, 꿈과 행복

5. '울릉도 줄생줄사' 시범단의 탄생

울릉도 저동초등학교 아이들이 음악줄넘기를 시작한 지 얼마 되지 않아, 저는 이들의 놀라운 잠재력을 발견할 수 있었습니다. 사람들은 섬마을 아이들이라고 해서 도시의 아이들보다 뒤처질 거라 생각하기 쉽지만, 그것은 완전한 오해였습니다. 오히려 순수하고 투박한 이 아이들 안에는 무한한 가능성이 숨어 있었습니다.

"선생님, 우리도 전국대회에 나갈 수 있을까요?"

어느 날 연습 후 한 아이가 물었습니다. 아이의 눈빛에는 간절함과 동시에 조심스러움이 함께 담겨 있었습니다. 아마도 어른들로부터 '섬마을 아이들이 뭘 할 수 있겠느냐'는 식의 말을 들었을 수도 있겠다는 생각이 들었습니다.

"당연하지! 우리가 열심히 연습하면 못 할 게 뭐가 있겠니?"

저는 망설임 없이 대답했습니다. 그리고 그 순간, 아이들에게 새로운 목표를 제시했습니다. 바로 전국대회 출전이었습니다.

첫 원정, 전국대회 데뷔와 섬을 흔든 열풍

2007년 10월, 바람이 거세던 초가을 오후, 학부모 몇 분이 조심스레 교무실 문을 두드렸습니다.

"선생님, 우리 아이들도 전국대회에 한번 나가 보면 어떨까요? 이번엔 성적보다 경험이 목표예요."

저는 잠시 말을 망설였습니다. 준비가 충분치 않다고 여겼기 때문입니다.

"조금만 더 준비하면 내년에 더 좋은 모습으로…"

그러자 학부모 대표가 고개를 숙여 말했습니다.

"경비는 저희가 마련해 보겠습니다. 아이들 꿈, 꺾지 말아 주세요."

그 간절함 앞에서 저도 마음을 접었습니다. 교장선생님께 사정을 말씀드리자 잠시 생각에 잠기셨다가 고개를 끄덕이셨습니다.

"좋습니다. '하면 된다'는 걸 울릉도 아이들도 몸으로 배우게 합시다."

폭풍우를 뚫고, 첫 원정길

예정된 금요일 배가 풍랑으로 결항되어, 일정을 하루 앞당겨 목요일에

　　　　음악줄넘기로 그린 32년, 꿈과 행복

출항해야 했습니다. 게다가 파도 방향 탓에 포항 대신 묵호로 향해야 했습니다. 한겨레호가 크게 요동칠 때마다 아이들이 의자에서 내려 통로에 엎드렸고, 저는 휴지와 생수를 들고 오가며 등을 쓸어 주었습니다.

"선생님, 배가… 너무 흔들려요."

"조금만 버티자. 이 파도만 넘으면, 우리가 원하던 무대가 기다린다."

묵호에 도착하니 밤공기가 칼처럼 매서웠습니다. 간단히 식사를 하고 숙소에 눕자마자 모두 곯아떨어졌습니다. 다음 날 새벽, 영동고속도로를 타고 서울로 향했습니다. 체육관에 도착했을 때 아이들 얼굴은 창백했지만, 눈빛만큼은 살아 있었습니다.

"애들아, 여기까지 온 길을 생각하면 포기란 없다. 몸 풀고, 우리 속도로 가자."

첫 데뷔, 값진 동메달

처음 밟는 전국대회 바닥은 낯설었습니다. 다른 팀들의 움직임은 빠르고 매끄러웠고, 우리는 긴장으로 몸이 굳어 있었습니다. 저는 아이들과 짧게 호흡을 맞췄습니다.

"숨 들이마시고… 내쉰다. 좋아, 우리 루틴 기억하지?"

"네!"

경기 종목이 진행될수록 긴장도 풀렸습니다. 마지막 단체줄넘기에서 아이들이 호흡을 제대로 찾았습니다. 줄과 발이 하나가 되는 순간, 관중석에서 작은 탄성이 터졌습니다. 결과는 3위. 울릉도 섬마을 아이들이 난생처음 전국 무대에서 건진 동메달이었습니다. 아이들과 서로를 끌어안고 잠시 울었습니다. 그 눈물은 패배의 눈물이 아니라, 파도를 건너오며 쌓인 불안을 내려놓는 안도의 눈물이었습니다.

"선생님, 우리가 해냈어요."

"그래, 너희는 충분히 할 수 있는 아이들이다."

이름을 얻다, 울릉도 '줄생줄사' 탄생

돌아오는 배 안, 아이들이 웅성거렸습니다.

"우리 팀 이름 지을까?"

저는 고개를 끄덕였습니다.

"좋아. 우리 음악줄넘기부가 구심점이 되고 한 팀으로 뭉치려면, 이름부터 우리답게 정하자."

아이들은 앞다투어 손을 들었습니다.

"성인봉!", "울릉도 다람쥐!", "섬초롱!"

저는 분위기를 더 북돋우며 말했습니다.

"예전에 성주중앙초에서 '꿈도리'라는 이름을 지은 적이 있어. '줄넘기에 꿈을 실어 돌리는 아이들'이라는 뜻이었지. 우리도 우리만의 좋은 이름을 지어 보자."

그때 제 머릿속을 스친 말이 있었습니다. '폼생폼사'. 곧장 아이들을 바라보며 말했습니다.

"줄넘기에 살고, 줄넘기에 죽는다. 얘들아 어때? '줄생줄사'!"

순간, 배 안이 쩌렁하게 울렸습니다.

"선생님, 너무 좋은 거 같아요!"

"앞에 울릉도 붙여서 '울릉도 줄생줄사'로 하면 되잖아요!"

"그래, 그걸로 하자!"

그 이름에는 섬에서 뭍으로, 파도에서 무대까지 건너온 우리의 집념이 스며 있었습니다. 꼭 꿈을 이루고야 말겠다는 간절함과 염원도 담겼습니다. 그날 이후 '줄생줄사'는 우리의 약속이자 구호가 되었습니다. 무대에 오르기 전, 우리는 늘 짧게 맞췄습니다.

"줄!", "생!", "줄!", "사!"

파도처럼, 흔들리지 않겠다는 다짐이었습니다.

2008년, 우리는 첫 번째 큰 도전에 나섰습니다. 제10회 전국줄넘기선수권대회였습니다. 섬마을 아이들이 전국 무대에 서기까지는 수많은 어려움이 있었습니다. 가장 큰 문제는 연습 환경이었습니다. 울릉도의 날씨는 변덕스러웠고, 체육관이 없어 야외에서 연습해야 하는 날이 많았습니다. 비가 오면 좁은 교실에서, 바람이 심하면 복도에서 연습했습니다.

"선생님, 오늘은 비가 너무 세게 와서 밖에 나갈 수 없어요."

"그럼 소강당에서 기본기 연습을 하자. 공간이 좁아도 할 수 있는 건 많아."

이런 식으로 우리는 어떤 상황에서도 포기하지 않고 연습을 이어갔습니다. 아이들도 점점 이런 환경에 적응해 갔고, 오히려 더 끈질긴 체력과 정신력을 기를 수 있었습니다.

6. 독도에 울려 퍼진 독도 사랑 음악줄넘기

울릉도 저동초 근무하면서 제 마음속에는 한 가지 꿈이 자리하고 있었습니다. 우리 아이들과 함께 독도에 가서 몸으로, 마음으로 "독도는 우리 땅"을 외치는 것. 매해 되풀이되는 일본의 억지 주장에 맞서, 독도에 가장 가까운 섬 울릉도의 초등학생들이 바로 그 뜻을 세상에 알리는 주인공이 되길 바랐습니다. 섬의 미래이자 나라의 희망인 아이들의 뜨거운 마음을 음악줄넘기로 펼쳐 보이는 것—그것이 저의 꿈이자 사명이었습니다.

그 꿈은 2008년 6월 29일, 드디어 현실이 되었습니다. ㈜대아고속해운의 적극적인 도움으로 독도행 길이 열렸고, 울릉군청과 지역 주민들의 응원 속에 저동초등학교 '줄생줄사' 시범단 17명과 학부모님 네 분이 도동항에 모였습니다. 햇볕은 뜨거웠지만 하늘은 말갛게 개어 있었고, 우리를 실어 나를 '한겨레호'는 거울처럼 잔잔한 바다 위를 미끄러지듯 나아갔습니다.

배 안에서 '저동초 음악줄넘기 시범단' 유니폼을 본 관광객들이 다가와 물었습니다.

"어디 가세요? 공연하러 가는 건가요?"

"네, 독도에서 '독도사랑' 음악줄넘기를 하려고요."

순간 여기저기서 박수가 터졌습니다.

"얘들아, 너희들이 바로 애국자다!"

관광객들의 격려에 아이들의 어깨는 더 꼿꼿이 서 올랐습니다.

"선생님, 떨려요." 한 아이가 속삭이자, 저는 미소를 지으며 말했습니다.

"좋은 떨림은 선물이란다. 그만큼 너희의 줄넘기도 더 높이 뛸 거야."

울릉도에서 독도까지 87.4km. 약 1시간 20분 만에 독도 동도 선착장에 닻을 내렸습니다. 당시 동도 정상은 보호를 위해 민간인 출입이 제한되어 있었기에, 우리는 접안 시설 앞을 공연장으로 바꾸었습니다. 관광객들이 자리를 내어 주고, 독도 경비대 대원들이 안전 동선을 정리하는 사이, 휴대용 음향을 점검하며 마지막 동선을 맞췄습니다. 아이들은 손목 보호대를 고쳐 매만지며 호흡을 고르고 서로의 눈빛을 맞췄습니다.

드디어 스피커에서 '독도는 우리 땅' 전주가 힘차게 흘러나왔습니다. 바닥은 거칠고 울퉁불퉁했지만 아이들은 아랑곳하지 않았습니다.

"울릉도 동남쪽 뱃길 따라 이백 리, 외로운 섬 하나 독도는 우리 땅!"

후렴이 울려 퍼지자 로프는 더 빠르게 돌았고, 발놀림은 더 단단하게 박자를 찍었습니다. 관광객들의 박수는 어느새 반주가 되었고, 합창이 더해지자 선착장은 작은 응원 스탠드로 변했습니다. 더블언더로 속도를 끌어올릴 때마다 함성은 파도처럼 일었고, 이어진 기술 루틴에서는 멀티 로프, 콤비네이션, 더블더치까지 매끈하게 이어졌습니다.

동작이 정점에 닿을 때마다 "와—!" 하는 탄성이 터져 나왔고, 카메라와 캠코더가 분주히 순간을 붙잡았습니다. 머리 위 갈매기들이 원을 그리며 맴돌았고, 바닷바람은 아이들의 땀방울을 반짝이게 했습니다. 육지에서 수없이 무대에 섰던 우리였지만, 그날만큼 벅찬 공연은 없었습니다. '우리가 지금 딛고 선 이 땅, 바로 우리 땅.' 아이들의 발끝과 로프의 리듬이 그 사실을 또렷하게 말하고 있었습니다.

　　　　　　　　　음악줄넘기로 그린 32년, 꿈과 행복

체류 시간은 고작 30분. 그러나 독도 경비대 대원의 세심한 안전 관리 덕분에 공연은 한 치의 시행착오도 없이 매끄럽게 끝났습니다. 마지막 포즈에서 아이들이 두 주먹을 높이 들자, 선착장은 환호로 들끓었고, 누군가는 눈시울을 훔쳤습니다.

"선생님, 오늘을 평생 기억할 것 같아요."

"그래, 오늘 너희가 돌린 줄 하나가 먼 데까지 날아갈 거야."

그 짧은 대화 속에 우리의 벅찬 마음이 고스란히 담겨 있었습니다. 출항 시간이 다가와 다시 '한겨레호'에 오르자, 독도는 금빛 오후를 등진 채 멀어졌습니다.

"선생님, 우리 다시 올 수 있죠?"

"그럼. 마음이 먼저 닿으면, 발길은 반드시 따라오게 마련이란다."

돌아오는 항로에서 저는 바랐습니다. 오늘 우리가 독도에서 돌린 줄 하나가 언젠가 거대한 날갯짓을 일으켜, 굳이 소리쳐 말하지 않아도 전 세계가 '독도는 우리 땅'임을 상식처럼 받아들이게 되기를. 그날 이후에도 우리 '줄생줄사' 시범단의 로프는 쉼 없이 돌아갔습니다.

아이들 가슴에 새겨진 것은 기술 몇 동작이 아니라, '독도 사랑, 나라 사랑'이라는 변치 않는 리듬이었습니다. 파도는 멀리서도 해안을 찾아오고, 메아리는 산 너머에도 닿듯이, 그날 독도 선착장에서 울려 퍼진 박자와 함성은 오래도록, 넓고 멀리 퍼져 나갈 것입니다.

학교가 달라지다, '중간놀이'가 만든 파장

2008학년도, 학교 특색교육으로 음악줄넘기를 본격화했습니다. 중간놀이 20분이면 충분했습니다. 요일별 루틴을 정해 전교생이 리듬 속에 몸을 맡겼습니다.

- 월·목: 개인줄넘기 — 기본기와 스피드 감각을 살렸습니다.
- 화·금: 짝줄넘기 — 둘이 호흡을 맞추며 신뢰를 배웠습니다.
- 수: 반별·동아리별 단체줄넘기 — 게임과 응원으로 운동장이 들썩였습니다.

"선생님, 오늘은 짝줄 하는 날인가요?"

"그래. 둘이서 서로 눈 보고, 호흡부터 맞춰."

중간놀이가 끝나면 교실은 숨 가쁘게 살아났습니다. 하루는 어느 학부모가 운동장 끝에서 제게 다가와 말했습니다.

"선생님, 우리 애가 예전보다 학교생활을 즐겁게 하면서 자신감도 커졌습니다. 그래서 너무 고마워요, 선생님!"

저는 감사의 마음으로 고개를 숙였습니다.

"아이들이 스스로 바뀐 겁니다. 저는 옆에서 도와줬을 뿐입니다."

방과 후, 강당 불이 켜지면 '줄생줄사'의 시간이 시작되었습니다. 아이들은 번갈아 매트를 닦고 줄 길이를 맞추었습니다. 운동화 끈을 단단히 묶고, 서로의 손목과 발목에 테이핑을 해 주며 작은 프로 선수처럼 움직였습니다. 저는 스톱워치를 켜고 템포를 잡았습니다.

"자, 준비. 10초간 스피드 연습이다. 리듬을 잃지 말고… 레디, 고! 스탑!"

짧고 강한 인터벌이 지나면 땀방울이 발끝에서 튀었습니다. 개인 프리스타일, 2인 이상의 복수줄넘기, 긴줄 안에서 여러 명이 엮는 복합줄넘기, 그리고 하이라이트인 더블터치 프리스타일까지. 기술은 단계적으로 높였고, 실수는 서로의 격려로 메웠습니다.

"지금처럼만 부드럽게— 줄이 네 몸을 따라오게 해."

     음악줄넘기로 그린 32년, 꿈과 행복

"선생님, 이번엔 놓치지 않을게요."

실력은 무대를 불렀습니다

- 2008년 경주 세계문화엑스포 초청공연: 넓은 야외무대가 아이들의 스텝을 더 크게 만들었습니다.
- 제9회 우산문화제 개막식, 어린이날 기념 공연(2008.5.8), 울릉군민 체전 개막식(2008.5.28): 신나는 창작 음악줄넘기로 공연의 문을 열고, 개인 프리스타일과 복수·복합줄넘기를 이어 마지막 더블터치 프리스타일로 마무리했습니다.

무대 뒤에서 저는 늘 같은 말을 건넸습니다.

"시작은 부드럽게, 중간은 단단하게, 마지막은 시원하게."

"오케이, 마지막은 우리가 책임질게요!"

"줄생줄사, 파이팅!"

섬을 흔든 MBC 〈생방송 화제집중〉 '지금 울릉도에는 줄넘기 열풍!'

중간놀이 때마다 운동장은 늘 리듬과 아이들의 웃음으로 가득했습니다. 아이들은 "한 번 더!"를 외치며 서로를 끌어올렸고, 그 활기가 섬을 타고 퍼져 결국 서울에서 전화가 걸려 왔습니다.

"선생님, '줄넘기로 행복한 울릉도 아이들' 이야기를 2박 3일 촬영하고 싶습니다."

"마침 '줄넘기 축제한마당'을 준비 중입니다. 그대로 담아 가시면 됩니다."

촬영 첫날, 제작진은 강당 한쪽에 카메라 라인을 세웠습니다.

"카메라 신경 쓰지 말고, 우리 하던 대로 가자."

"응, 선생님. 오늘은 더 열심히 뛸게요."

축제는 평소의 연장선이었습니다. 학부모와 주민들이 박수를 보냈고,
아이들은 땀방울을 튀기며 리듬을 이어 갔습니다.

"저기 우리 아들이에요!"

"선생님, 저 동작 연습하던 거 오늘 성공했대요!"

제작진이 물었습니다.

"무엇이 아이들을 바꾸었습니까?"

"음악과 리듬, 서로의 응원입니다. 아이들이 서로를 바꾸었습니다."

방송은 "지금 울릉도에는 줄넘기 열풍"이라는 제목으로 전국에 전파를
탔습니다. 그날 밤 제 휴대전화는 쉴 없이 울렸습니다.

"선생님, TV에서 봤습니다. 섬이 달라졌네요."

"아이들이 달라진 겁니다. 섬이 그 변화를 품어 주었습니다."

　　　　　　　음악줄넘기로 그린 32년, 꿈과 행복

7. 줄생줄사, 전국을 넘어 아시아 정상에 서다

정규수업이 끝나면 아이들은 약속이나 한 듯 강당으로 모였습니다. 팽팽한 줄이 바닥을 칠 때마다 "탁, 탁, 탁" 하는 소리가 울릉도의 바람 소리와 겹쳐 하나의 리듬이 되었습니다. 개인 기술에서 짝 줄넘기, 단체 안무까지—한 동작, 한 호흡에 아이들은 온 마음을 실었습니다. 지난 대회의 아쉬움이 눈빛을 더 또렷하게 만들었고, 서로의 어깨를 두드리며 다짐하는 작은 목소리가 곧 팀 전체의 신념이 되었습니다.

"선생님, 오늘은 더블터치 30초만 더요!"

"좋아. 하지만 마지막은 호흡으로 끝낸다. 우린 팀이니까."

여름 캠프, 봉래폭포와 촛대바위 훈련

방학이 시작되자 학교는 한산해졌지만, 강당과 운동장은 오히려 더 뜨거워졌습니다. 우리는 여름방학을 통째로 '음악줄넘기 캠프' 기간으로 정했습니다. 오전에는 기술·체력, 오후에는 루틴·합, 밤에는 호흡과 이미지 트레이닝으로 일과를 구성했습니다.

무더위가 심해지자 대아리조트 야외수영장의 협조를 얻어 수영장 한편에 텐트를 치고, 우리의 '여름 체육관'으로 바꾸었습니다. 물가에서는 균형·코어·착지 컨트롤을 반복했습니다. 훈련 뒤에는 물놀이와 치킨, 김밥, 아이스크림이 이어졌습니다. 웃음과 체력이 함께 차오르는, 지치지 않는 캠프가 되었습니다.

울릉도의 지형은 또 하나의 체육관이었습니다. 강당만으론 모자랐습니다. 봉래폭포 바람벽 아래에서, 저동 촛대바위 방파제 콘크리트 바닥에서, 동해의 맞바람을 정면으로 받으며 줄을 돌렸습니다. 줄이 바람에 흔

　음악줄넘기로 그린 32년, 꿈과 행복

들릴수록 손목 힘을 빼고 리듬을 살려야 했고, 착지 각도는 점점 더 낮아졌습니다. 관광객들이 멈춰 서서 "와, 너희가 그 '줄생줄사'구나!" 하며 아이스크림을 건네주실 때면 아이들이 서로 눈을 마주치며 웃었습니다.

쉬는 시간에도 아이들은 줄을 놓지 않았습니다. "오늘은 스텝 8개로 바꿔 볼까요?" 하면, "좋습니다. 박자는 그대로, 팔은 더 작게!" 대답이 칼같이 돌아왔습니다. 훈련을 마칠 때면, 늘 같은 구호로 마무리했습니다.

"할 수 있다!"

"KOREA 울릉도 줄생줄사 화이팅!"

그 여름, 울릉도는 말 그대로 하나의 거대한 체육관이었습니다.

회당문화제—YB와 무대에 서다

7월 30일, 도동항 특설무대에서 진각종 회당문화제 개막식이 열렸습니다. '줄생줄사'는 '독도는 우리 땅'으로 시작해 복합 줄넘기와 더블터치, 창작 루틴까지 선보였습니다. 울릉도를 찾은 많은 관광객들은 폭포수 같은 환호가 쏟아졌고, 뒤이어 YB(윤도현 밴드)가 무대에 올랐습니다.

몇몇 아이들이 공연을 보고 싶다고 조르기에 저는 말했습니다.

"공연 잘 보고 안전하게 집으로 가야 해."

잠시 뒤 다급한 전화가 왔습니다. 주장인 민찬이가 오징어 덕장 옆 파이프에 부딪혀 다쳤다는 소식이었습니다. 보건소로 달려가 보니 아이는 발목을 부여잡고 있었습니다.

"한 달 뒤면 큰 대회가 있는데… 괜찮을까요?" 하고 여쭈었습니다.

의사는 "잘 치료하면 대회 즈음엔 가능합니다."라고 답했습니다.

한 줄기 빛 같은 말이었습니다. 그날 이후 훈련표는 더욱 치밀해졌습니다. 재활과 동작 보완, 대체 루틴, 그리고 '돌아올 자리'를 끝까지 비워두는 시뮬레이션을 병행했습니다. 팀은 흔들리지 않았고, 더 단단해졌습니다.

전국대회—남녀 동반 우승 순간, 국가대표로 서다!

결전의 가을, 2008년 10월 26일 서울에서 제10회 전국 줄넘기 선수권대회(겸 2009 아시아선수권 국가대표 선발전)가 열렸습니다. 우리는 한 줄, 한 박자, 한숨까지 리허설처럼 정교하게 맞춘 상태로 무대에 섰습니다. 스피드, 프리스타일, 단체 루틴까지 지난 한 해의 땀과 호흡이 그대로 살아났습니다.

결과는 금메달 3, 은메달 9, 동메달 3, 남자부·여자부 종합 우승이었습니다. 아이들은 서로를 와락 끌어안았고, 관중석의 학부모님들도 눈시울을 붉혔습니다. 잠실의 준우승으로 다져진 결의, 한여름 캠프의 땀, 봉래폭포의 물안개와 촛대바위의 바람, 강당의 공기까지—모든 계절의 기억이 그 순간 한데 겹쳐졌습니다.

음악줄넘기로 그린 32년, 꿈과 행복

시상 직후 낭보가 이어졌습니다. 이번 대회는 2009 아시아 줄넘기 선수권대회 국가대표 선발전을 겸하고 있었고, 우리 '줄생줄사'가 국가대표로 선발되었습니다. 당초 개최지는 베이징이었으나 현지 사정으로 홍콩으로 변경된다는 공지도 함께 전해졌습니다. 울릉의 작은 강당에서 시작한 박자가 마침내 아시아 무대의 조명을 받게 되었음에 모두가 벅차올랐습니다.

경북학생축제—우승의 여운을 무대에서

우승의 여운이 채 가시기도 전에 10월 29일, 우리는 울릉도 입도 전에 칠곡교육문화복지회관에서 열린 제10회 경북학생축제 무대에 섰습니다. 전국대회 우승과 국가대표라는 이름값을 증명하듯 아이들은 더욱 당당한 표정으로 음악줄넘기의 매력을 선보였습니다.

"울릉도에서도 할 수 있다"는 메시지는 음악과 줄의 리듬을 타고 객석

구석까지 또렷하게 전해졌습니다.

예산의 벽 앞에서, "할 수 있습니다"

전국대회 우승과 국가대표 선발의 감격 뒤에 곧바로 현실이 닥쳐왔습니다. 2009년 7월 23~27일, 홍콩 중문대학교 체육관에서 열리는 아시아 줄넘기 선수권대회에 참가하려면 항공권·숙박·참가비 등 만만치 않은 비용이 필요했습니다. 울릉도라는 지역 여건까지 더해져 부담이 컸습니다. 학부모님, 동창회, 지역 유지분들께서 발 벗고 도우셨지만 규모가 컸습니다.

"마지막으로 교육감님을 찾아뵙겠습니다."

저는 육지로 건너가 도교육감님을 면담했습니다. 우리의 사정을 들으신 교육감님은 고개를 끄덕이며 말씀하셨습니다.

"예산은 걱정하지 마세요. 섬 아이들에게 '할 수 있다'는 꿈을 심어 주세요."

그 한마디가 버팀목이 되었습니다. 곧 필요 예산(약 5천만 원) 신청 공문이 도교육청에서 도착하여 왕복 항공료와 참가비 등이 해결되었습니다. 전국 우승과 언론 보도를 통해 경북 교육의 저력을 알린 아이들에게 보내는 '보은의 결정'이었다는 사실을 나중에 알게 되었습니다.

겨울방학 반납—훈련이 곧 방학

예산 걱정을 덜자 우리는 오직 실력에 집중했습니다. 강당 벽에는 "아시아 정상을 위하여!"라는 문구를 크게 걸었습니다. 겨울방학도 반납하고, 방과 후—저녁—야간으로 이어지는 주경야독의 일정이 계속되었습니다.

루틴 정교화, 스피드·프리스타일 분할 훈련, 체력·코어 강화, 이미지 트레이닝까지 한 치의 빈틈도 남기지 않았습니다.

"우리도 가겠습니다!"—학부모님의 뜨거운 동행

연습이 한창이던 저녁, 강당 문이 벌컥 열리더니 학부모 대표님이 들어오셨습니다. 손에는 메모지가 구겨진 채 들려 있었습니다.

"선생님, 홍콩까지 동행해서 아이들을 곁에서 응원하겠습니다."

"외국인데요. 기간도 길고, 경비도…" 하고 조심스럽게 말씀드리자, 또 다른 학부모님이 한 발 앞으로 나섰습니다.

"자비로 갑니다. 아이들이 혼자 낯선 곳에서 뛰게 둘 수 없습니다."

잠시 숨이 막히는 듯했습니다. 이어진 한마디가 저를 울컥하게 만들었습니다.

"돌 지난 아기도 친척에게 맡기고 가겠습니다. 아이들 곁에 우리가 있어야 합니다."

그날로 명단이 만들어졌습니다. 선수 16명, 학부모 20명. 누군가는 연차를 냈고, 누군가는 장사를 1주일을 접었습니다. 모두가 똑같이 말했습니다.

"이번만큼은 우리가 뒤에서 끝까지 응원하겠습니다."

그 마음이 강당 공기까지 뜨겁게 데웠습니다. 아이들의 줄 소리가 더 단단해졌고, 박자 사이사이로 부모님의 숨결이 함께 들어왔습니다.

KBS 〈30분 다큐〉, "울릉도 섬마을 아이들, 우리는 국가대표입니다"

이즈음 KBS 〈30분 다큐〉 제작진에게서 연락이 왔습니다. 섬마을 아이들의 도전을 기록하겠다며 울릉도에서 홍콩까지 5박 6일 완전 동행을 제안했습니다. 카메라가 들어온 강당에서 아이들은 평소처럼 묵묵히 줄을 돌렸고, 땀방울과 호흡, 웃음과 눈물이 그대로 필름에 담겼습니다.

저는 인터뷰를 통해 울릉도 아이들이 줄넘기를 통해 어떻게 성장하고 변화했는지, 그리고 그들의 꿈이 얼마나 간절한지를 진솔하게 이야기했습니다. 또한 제작진 두 분은 단순히 촬영만 하고 돌아가는 것이 아니었습니다. 울릉도에서부터 홍콩까지, 우리와 함께 5박 6일간의 긴 여정을 동행하며 모든 순간을 다큐멘터리에 담는 콘셉트였습니다. 이 소식에 아이들도, 저도, 학부모님들도 더욱 설레고 기대에 부풀었습니다.

도동항에서 주민들의 응원을 등에 업고 썬플라워호로 포항, 버스로 인천공항, 그리고 홍콩행 비행기에 올랐습니다. 배가 멀어질수록 울릉도는 점이 되어 갔지만, 아이들 가슴속에는 더 큰 원이 그려졌습니다.

"홍콩에서 울릉도를 빛내겠습니다!"라는 다짐이 한층 또렷해졌습니다.

홍콩 입국 심사대의 위기—학부모의 기지로 넘다

당시 홍콩은 메르스(MERS) 감염병으로 인해 입국 심사가 매우 엄격했습니다. 공항에 도착하여 잔뜩 긴장한 채 입국 심사대를 통과하고 있을 때였습니다. 한 아이가 심한 고열로 인해 입국 심사대에서 발목을 잡힌 것입니다. 아이의 얼굴은 창백했고, 열 때문에 힘겨워하는 모습이 역력했습니다. 갑작스러운 상황에 모두가 당황하며 발을 동동 굴렀습니다. 만약 이 아이가 입국이 불허된다면, 팀 전체의 사기에도 큰 영향을 미칠 것이 분명했습니다. 그때, 침착하게 나선 것은 다름 아닌 학부모님들이었습니다. 학부모 대표님이 기지를 발휘하여 입국 심사관에게 아이가 화장실에 급히 가야 한다고 둘러댔습니다. 허락을 받자마자, 학부모님들은 아이를 데리고 재빨리 화장실로 향했습니다. 그곳에서 준비해 간 해열제를 아이에게 먹였습니다. 잠시 후, 해열제가 효과를 발휘했는지 아이의 열은 조

　　　　　　　　　　　　음악줄넘기로 그린 32년, 꿈과 행복

금씩 내리기 시작했고, 아이는 한결 나아진 모습으로 다시 입국 심사대에 섰습니다. 다행히 심사관은 아이의 상태를 재확인한 후 입국을 허가해 주었습니다.

그 순간, 우리는 안도의 한숨을 내쉬며 서로를 부둥켜안았습니다. 학부모님들의 침착한 기지 덕분에 우리 팀 모두는 무사히 입국 심사대를 통과하여 선수촌으로 이동할 수 있게 되었습니다. 위기 상황에서 빛난 학부모님들의 순발력과 지혜에 다시 한번 감탄했습니다.

홍콩에서 '집밥 작전'—부모님 응원 물결 속에 따낸 값진 금메달

선수촌 식사가 입에 맞지 않아 아이들 얼굴에 금세 그늘이 졌습니다. 곧장 학부모님들이 움직였습니다.

"콜택시 두 대만 잡읍시다. 라면, 김치, 햇반… 무조건 구해 옵시다."

어머니들은 낯선 간판과 낯선 억양 사이를 헤매며 중앙 마켓을 찾았습니다. 계산대 앞에서 손짓 발짓으로 필요한 것들을 설명하고, 무거운 봉지를 들고 다시 선수촌으로 뛰어왔습니다.

주방에서 끓는 물이 우르르 솟았습니다. 따끈한 라면, 아삭한 김치, 갓 데운 밥. 그릇을 받아 든 아이들이 동시에 외쳤습니다.

"엄마 밥이 최고예요!"

얼굴이 달아오르고, 눈빛이 살아났습니다. 이 모든 과정은 제작팀의 카메라에 고스란히 담겼습니다. 카메라 뒤에서 조용히 미소 짓는 제작진의 표정까지 선명히 기억납니다. 그 한 끼가 팀을 다시 일으켜 세웠습니다.

홍콩 중문대학교 체육관에서 경기가 시작되었습니다.

관중석에는 학부모 20명의 응원대가 커다란 파도처럼 자리했습니다.

"할 수 있다! KOREA 울릉도 줄생줄사 화이팅!"

아이들은 그 함성을 등에 업고, 중국·일본·주최국 홍콩 등 강호들과 당당히 맞섰습니다.

경기 첫날, 우리 팀의 강점인 스피드 종목이 불을 뿜었습니다.

- 싱글 로프 4인 스피드 릴레이: 첫 번째 주자부터 마지막 네 번째 주자까지 단 한 번도 줄에 걸리지 않고 리듬과 속도를 완벽히 유지하여, 마침내 금메달을 목에 걸었습니다.
- 더블더치 2인 릴레이: 교차 타이밍을 0.5박자도 흐트러뜨리지 않은 호흡으로 은메달을 따냈습니다.

하루를 마치자 아이들 얼굴에는 "해냈습니다"라는 표정이 선명했습니다.

다음 날 경기에서도 집중력이 이어졌습니다.

싱글 로프에서 은메달 1개, 더블더치 프리스타일과 스피드에서 동메달 3개를 추가했습니다.

　　　　　　음악줄넘기로 그린 32년, 꿈과 행복

프리스타일 동작이 마무리될 때마다 관중석에서는 "좋습니다!", "끝까지!"라는 한국어 응원이 또렷이 터져 나왔습니다.

최종 합산 결과, 우리 팀은 금 1, 은 2, 동 3 총 6개 메달을 따내며 남자부 종합 준우승(1위 중국)을 차지했습니다.

발표 순간, 아이들은 서로를 끌어안고 눈물을 흘렸고, 부모님들은 두 손을 꼭 맞잡은 채 "정말 자랑스럽습니다"라고 속삭였습니다. "울릉도에서 온 아이들"이 아시아 무대에서 당당히 증명한 결과였습니다.

경기 후에는 빅토리아 파크에서 야경을, 성룡 거리, 웅핑 360(케이블카)에서 활기를 만났습니다. 메달의 무게와 낯선 문화의 설렘이 아이들 가슴에 함께 매달렸습니다.

귀국길, 도동항은 환영 인파로 가득했습니다. 환호와 박수, 어깨에 닿는 꽃다발, "잘했습니다!"라는 포옹이 이어졌습니다. 피곤함보다 자랑스러움이 얼굴을 환하게 비추었습니다.

'줄생줄사', KBS 〈30분 다큐〉 방영, 전국구 스타 되다

홍콩에서의 뜨거운 여정과 감동적인 활약은 귀국 후 며칠 뒤, KBS 〈30분 다큐멘터리〉 '우리는 한국의 줄넘기 국가대표입니다'라는 제목으로 전국 안방극장에 방영되었습니다. 울릉도 섬마을 아이들이 열악한 환경을 딛고 꿈을 향해 나아가는 과정, 아시아 무대에서 최선을 다해 메달을 목에 건 모습, 그리고 헌신적인 학부모님들의 뒷바라지까지. 이 모든 이야기가 방송을 통해 전국 시청자들에게 고스란히 전달되면서, 우리 '줄생줄사'는 한순간에 전국구 스타가 되었습니다.

방송이 나간 후, 학교에는 연일 전화가 빗발쳤습니다. 특히 기억에 남는 것은 한 유명 스포츠 의류 회사, ㈜패기엔코 대표님에게서 온 전화였습니다. 방송을 통해 우리 아이들이 아시아대회 시상식과 공연하는 장면에서 귀사 제품을 입고 있는 것을 보셨다는 것이었습니다. 대표님은 담당 직원을 통해 어떻게 울릉도 아이들이 자신들의 제품을 입게 되었는지 사정을 물으셨고, 그 사연을 들으신 후 우리 아이들을 위해 경기복, 유니폼, 겨울 잠바 등 3박스나 되는 엄청난 양의 물품을 보내 오셨습니다.

나중에 제가 처음 유니폼을 맞출 때 통화했던 그 회사 과장님과 다시 연락이 닿았는데, 그분으로부터 이러한 배경을 자세히 알게 되었습니다. 대표님께서 아이들의 열정과 노력에 깊은 감명을 받으셨고, 울릉도 아이들이 자신들의 옷을 입고 자랑스럽게 뛰는 모습에 큰 자부심을 느끼셨다는 이야기였습니다. 이 소식을 접한 학부모님들은 너무나 고마워하며 답례로 울릉도의 특산물인 오징어와 호박엿을 정성껏 보내드렸습니다. 물질적인 후원뿐만 아니라, 우리 아이들의 꿈을 응원하는 따뜻한 마음에 모두가 감동했습니다.

이처럼 2009년은 '줄생줄사'에게 전국적인 명성과 더불어 뜨거운 관심과 응원이 쏟아졌던 시기였습니다. 우리는 이러한 관심과 사랑을 원동력 삼아, 앞으로도 변함없이 아이들의 꿈을 응원하고 줄넘기 발전을 위해 노력할 것을 다짐했습니다.

홍콩에서의 준우승과 방송은 단순한 성과가 아니었습니다. 울릉도 아이들이 어디에서든 당당할 수 있다는 자신감, 그리고 꿈을 향해 달려갈 수 있는 힘을 얻은 소중한 경험이었습니다. '줄생줄사'라는 이름에 걸맞게, 아이들은 정말로 줄넘기에 살고 줄넘기에 죽는 마음으로 최선을 다했고, 그 결과 기적 같은 성과를 이루어 낸 것입니다.

　　　　　　음악줄넘기로 그린 32년, 꿈과 행복

방송 카메라가 담아낸 것은 단순한 대회 장면이 아니었습니다. 섬마을 아이들의 순수한 열정, 학부모님들의 헌신적인 사랑, 그리고 음악줄넘기를 통해 더 큰 세상으로 나아가는 희망의 여정이었습니다. 이 모든 것이 우리에게는 평생 잊지 못할 보물 같은 추억으로 남아 있습니다.

제자의 성장, 그날의 아이가 훗날 해병이 되어 돌아오다

회당문화제 공연 뒤 다쳤던 줄생줄사 에이스 민찬이는 믿음직한 리더로 아시아대회와 세계대회 영광을 함께했습니다. 세월이 흘러 해병대가 된 그는 2018년 휴가 중 제가 울릉초 교장으로 있을 때 학교를 찾아와 말했습니다.

"선생님, 제가 군 장기자랑에서 줄생줄사 시절 선생님께 배운 음악줄넘기를 선보여 특별휴가를 받았습니다. 서울 전국대회, 홍콩 아시아대회, 런던 세계대회… 제 인생의 잊지 못할 추억입니다."

그 말을 들으며 '음악줄넘기를 시작하길 참 잘했다'는 마음이 깊이 차올랐습니다.

8. 런던 세계대회, 섬마을 아이들의 금빛 쾌거

2009년 홍콩 아시아대회에서 준우승을 차지한 후, 우리 '줄생줄사' 팀에게는 더 큰 꿈이 생겼습니다. 바로 세계 무대에서 우리의 실력을 증명하는 것이었습니다.

국가대표 선발전, 육지의 견제를 넘고 국가대표가 되다

폭풍우가 예보된 날, 우리는 썬플라워호에 올랐습니다. 파도에 배가 꿀렁일 때마다 학부모님들이 "고개를 살짝 옆으로, 숨은 길게" 하며 아이들을 다독였습니다. 포항에서 밤을 붙이고 새벽 버스로 서울에 닿자, 대회장은 이미 전국의 강팀들로 가득했습니다. 몇몇 팀 코치들이 우리 몸풀기를 지켜보며 귓속말을 나누었습니다.

"폼이 다르다."

"성주중앙초 때 그 선생님 맞죠?"

저는 아이들만 바라보고 짧게 말했습니다. "얘들아. 연습한 대로만 하자. 다른 건 보지 말고."

경기는 차분했고 결과는 명료했습니다. 남자부 종합 우승(2년 연속), 여자부 준우승, 그리고 남녀 16명 전원 국가대표 선발이 확정되었습니다.

시상대 위에서 아이들이 서로 손을 꼭 잡고 울었습니다. 학부모님들도 "정말 해냈구나…" 하고 눈시울을 훔치셨습니다.

언론은 곧바로 달려와 "섬마을 줄생줄사, 이제는 세계로!"라고 쓰기 시작했습니다. 그 순간 알았습니다. 이제 런던은 꿈이 아니라 계획임을요.

청천벽력과 기적—전보 유예의 드라마

환호가 가신 뒤, 제 울릉 근무 만기 통보가 도착했습니다. 연습이 끝난 강당에서 제가 사실을 전하자 아이들이 조용히 제 얼굴만 바라보았습니다.

한 아이가 작은 목소리로 물었습니다.

"선생님, 그럼… 우리 런던은요?"

그날 저녁부터 울릉이 움직였습니다. 군수님, 교육지원청, 군의회와 동창회, 학부모 대표단이 한목소리로 도교육청을 찾아가셨습니다.

"전보 유예 1순위가 '경북 교육 실적 거양자'라면, 김동섭 선생이 그 사람 아닙니까." 회의실에 모인 어른들의 목소리는 간절했습니다.

어떤 학부모님은 "아이들 앞에서 약속을 지켜야 합니다"라고 말하며 눈물을 훔치셨습니다. 며칠 뒤, 도교육청의 결정이 내려졌습니다.

"전보 유예 승인." 처음이자 마지막 유예라는 단서와 함께였지만, 우리에겐 충분했습니다. 아이들은 강당 복도에서 서로를 껴안고 "정말이요? 선생님, 우리 같이 가는 거죠?" 하고 외쳤습니다.

저는 웃으며 고개를 크게 끄덕였습니다.

"그래. 마지막 1년, 끝까지 함께 간다."

잠시의 일탈, 더 큰 다짐

출국 열흘 전, 제가 런던 채비를 위해 잠시 육지 본가에 들른 하루였습니다. 학부모 한 분이 얼음물과 음료를 들고 기습 점검을 하러 강당 문을 여니… 텅 빈 연습장이 보였습니다.

"이 녀석들이…" 하시며 수소문 끝에 내수전 몽돌해변에서 아이들을 찾으셨습니다. 햇살 아래 다이빙을 하며 물놀이를 하고 있던 아이들은 아버지의 트럭을 보자 얼어붙었습니다.

강당으로 돌아오자, 짧고 단단한 말씀이 이어졌습니다.

"애들아, 다른 선생님들은 방학이라 육지 가셨다. 방학도 없이 너희들을 위해 여기 있다. 잠시 대회 준비하러 가셨는데… 약속은 지키는 거다. 알겠니?"

"죄송합니다. 다시 열심히 하겠습니다."

그날 이후 연습은 한 톤 낮은 구령으로, 한 톤 더 높은 집중으로 이어졌습니다. 해프닝은 줄생줄사 친구들을 다시 한 덩어리로 묶어 주는 의식이 되었습니다.

이 모든 이야기는 제가 세계대회를 무사히 마치고 울릉도로 돌아와 학부모님들과 함께 가진 축하 저녁 회식 자리에서 민우 아버지께 직접 듣게 되었습니다. 아이들의 귀여운 일탈에 폭소가 터져 나오면서도, 동시에 아이들을 향한 울릉도 학부모님들의 대단한 열정과 헌신적인 사랑에 다시 한번 깊은 존경심을 느꼈습니다.

그 작은 해프닝이 오히려 아이들의 마음을 다잡고, 런던 세계대회라는 큰 목표를 향해 더욱 힘을 낼 수 있는 결정적인 계기가 되었으리라 저는 추호의 의심도 없이 믿습니다. 그날의 '내수전 몽돌 해수욕장 사건'은 단

 음악줄넘기로 그린 32년, 꿈과 행복

순한 꾸지람이 아닌, 아이들에게 보내는 울릉도 어른들의 따뜻한 격려이
자, 결코 포기하지 말라는 메시지였을 테니까요.

결단의 밤, 울릉 한마음회관에서 12종목 시연, 공연

출국 전 우리 줄생줄사 시범단은 그동안의 성원에 보답하고 우리의 의
지를 보여 드리기 위해 '런던 세계줄넘기대회 결단식'을 열었습니다. 저는
감사의 뜻으로 기념 타월 300장을 준비했고, 학부모님들은 떡과 과일, 음
료를 정성껏 채웠습니다. 군수님과 교육장님, 도·군의원, 동창회와 주민
200여 명이 울릉 한마음회관 좌석을 가득 메우셨습니다.

"다녀오겠습니다!" 아이들이 무대에 서고, 세계대회 12종목 시연과 음
악줄넘기 공연이 이어졌습니다.

여느 때와 같이 '독도는 우리 땅'이라는 창작음악줄넘기로 문을 열고, 다
양한 기술줄넘기로 화려하고 역동작인 동작을 선보일 때마다 관객석에서
는 환호와 박수가 물결처럼 일었습니다.

한 할머니께서 제 손을 꼭 잡고 말씀하셨습니다.

"선생님, 울릉을 빛내 주셔서 고맙습니다. 꼭 메달 들고 오세요." 아이들
과 저는 고개를 숙여 인사를 드리고, "네, 꼭 메달을 따서 돌아오겠습니다"
하고 대답했습니다.

그 밤의 박수와 응원의 소리는 우리들의 귓가에 오래도록 울렸습니다.

세계대회 출전을 향한 험난한 여정

세계대회 출전이 결정되었을 때, 가장 큰 문제는 역시 비용이었습니다.
울릉도에서 런던까지, 모든 경비를 감당하기에는 너무나 큰 금액이었습

니다.

그때 다시 한번 경상북도 교육감님의 특별한 배려가 있었습니다. 교육감님께서는 "아이들의 꿈을 포기할 수는 없다"며 과감한 결단을 내려 주셨습니다. 또한 울릉군청에서도 적극적으로 지원해 주셨고, 학부모님들 역시 아이들의 꿈을 위해 기꺼이 희생을 감수해 주셨습니다.

무엇보다 저에게는 개인적으로 특별한 상황이 있었습니다. 울릉도 근무 3년 만기로 육지 학교로 이동해야 했지만, 저는 아이들과 함께 세계대회에 참가하기 위해 1년 전보 유예를 신청했습니다.

이는 제 교직 생활에서 전례가 없는 일이었지만, 아이들의 꿈을 포기할 수는 없었습니다.

육·해·공 24시간 런던, 설렘과 긴장

도동항에서 울릉도 주민들의 환송을 받으며 세계 정상이라는 꿈을 품고 8박 9일의 긴 여정이 시작되었습니다. 우리는 울릉도에서 포항까지 배로 3시간 30분, 다시 포항에서 인천공항까지 버스로 5시간, 인천에서 런던까지 비행기로 14시간, 육·해·공 24시간 만에 영국의 수도 런던 히드로 공항에 도착했습니다. 우리는 선수촌에서 내어 준 버스로 다시 2시간 30분을 달려 러프브러 대학교 선수촌에 도착했습니다.

각국에서 선수들과 입촌 수속을 마치고, 간신히 샤워를 마치고 눈을 붙이려던 새벽 4시 30분, 한국에서 국제전화가 울렸습니다.

"여기는 MBC 라디오 〈손석희의 시선집중〉입니다. 내일 인터뷰 가능하실까요?" 갑작스러운 요청에 잠시 망설였지만, 작가님의 말은 간곡했습니다.

　음악줄넘기로 그린 32년, 꿈과 행복

"성적을 떠나 울릉도 아이들의 세계대회 도전 이야기를 전하고 싶습니다." 저는 고개를 들며 대답했습니다.

"알겠습니다. 그렇게 하죠."

그렇게 런던의 첫 새벽은 인터뷰 준비로 길어졌고, 제 마음은 다시 아이들 쪽으로 돌아갔습니다.

"내일, 최고의 컨디션으로 잘 뛰게 하겠습니다."

지구 반대편, 영국 러프버러 대학교에서 펼쳐진 꿈의 무대

새벽 6시 30분, 낯선 알람 소리에 간신히 눈을 떴습니다. 전날의 강행군과 인터뷰 준비로 몸은 천근만근이었지만, "오늘이 아이들 첫 경기다"라는 생각에 곧바로 일어섰습니다. 세수를 대충 마치고 교장선생님 방으로 향했습니다. 교장선생님도 밤을 새운 얼굴이었지만 눈빛은 단단했습니다. 우리는 말없이 함께 아침을 준비했습니다. 한국에서 어렵사리 가져온 따뜻한 햇반과 김치, 마른반찬을 꺼내고 라면을 끓였습니다. 좁은 방은 금세 고향 냄새로 가득 찼습니다. 저는 젓가락을 맞추며 "오늘은 우리 모두 밥심으로 간다"라고 중얼거렸습니다.

숙소로 아이들을 데리러 갔습니다. 대회 전날의 긴장 탓인지 아이들 얼굴에 잠이 덜 가셨지만, 모두 줄 맞춰 서 있었습니다. 교장선생님 방에 옹기종기 앉아 밥을 먹기 시작하자 아이들 표정에 생기가 돌기 시작했습니다. 뜨거운 밥 한 숟갈에 김치를 얹어 삼키는 순간, 낯선 도시의 아침이 천천히 우리 편으로 다가왔습니다. 식사를 마친 교장선생님은 아이들 눈을 하나하나 바라보며 "여기까지 오는 동안 흘린 땀을 오늘 경기장에서 다 보여 주자. 응원해 주신 분들께 결과로 보답하자"라고 말했습니다. 우리는 둥글게 서서 손을 맞잡고 "울릉도 줄생줄사! 우린 할 수 있다! 파이팅!"
을 외치며 출정했습니다.

금메달, 작은 섬에서 시작된 기적

아침 8시, '밥심'을 채운 우리는 대회장인 러프버러 대학교 캠퍼스 체육
관으로 향했습니다. 체육관 안은 각국 선수들로 가득했고, 한국인 유학생
의 도움으로 'KOREA' 구역에 자리를 잡았습니다. 웅장한 음악과 함께 각
국 선수단이 입장하자 아이들은 태극기를 흔들며 세계 무대의 공기를 온
몸으로 느꼈습니다. 개회식이 끝난 후, 저는 아이들과 함께 밖으로 나가
호흡과 루틴을 점검하며 긴장을 풀었습니다.

드디어 10시, 우리의 기대 종목인 '싱글로프 4인 스피드 릴레이' 경기가
시작되었습니다. 전광판에 뜬 1조 미국팀의 기록을 본 저는 아이들에게
"연습처럼 하면 된다. 그러면 금메달은 우리 거야"라고 말했습니다. 2조
로 경기에 나선 우리 팀은 흔들림 없는 리듬과 미세한 틈도 없는 호흡을
보여 주며 단 한 번의 실수도 없이 경기를 마쳤습니다. 관중석의 소음이
멀어지고 우리 팀의 숨소리와 줄 소리만 또렷했습니다.

경기가 끝난 후, 전광판에는 'KOREA—울릉 줄생줄사'가 가장 높은 곳
에 올라갔고, 미국팀은 그 아래에 자리했습니다. 우리는 서로의 손을 잡
은 채 마지막 3조의 기록을 기다렸습니다. 최종 합산 결과, 순위는 변함없
이 그대로 1위였습니다. 금빛 메달이 아이들의 목에 걸리는 순간, 모두가
서로를 힘껏 끌어안았습니다. 교장선생님과 저는 말없이 손을 맞잡았습
니다. 작은 섬에서 바다를 건너온 시간들이 한꺼번에 밀려왔습니다.

그 기세를 타듯 여자부 더블더치 3인 스피드에서도 은메달 소식이 이어

　　　　　　　　　　　　　음악줄넘기로 그린 32년, 꿈과 행복

졌습니다. 아이들의 눈빛은 더 밝게 빛났습니다. 오늘, 작은 섬에서 시작된 꿈이 세계 무대에서 현실이 되었습니다.

첫날의 쾌거, MBC 〈손석희의 시선집중〉의 인터뷰

첫날 경기 결과는 금메달 1개, 은메달 1개였습니다. '싱글로프 4인 스피드 릴레이' 금메달, 여자부 '더블더치 3인 스피드' 은메달. 한국 선수단 임원들과 다른 나라 코치들이 다가와 축하의 악수를 건넸습니다.

숙소로 돌아와 간단히 미팅을 하고, "내일도 연습처럼 간다"라고 아이들을 격려했습니다. 아이들은 울릉도의 부모님께 전화를 걸어 하루를 자랑스럽게 보고했고, 가져온 간식을 나눠 먹으며 조용히 웃음꽃을 피웠습니다.

밤 12시가 조금 넘어, 약속했던 MBC 라디오 〈손석희의 시선집중〉 작가에게서 전화가 왔습니다(현지 시각, 2010년 7월 24일 아침 8시). 복도 끝 창가에 서서 숨을 고르고 휴대폰을 꼭 쥐었습니다. 긴장으로 손바닥이 젖었지만 목소리는 담담히 가라앉혔습니다.

"선생님, 연결 들어갑니다."

손석희 아나운서의 차분하면서도 따뜻한 목소리가 들려왔습니다.

"김동섭 선생님, 지금 런던은 새벽이실 텐데 정말 감사합니다. 울릉도에서 온 아이들이 세계대회에서 멋진 성과를 내고 있다는 소식에 많은 분들이 감동하고 계십니다."

"선생님, 섬마을 아이들이 어떻게 세계 무대까지 오게 되었는지 청취자분들께 들려주시겠어요?"

저는 떨리는 마음을 진정시키며 차분히 대답했습니다.

"울릉도는 대한민국에서 가장 외딴섬입니다. 하지만 우리 아이들의 꿈은 결코 작지 않았습니다. 매일 아침과 방과 후 1시간씩, 비가 와도 눈이 와도 강당에서 줄넘기 연습을 했습니다. 그 작은 노력들이 모여 오늘 이 자리까지 왔습니다."

"첫날 경기 결과는 어떠셨나요?"

"금메달 1개, 은메달 1개를 획득했습니다. 아이들이 전혀 주눅 들지 않고 당당하게 경기에 임하는 모습이 정말 자랑스럽습니다. 더블터치 스피드 릴레이 부분에서 압도적인 실력으로 관중들의 큰 박수를 받았습니다."

손석희 아나운서는 이어서 물었습니다.

"섬마을이라는 환경적 제약을 어떻게 극복하셨는지 궁금합니다."

"울릉도는 확실히 여러 면에서 불리한 환경입니다. 대회 참가를 위해 육지로 나가려면 배를 타고 3시간 30분, 다시 버스로 몇 시간을 이동해야 합니다. 하지만 오히려 그런 어려움이 아이들을 더 단단하게 만들었습니다. '우리가 할 수 있다'는 자신감, 그것이 가장 큰 힘이었습니다."

"지금 그곳 분위기는 어떤가요?"

새벽의 고요함 속에서 저는 낮 동안의 뜨거웠던 현장을 떠올리며 말했습니다.

"체육관에는 5대륙 30여 개국에서 온 1,000명이 넘는 선수들이 있습니다. 처음에는 'Korea'라고 하면 서울이나 부산 같은 대도시를 떠올렸는데, 우리가 울릉도라는 작은 섬에서 왔다고 하니 모두들 놀라워합니다. 한 영국 심판은 '어떻게 그런 작은 섬에서 이런 실력을 갖출 수 있었느냐'고 묻기도 했습니다."

마지막으로 손석희 아나운서가 물었습니다.

"앞으로 남은 경기, 어떤 각오로 임하실 건가요?"

"메달도 중요하지만, 아이들이 이 경험을 통해 '노력하면 불가능은 없다'는 것을 배웠으면 합니다. 울릉도라는 작은 섬의 아이들도 세계 무대에서 당당히 겨룰 수 있다는 것을 보여 주고 싶습니다."

짧은 5분 남짓의 생방송이 끝나고, 전화를 내려놓는 순간 가슴이 서서히 따뜻해졌습니다.

그때 한국에서 또 하나의 전화가 울렸습니다.

평소 존경하는 교장선생님이었습니다.

"아침에 출근하다 들었네. 자네 목소리, 금메달 축하하네."

"교장선생님, 국제전화 요금이 많이 나오실 텐데요…"

"유명 인사와 통화했는데 요금이 문제냐!"

호탕한 웃음이 새벽 공기를 데웠습니다.

창밖으로는 영국의 밤하늘이 차갑게 맑았고, 복도 끝 방들에서는 아이들의 고른 숨소리가 들렸습니다. 저는 마음속으로 조용히 다짐했습니다. 오늘의 메달은 출발선일 뿐, 내일도 약속을 지키는 리듬으로 뜁니다.

저는 TV에는 여러 번 출연했지만, 라디오는 처음이라 모든 것이 생소했습니다. 하지만 손석희 님과의 인터뷰는 제게 영광스러운 경험이자, 평생 잊지 못할 감동적인 순간으로 남았습니다. 훗날에도 '줄넘기로 쌓은 추억' 중 한 장면으로 오래도록 회자될 소중한 기억이 될 것입니다. 그날 밤 런던의 차가운 공기 속에서, 저는 뜨거운 마음으로 우리 아이들의 빛나는 꿈을 대한민국에 전했습니다.

둘째 날 아침도 '밥심'으로 시작했습니다. 아이들은 전날의 리듬을 그대로 가져와 흔들림 없이 뛰었습니다. 특히 여자부가 눈부셨습니다. 스피드 종목에서 기복 없는 기록을 내며 은메달 두 개를 연달아 보탰습니다.

"연습처럼 뛴다"는 약속을 지키며, 스타트·스위치·피니시까지 호흡이 딱딱 맞았습니다. 관중석에서는 낯선 국기가 흔들렸고, 낯선 언어의 환호가 들렸지만, 아이들의 표정은 익숙한 집중으로 단단했습니다.

진짜 감동은 세 번째 날에

마지막 날 하이라이트는 더블터치 스피드 릴레이였습니다. 18개국 48개 팀이 코트를 메운 채, 2분의 속도와 정확성을 겨뤘습니다. 우리는 전날보다 한 박자 더 빠르게, 한 치 더 낮게 점프했습니다.

부저가 울리고 전광판이 멈추자, 미국이 금, 우리는 값진 은메달을 목에 걸었습니다. 스피드 종목에서 대한민국의 위상이 다시 확인되는 순간이었습니다. 울릉도에서 시작한 리듬이 런던의 체육관을 가르는 장면이, 아이들의 어깨를 한껏 펴 주었습니다.

짧지 않은 사흘, 우리 기록은 선명했습니다. 금메달 1개, 은메달 5개 획득, 첫날 금 1·은 1, 둘째 날 은 2, 마지막 날 은 2. 그러나 메달의 개수보다

음악줄넘기로 그린 32년, 꿈과 행복

더 값진 것은, 세계 무대에서 연습하던 리듬을 끝내 잃지 않았다는 사실이었습니다.

아이들은 "우리는 할 수 있다"는 약속을 결과로 증명했고, 저는 그 약속을 지켜 낸 아이들의 등을 오래오래 두드려 주었습니다.

역사적인 순간, 금메달의 감격

시상식이 시작되었습니다. 시상대 제일 위에 줄생줄사 친구들이 오르고, "Republic of Korea!"라는 아나운서의 목소리가 울려 퍼졌습니다.

그 순간 아이들은 서로 끌어안으며 눈물을 흘렸습니다. 함께 한 한국선수단들도 태극기를 흔들며 환호했습니다. 저 역시 눈물을 참을 수 없었습니다. 시상대에 오른 아이들의 목에 금메달이 걸리고, 태극기가 천천히 올라가는 순간 애국가가 울려 퍼졌습니다. 그 순간만큼은 울릉도가 아니라 대한민국 전체가 자랑스러웠습니다.

최종 성적은 금메달 1개, 은메달 5개였습니다. 섬마을 아이들로서는 상

상할 수도 없었던 결과였습니다.

전 세계가 주목한 섬마을의 기적

우리의 성과는 단순히 메달 획득을 넘어서는 의미가 있었습니다. 대회 관계자들은 울릉도라는 작은 섬에서 온 아이들이 이런 놀라운 실력을 보여 준다는 사실에 놀라워했습니다.

"How is it possible? From such a small island?"(어떻게 그런 작은 섬에서 이런 일이 가능한가요?)

한 영국 기자가 저에게 물었습니다. 저는 자랑스럽게 대답했습니다.

"Because they have big dreams in their small hearts."(작은 가슴에 큰 꿈을 품고 있기 때문입니다.)

해가 지지 않는 나라, '줄생줄사'의 런던 문화 탐방

런던 세계줄넘기대회를 성공적으로 마친 울릉도 '줄생줄사' 팀은 귀국 전, 주최 측이 마련해 준 특별한 런던 관광 투어를 통해 '해가 지지 않는 나라' 영국의 수도를 만끽했습니다. 아이들은 경기를 잘 마쳤다는 홀가분한 마음으로 빨간색 2층 버스에 올라 런던 시내를 누볐습니다. 높은 곳에서 바라보는 런던의 웅장하고 생생한 풍경은 아이들의 얼굴에 설렘과 감탄을 가득 채웠습니다.

가장 먼저 아이들을 압도한 것은 국왕이 머무는 버킹엄 궁전이었습니다. 우람한 건물과 넓은 광장에서 왕실의 위용을 느낀 아이들은 마침 운 좋게 근위대 교대식을 직접 관람하는 행운을 누렸습니다. 화려한 의상과 절도 있는 움직임, 그리고 엄숙한 의식은 마치 영화 속 장면처럼 아이들

 음악줄넘기로 그린 32년, 꿈과 행복

에게 깊은 인상을 남기며 잊지 못할 추억이 되었습니다.

버스를 타고 이동하며 아이들은 런던 아이의 거대한 위용과 유유히 흐르는 템스강의 아름다움에 감탄했습니다. 그리고 마침내, 런던의 상징이자 세계적인 명소인 빅 벤(런던 시계탑)이 눈앞에 나타나자 아이들은 일제히 환호성을 질렀습니다. 교과서 속 사진으로만 보던 시계탑을 실제로 본 감회는 남달랐습니다.

또한, 웨스트민스터 사원 등 유서 깊은 유네스코 세계유산 건축물들을 직접 보며 영국의 깊은 역사와 문화를 체험할 수 있었습니다. 오래된 건물과 현대적인 건축물이 조화를 이루는 활기 넘치는 런던의 모습은 아이들에게 선진 문물의 역동성을 느끼게 했습니다. '줄생줄사'의 아이들은 줄넘기를 통해 꿈을 이루고, 지구 반대편의 낯선 도시에서 견문을 넓히며 글로벌 마인드를 함양하는 뜻깊은 시간을 가졌습니다. 이 모든 런던에서의 경험은 아이들의 인생에 빛나는 한 페이지로 기록될 것입니다.

금의환향─울릉도 개척 이래 최고의 환영식

귀국길 동해 바다는 장판 같았습니다. 도동항에 배가 붙자 선착장이 꽃다발과 현수막으로 출렁였습니다.

"수고했다!", "자랑스럽다!" 함성이 파도처럼 밀려왔습니다.

군수님이 저를 꼭 껴안고 말씀하셨습니다.

"개척 이래 이런 날은 처음입니다. 고맙습니다!" 어떤 할머니는 아이들의 목에 직접 꽃목걸이를 걸어 주며 흐느끼셨습니다.

아이들은 꽃다발 사이로 "정말 꿈같아요" 하고 웃었습니다.

저는 마음속으로 조용히 대답했습니다.

“아니야. 너희들이 만든 기적이야! 너무 자랑스러워.”

런던에서의 쾌거 소식은 이미 한국 언론을 통해 전해졌습니다.

“섬마을 아이들이 세계를 정복했다”는 제목의 기사들이 쏟아졌습니다. 한겨레신문은 “울릉도 아이들, 세계대회 정상에”라는 제목으로 1면에 우리 이야기를 실었고, 세계일보는 “섬마을 학생들, 줄넘기로 세계를 넘었다”며 대서특필했습니다. 중앙일보 역시 “울릉도 섬마을 아이들, 줄넘기 국가대표로 런던에”라는 기사로 우리의 도전을 조명했습니다. 특히 10년 전 제자들, 20년 전 동료 교사들까지 연락을 해 왔습니다.

“선생님, TV에서 봤습니다. 정말 자랑스럽습니다!”

“김 선생, 아직도 현역이구먼! 대단해!”

“선생님, 저도 울릉도 출신입니다. 서울에서 직장 생활하면서 고향이 부끄러울 때도 있었는데, 오늘은 정말 자랑스럽습니다. 감사합니다.”

지구 반대편에 위치한 낯선 도시 런던에서, 아이들은 줄넘기라는 스포츠를 통해 꿈을 이루고, 난생처음 비행기를 타고 외국을 여행하며 견문을 넓히는 소중한 기회를 가졌습니다.

줄넘기를 넘어선 교육의 가치

이 모든 과정을 통해 저는 다시 한번 깨달았습니다. 교육은 단순히 지식을 전달하는 것이 아니라 아이들이 꿈을 품고 도전할 수 있도록 돕는 것이라는 사실을 말입니다.

울릉도라는 외딴섬에서 시작된 작은 줄넘기가 세계 무대까지 이어진 이 기적 같은 이야기는, 어떤 환경에서든 아이들의 가능성은 무한하다는 것을 보여 주었습니다. 그리고 무엇보다 중요한 것은 이 모든 성과가 아

　　　　　　　　　　　음악줄넘기로 그린 32년, 꿈과 행복

이들 혼자만의 힘이 아니라, 학부모님들, 지역사회, 교육청, 그리고 전국에서 응원해 주신 분들의 관심과 사랑이 있었기에 가능했다는 점입니다.

세계대회에서의 금빛 쾌거는 끝이 아니라 새로운 시작이었습니다. 이제 우리는 더 많은 아이들에게 꿈과 희망을 전해 줄 수 있는 살아 있는 증거가 되었으니까요. 손석희 아나운서와의 인터뷰를 통해 전국에 알려진 우리의 이야기는, 단순한 스포츠 성과를 넘어 대한민국 교육의 희망을 보여 주는 상징이 되었습니다. 울릉도 저동초등학교 '줄샘줄사' 팀의 이름은 이제 영원히 대한민국 줄넘기 역사에 남게 되었습니다.

작별과 귀환─제2의 고향, 다시 만난 아이들

울릉도에서의 4년은 약속된 유예 1년을 포함해 눈 깜짝할 사이에 흘렀습니다. 낯선 섬에 첫발을 디디던 설렘에서 출발해, 음악줄넘기로 아이들과 한 몸처럼 뛰며 꿈을 키웠습니다. 거친 파도와 씨름하듯 기술을 익히던 땀방울, 전국과 아시아, 세계 무대에서 태극기를 흔들던 눈빛, 방송 이후 마을이 보내 준 뜨거운 응원까지─저는 교사이면서 동행자였고, 이웃이면서 벗이었습니다. 줄 하나로 우리는 하나가 되었고, 불가능해 보이던 일들이 현실이 되었습니다. 짧다면 짧은 4년이지만, 그 안에서 얻은 기쁨과 배움은 제 생애 가장 단단한 자산이 되었고, 울릉도는 제게 분명 제2의 고향이 되었습니다.

떠나는 날, 발걸음이 쉽게 떨어지지 않았습니다. 그래도 언젠가 다시 돌아오리라는 약속을 마음에 새기고, 가족 곁에서의 삶을 위해 고향 성주로 향했습니다. 이제 또 다른 교단에서 새로운 인연을 만나겠지만, 울릉도에서 배운 연대와 성장은 제 수업과 삶의 뿌리가 될 것입니다. 저는 그 기억을 품고 앞으로도 아이들과 줄을 넘겠습니다. 언젠가 바람이 허락하는 날, 더 자란 아이들과 다시 섬의 강당에서 박자를 맞출 것을 믿습니다.

12년 만의 재회—저동초 음악줄넘기 특강

울릉도를 떠난 지 12년, 교감, 교장으로 승진해서도 제 마음은 늘 섬에 머물러 있었습니다. '줄생줄사' 아이들과 학부모, 이웃들의 얼굴이 떠오를 때면 종종 안부 전화를 드리며 그리움을 달랬습니다. 그러던 2023년 봄, 저동초 J 교장님의 전화가 걸려 왔습니다. "선배님, 우리 아이들 음악줄넘기 수업 좀 해 주십시오." 저는 두말없이 "가겠습니다"라고 답했습니다. 저동초 줄생줄사와 인연이 다시 저를 바다로 이끌었습니다.

배가 도동항에 닿자, 오래전 밤낮을 함께 보냈던 그 강당이 저를 기다리고 있었습니다. 문턱을 넘는 순간, '세계 정상을 향하여'라는 구호 아래 흘리던 땀방울과 아이들의 함성이 겹쳐 들렸습니다. 저는 먼저 영상으로 선배들의 경기 모습을 보여 주었습니다. 아이들은 "와, 우리 학교 선배들이었어요?"라며 눈을 반짝였습니다. 그 감탄은 곧 자부심으로 바뀌는 것을 보았습니다.

줄넘기로 이어진 시간과 사람들

수업이 시작되자 아이들은 곧 리듬을 탔습니다. 개인, 짝, 단체 순서로 호흡을 맞추며 넘어졌다가도 웃으며 다시 일어섰습니다. 저는 늘 하던 연습 구호로 박자를 모았습니다. "애들아, 준비. 리듬 잃지 말고—레디, 고!" 처음 짝줄을 성공한 아이들의 얼굴에서는 환호가 터져 나왔고, 단체줄 게임에서는 승부욕이 반짝였습니다. 음악줄넘기가 아이들을 다시 하나의 무리로 묶어 주는 것을 느꼈습니다.

수업을 마친 아이들은 제게 달려와 "선생님, 너무 재미있었어요! 또 하고 싶어요!"라고 외쳤습니다. 저는 기쁜 마음에 "좋아, 내일 아침에 한 번 더 하자"고 약속했습니다. 다음 날 1, 2교시 특강을 마치고 정오 육지로 가는 배에 오르며 저는 강당 문을 닫으며 마음속으로 작게 인사했습니다. "또 올게."

부두까지 배웅을 나온 후배 교장님은 "선배님 덕분에 아이들이 정말 행복한 시간을 보냈습니다. 내년에도 모시겠습니다"라고 말했습니다. 그 약속은 곧 습관이 되었습니다. 해마다 봄이면 저동초, 때로는 이웃 학교인 천부초와 남양초에서 수업을 이어 갔습니다.

2025년에는 성주중앙초 교장으로 있는 중에도 다시 섬을 찾았고, 두 번째 만난 아이들은 한층 단단해진 리듬으로 저를 반겨 주었습니다.

음악줄넘기는 저에게 기술이 아니라 시간과 사람을 잇는 다리였습니다. 아이들은 줄을 넘으며 서로를 배우고, 저는 그 사이에서 교육의 이유를 다시 확인했습니다. 내년 2월, 교단을 내려오면 '김동섭의 음악줄넘기 교육원'을 열어 이 배움을 더 멀리, 더 오래 전하고 싶습니다. 바람이 허락하는 날, 저는 다시 섬으로 갈 것입니다.

9. 울릉도가 가르쳐 준 다섯 가지 교훈

울릉도에서의 교사 생활은 제게 예상치 못한 깊은 배움을 선물했습니다. 섬의 자연과 순박한 사람들, 그 속에서 겪은 수많은 경험들은 제 교육철학을 더욱 단단하게 만들었죠.

라이벌전, 어제의 나를 이기는 싸움

울릉도에 부임한 첫해, 저는 묘한 데자뷔를 느꼈습니다. 울릉초등학교와 저동초등학교 사이에는 저에게 익숙한 성주초와 성주중앙초처럼 팽팽한 라이벌 의식이 있었습니다. 아이들은 서로를 향해 "이번에는 우리가 이긴다!"라며 목청껏 외쳤고, 어른들 또한 자부심을 걸고 응원했죠. 학부모 간 친목 배구경기 후, 두 학교 학부모님들이 제게 "선생님, 이 라이벌전을 어떻게 보십니까?"라고 물었을 때, 저는 진심을 담아 답했습니다. "이겨야 할 상대가 서로만은 아니었으면 좋겠습니다. 어제의 우리 팀을 이기는 것이 진짜 승리입니다."

그날 이후 아이들은 엇갈려 인사하며 "어제 기록 몇 나왔어?"라고 묻기 시작했습니다. '울릉초 vs 저동초'라는 구도는 '어제의 나 vs 오늘의 나'라는 성장의 언어로 서서히 바뀌었죠. 선의의 경쟁이 서로를 끌어올릴 때,

진짜 승자는 기록이 아니라 아이들 자신이라는 것을 울릉도에서 배웠습니다.

호칭의 거리, 관계의 안전거리

울릉도에서 저는 운동을 통해 많은 이웃을 만났습니다. 테니스, 배드민턴 등 땀 흘리는 시간은 금세 사람들을 가깝게 만들었죠. 음악줄넘기 소식이 섬 밖으로 퍼지면서 기관·단체 모임에도 자주 초대받았습니다.

어느 회식 자리에서 후배뻘 되는 사장님이 소주잔을 건네며 "선생님, 오늘부턴 제가 형님이라 부르면 안 됩니까?"라고 물었습니다.

저는 웃으며 잔을 내려놓고 말했습니다. "그 마음은 참 고맙습니다. 그런데… 한 가지 제안드려도 될까요? 현직에서는 서로 '선생님'과 '사장님'으로 부르면 좋겠습니다. 허물없음이 따뜻하지만, 작은 거리가 있어야 존중과 배려가 오래가더라고요." 잠시의 머뭇거림 뒤에 고개가 끄덕여졌고, 몇 해 후 제가 교장이 되어 다시 섬을 찾았을 때도 그분들은 여전히 "교장선생님"이라 불러 주셨습니다. 호칭은 단순히 이름을 부르는 것이 아니라, 관계의 안전거리를 지켜 주는 약속이라는 것을 울릉도에서 배웠습니다.

바다에 갇힌 날, 연대를 배우는 날

울릉도의 시계는 바다가 돌립니다. 배가 뜨면 육지 나들이, 못 뜨면 섬에 갇히는 날들이 이어졌죠. '놀토'가 있는 금요일 아침, "선생님들, 오늘 바다 괜찮답니다!" 교무실 제 책상에 선생님들의 신분증이 한가득 쌓이면 저는 육지행 승선권을 위해 도동항으로 달렸습니다. 그러나 점심 무렵, 갑작스럽게 풍랑주의보가 발효되면 모두의 육지행은 취소되었죠. "아… 오늘도 못 나가네요." 잠시 무거운 정적이 흐르다 해가 기울면 우리는 한곳에 모였습니다.

"뭐, 우리에겐 섬이 있지 않습니까."

누군가는 성인봉을 오르며 답답한 마음을 풀었고, 누군가는 방파제에서 낚싯대를 드리웠습니다. 저는 코트에서 테니스를 치며 바람을 즐겼죠. 섬에 갇히는 날은 불편했지만, 묘하게도 연대의 날이 되었습니다.

명절이면 명이나물과 오징어, 호박엿, 과일이 담긴 택배가 오고 갔고, 그 안부 속에서 우리는 서로에게 더 단단히 묶였습니다. 바다가 잠시 닫히는 동안, 섬의 시간은 우리를 서로의 안부로 열어젖혔습니다.

바다의 질서, 섬의 예의

어느 날 배가 뜨지 않아 답답한 마음에 동료들과 미역을 따러 나선 적이 있습니다. 맑은 숲길을 지나 와달리 해변에 도착해 미역을 따는데, 갑자기 한 어선이 다가와 "도둑놈들!" 하고 호통을 쳤습니다. 알고 보니 그 미역밭의 주인이었죠.

바다에도 육지처럼 '개인 소유'가 있다는 사실을 깨닫고, 우리는 연신 고개를 숙였습니다. 주인아저씨는 "이왕 딴 건 가져가시고, 다음부턴 절대로 안 됩니다!"라고 타이르듯 말해 주셨습니다.

우리는 그 미역으로 라면을 끓여 먹으며 웃었지만, 자연의 자원에는 주인이 있고 섬의 삶에는 지켜야 할 예의가 있다는 것을 배웠습니다.

　　　　　　　　음악줄넘기로 그린 32년, 꿈과 행복

오징어가 가르쳐 준 작은 손길의 반복

울릉도 3년 차, 떠나기 전에 오징어 말리기에 도전했습니다. 관사 옥상에 나무 건조대를 세우고 위판장에서 사 온 오징어를 손질해 줄에 널었죠. 바람 좋고 볕 좋은 날, 저는 하루에도 서너 번씩 옥상에 올라가 상태를 살폈습니다. 그런데 사흘이 지나자 오징어는 아기 주먹만 하게 쪼그라들었습니다. 그제야 다리와 몸통을 주기적으로 당기고 뒤집어줘야 한다는 것을 알게 되었습니다. 실패였지만 배움은 또렷했습니다. 바람과 볕도 '기술'이 필요하며, 정성 담은 작은 손길의 반복이 좋은 품질을 만든다는 것을 오징어가 가르쳐 주었습니다. 교육도, 삶도 그렇다는 것을 깨달았죠.

그래서 저는 오늘도 말합니다. 울릉도는 제게 다섯 가지의 배움을 주었습니다. 그리고 그 배움은 지금도 제 교단과 일상에서 살아 숨 쉽니다.

제8장

교감으로 이어 가는
음악줄넘기 열정

1. 벽진초, 새로운 시작 음악줄넘기

2011년 3월, 저는 성주 벽진초등학교에 부임하며 새로운 도전을 맞이했습니다. 교무부장이라는 막중한 책임감과 함께 교감 승진 대상자로 지명되었다는 사실은 제 어깨를 더욱 무겁게 했죠. 행정 업무와 관리직으로서의 역할이 저를 기다리고 있었지만, 제 마음 한편에는 여전히 아이들과 함께 뛰놀고 싶은 순수한 열정이 뜨겁게 끓어오르고 있었습니다.

이제 새로운 보금자리가 된 성주 벽진초등학교는 저에게 단순한 근무지가 아니었습니다. 어린 시절의 추억이 깃든 고향으로 다시 돌아왔다는 특별한 의미를 지니고 있었죠. 익숙한 풍경과 공기, 정겨운 사투리가 저를 반겼고, 마음속에는 따뜻한 안도감과 함께 새로운 시작에 대한 기대감이 피어올랐습니다.

벽진초등학교 교문을 들어서는 순간, 아이들의 맑은 웃음소리가 저를 맞이하는 듯했습니다. "이곳에서 또 어떤 새로운 인연들을 만나고, 어떤 꿈들을 함께 키워 나갈까?" 가슴이 벅차올랐습니다. 울릉도에서 얻은 소중한 경험과 지혜를 바탕으로 벽진초 아이들과 함께 또 다른 빛나는 순간들을 만들어 갈 다짐을 했습니다. 고향에서의 새로운 시작은 저에게 또 다른 교직의 기쁨과 보람을 안겨 줄 것이라는 확신이 들었습니다.

특히 울릉도에서 아이들과 함께 땀 흘리며 쌓았던 음악줄넘기에 대한 애정은 식을 줄 몰랐습니다. 아이들의 얼굴에 피어나는 해맑은 미소, 함께 박자를 맞추며 하나 되는 즐거움이 저를 이끌었죠. "이곳 성주 벽진초에서도 아이들과 음악줄넘기로 소통하고 싶다!"는 강렬한 열망이 샘솟았습니다.

저는 제가 그동안 쌓아 온 음악줄넘기 노하우를 십분 발휘하여, 1993년부터 가는 학교마다 해온 특색교육으로 '전교생 음악줄넘기 활동'을 추진하기로 결심했습니다. 활기찬 **중간놀이 시간**을 활용하여 아이들이 자연스럽게 음악줄넘기와 친해질 수 있도록 계획했습니다. 목표는 단 하나, 아이들의 건강을 증진시키고 바른 인성을 통해 학교생활에 즐거움을 더하는 것이었죠.

저는 아이들과 함께 음악에 맞춰 신나게 줄을 넘을 생각에 가슴이 벅차올랐습니다. 벽진초 아이들이 음악줄넘기를 통해 건강한 웃음을 되찾고 활기찬 학교의 에너지를 마음껏 발산할 수 있기를 간절히 바랐습니다.

전교생 중간놀이, 요일이 만든 리듬

학교의 하루를 아이들의 숨과 박자에 맞추기 위해 중간놀이를 요일제 루틴으로 설계했습니다. 월·목은 개인 음악줄넘기, 화·금은 둘이서 하는 커플 음악줄넘기, 수요일은 학급·동아리 단위 단체줄넘기로 구성했습니다.

프로그램은 놀이와 게임의 형식으로 운영하여 참여 문턱을 낮췄고, 리듬과 협력, 안전 수칙을 일과처럼 익히도록 했습니다. 단체 활동에서는 모두가 같은 카운트로 호흡을 맞추도록 지도해 아이들이 스스로 질서와 배려를 체득하도록 했습니다. 며칠 지나지 않아 운동장에는 음악과 줄 소리, 환한 웃음이 겹겹이 쌓였습니다.

2. 벽진초 '점프로프', 무대에 서다

뜨거운 열정으로 채운 강당

벽진초등학교에 부임한 저는 매주 수요일 방과 후에 음악줄넘기부를 만들고, '벽진초 점프로프'라는 이름을 지어 아이들을 강당에 모았습니다. 연습은 항상 창작 음악줄넘기로 시작했습니다. 독도 기념행사를 위해 '독도는 우리 땅' 노래에 맞춘 안무를 만들어 대형 전개와 이동, 안무형 스텝을 반복하며 몸에 새겼습니다. 이어 개인 프리스타일, 복수 줄넘기, 복합 줄넘기 등 기술 줄넘기를 집중적으로 연습했고, 마지막은 늘 하이라이트인 더블더치 프리스타일로 마무리했습니다.

처음엔 줄에 걸려 넘어지는 일이 잦았지만, 한 동작씩 성공할 때마다 아이들의 얼굴에는 환한 표정이 번졌습니다. 기술이 정착될수록 팀워크는 더욱 단단해졌고, 땀자국이 바닥에 동그랗게 남을 때까지 리듬을 쌓는 시간이 매주 수요일 강당을 가장 뜨겁게 달궜습니다.

아이들은 새로운 기술을 배울 때마다 눈을 반짝였고, 어려운 동작을 성공하면 서로를 얼싸안으며 환호했습니다. 몇 달 만에 아이들은 놀라운 성장을 보여 주었고, 1학기가 채 끝나기도 전에 근사한 공연을 펼칠 수 있는 수준에 도달했습니다. 함께 줄을 넘으며 쌓아 가는 유대감은 그 어떤 교

   음악줄넘기로 그린 32년, 꿈과 행복

실 수업보다 값진 교육이었습니다.

첫 무대, 총동창회와 독도 행사

2011년 9월, 벽진초등학교 총동창회장님께서 저를 찾아오셨습니다.
"김동섭 선생님이 음악줄넘기 지도하는 모습을 TV로 정말 감명 깊게 봤
습니다"라며, 이번 총동창회에서 아이들의 공연을 부탁하셨습니다. 아이
들에게 소중한 경험이 될 거라는 확신에 흔쾌히 승낙했습니다.

난생처음 총동창회 무대에 선 아이들은 긴장한 기색이 역력했지만, 음
악이 시작되자 멋진 퍼포먼스를 선보였습니다. 공연이 끝나자 선배님들
은 우레와 같은 박수갈채를 보냈고, "대견하다!", "정말 자랑스럽다!"는 감
탄사와 함께 아이들에게 용돈까지 쥐여 주셨습니다. 그날의 무대는 아이
들에게 평생 잊지 못할 경험으로 아로새겨졌습니다.

그 후, 경상북도 교육청으로부터 10월 25일 독도의 날 기념행사 공연 초
청 연락이 왔습니다. "아직 줄넘기를 배운 지 얼마 되지 않아 부족하다"고

말씀드렸지만, 담당자는 "그래도 김동섭 선생님께서 지도한 '음악줄넘기'를 꼭 부탁한다"며 간곡히 요청했습니다. 아이들에게 좋은 경험을 선물하고 싶어 참가를 결정했습니다. 비록 짧은 연습 기간이었지만 아이들은 떨리는 가슴을 안고도 경북교육청문화원 대강당의 수많은 관객들 앞에서 공연을 무사히 마쳤습니다. 무대에서 내려온 아이들의 얼굴은 노랗게 질려 있었지만, "선생님, 너무 떨렸어요! 그런데 박수를 받으니 너무 기분 좋아요!"라고 말하며 환하게 웃는 모습을 보며 저는 큰 보람을 느꼈습니다.

아이들이 줄넘기를 통해 얻은 경험과 자신감이 그들의 삶에 소중한 자산이 될 것이라 확신했습니다.

 음악줄넘기로 그린 32년, 꿈과 행복

3. 18년의 열정, '올해의 스승상' 영예를 안다

모두의 응원이 모여 기적을 만들다

한 해가 저물어 가는 학년 말, 서류 더미에 파묻혀 있던 제게 동료 교사가 "경북에서 최고상도 받으셨는데, 이제는 대한민국 최고상인 '올해의 스승상'에 도전해 보시죠?"라고 툭 던지듯 말을 건넸습니다. 그 말을 듣는 순간, 잊고 지냈던 꿈이 다시금 제 가슴속에서 꿈틀거렸습니다. 감히 도전할 수 있을까 망설였지만, 아이들과 함께 이뤄 냈던 수많은 기적들이 주마등처럼 스쳐 지나갔습니다.

교장선생님과 선배님들은 "18년간 음악줄넘기 프로그램을 개발하고 아이들의 건강과 행복을 위해 노력한 김 선생님은 마땅히 받을 자격이 된다"고 진심 어린 격려를 해 주셨습니다. 동료와 후배들까지 나서서 제 등을 떠밀었죠. 그들의 한결같은 믿음과 응원에 저는 결국 용기를 내어 '올해의 스승상'에 도전하기로 결심했습니다.

서류를 넘어선 진심의 힘

저는 1993년부터 이어 온 음악줄넘기 프로그램 개발안, 여러 학교에서의 적용 사례, 국내외 대회 성과, 그리고 TV 방영과 언론 보도 자료들을 연도별로 꼼꼼히 정리했습니다. 가장 큰 관문이었던 추천서 100인은 동료 교사의 헌신적인 도움으로 단 사흘 만에 채워졌습니다. 여러 학교와 교육지원청을 직접 찾아가 받아 온 추천서는 사실상 현장이 제게 건네준 신뢰의 무게였습니다.

모든 자료를 우체통에 넣고 며칠 후, 1차 서류 통과 통보가 도착했습니다. 이어 교육부와 주관 단체로 구성된 3인의 실사단이 학교를 찾았습니다. 약 3시간 동안 저는 중간놀이 운영표, 안전 관리 일지, 학생 체력 변화 그래프 등 '과정 중심의 증거'들을 제시했습니다. 실사단은 강당과 운동장, 교실을 함께 돌며 프로그램의 지속성과 파급 효과를 확인했고, 질의응답 말미에 "현장의 실천이 서류를 이깁니다"라는 평을 남겼습니다. 그 한 문장이 지난 모든 수고를 보상해 주었습니다.

기술을 넘어 삶의 리듬을 가르치다

최종 발표 전날 밤, "2011년 '올해의 스승상' 수상자로 선정되셨습니다"라는 문자가 도착했습니다. 기쁨을 나누는 첫 메시지는 가족과 동료, 그리고 제자들에게 보냈습니다. 다음 날 학교 게시판과 가정통신문으로 소식을 알리자, "아이들이 달라졌습니다"라는 학부모들의 답장이 잇달았습니다.

12월 28일, 서울 조선일보 미술관에서 상패를 받았습니다. 차가운 상패의 감촉은 제 마음을 뜨겁게 데웠고, 울릉도 강당의 박자와 벽진초 운동장의 리듬이 한 화면처럼 포개어 떠올랐습니다. 상은 개인의 영예보다 학교와 지역이 함께 쌓은 시간의 증명에 가까웠습니다.

     음악줄넘기로 그린 32년, 꿈과 행복

이후 견학과 특강 요청이 이어졌고, 저는 운영 표준안과 지도안을 공유
본으로 만들어 배포했습니다. 제 다짐은 "기술을 넘어 삶의 리듬을 가르
치겠습니다"라는 한 문장으로 정리되었습니다. 저는 상패를 교무실 유리
장 안에 두었습니다. 하루를 시작할 때마다 무엇을 먼저 보아야 하는지
잊지 않기 위해서였습니다.

4. 교사로서의 마지막 계절

영광 뒤에 찾아온 새로운 시작

2012년 새 학년이 시작되자, 제 마음속에는 새로운 설렘과 묘한 긴장감이 감돌았습니다. 여름방학 동안 교감 자격 연수를 마쳤기에, 9월이면 교감으로 승진하여 교육자로서 새로운 길을 가야 한다는 사실을 누구보다 잘 알고 있었습니다. '올해의 스승상'이라는 영광은 저에게 든든한 응원이자, 새로운 여정에 대한 약속처럼 느껴졌습니다. 남은 시간 동안 벽진초에서의 소중한 추억을 더 많이 만들고, 교감으로서의 새로운 시작을 위한 마지막 준비에 최선을 다해야겠다고 다짐했습니다.

저는 다가올 역할에 대한 준비를 게을리하지 않았습니다. 본교 교감 선생님을 그림자처럼 쫓으며 학교 운영을 살폈고, '내가 만약 교감이라면 이 상황에서 어떻게 대처할 것인가?'를 끊임없이 자문했습니다. 이제 한 학급이 아닌 학교 전체를 책임져야 한다는 묵직한 사명감이 어깨를 짓눌렀지만, 동시에 마지막 교사로서의 열정을 쏟아붓고 싶었습니다. 매일 중간놀이 시간에는 아이들과 함께 땀 흘리며 줄을 돌렸고, 방과 후에는 '벽진초 점프로프' 친구들과 새로운 기술을 연습하며 구슬땀을 흘렸습니다. 아이들의 환한 미소와 성장을 보며 저는 교사로서의 큰 보람을 느꼈습니다.

저의 본질은 여전히 아이들과 현장에서 함께 호흡하는 '교사 김동섭'이라는 것을 잊지 않았습니다.

교감으로, 새로운 길을 향한 발걸음

예상대로 2012년 여름방학이 끝나고 9월 1일 자로 교감 승진 발령을 확인했습니다. 공문서의 딱딱한 글자들이 눈에 들어오는 순간, 벅찬 감격과 함께 '아, 이제 진짜로 벽진초를 떠나야 하는구나' 하는 알 수 없는 감회에 휩싸였습니다.

불과 1년 6개월이라는 짧은 시간이었지만, 벽진초는 제게 너무나 소중한 공간이었습니다. 아이들과 함께 웃고 땀 흘렸던 모든 순간들이 주마등처럼 스쳐 지나갔고, 정든 곳과 이별해야 한다는 생각에 가슴 한편에는 짙은 아쉬움이 밀려왔습니다. 이제는 더 이상 교실에서 아이들과 눈을 맞추며 수업하고, 함께 줄을 넘을 수 없는 '교감'이라는 새로운 자리로 가야 했기 때문입니다.

교감으로서의 새로운 시작에 대한 설렘과 기대도 있었지만, '지금까지 아이들과 함께 해 온 음악줄넘기를 계속 이어 갈 수 있을까?' 하는 염려가 가장 컸습니다. 음악줄넘기는 제 교직 인생의 전부나 다름없었습니다.

새로운 직책에서 이 열정을 계속 이어 나갈 수 있을지 불확실했습니다. 복잡한 감정이 뒤섞인 채, 저는 1년 6개월간 정들었던 벽진초등학교를 떠나 구미시 오태초등학교를 향해 발걸음을 옮겼습니다. 아이들과 동료 선생님들의 따뜻한 배웅을 뒤로하며, 저는 새로운 시작 앞에서 제 교직 인생의 새로운 장을 열어 가겠다는 다짐을 했습니다.

5. 새로운 직책 교감, 익숙한 리듬으로

1988년 9월, 첫 부임의 설렘이 아직 선명한데, 어느덧 24년이 흘렀습니다. 2012년 9월, 교감으로 승진하여 구미 오태초등학교에 부임했습니다. 전교생 1,000명 규모의 큰 학교였고, 새 아파트 단지의 활기가 운동장에 그대로 번져 있었습니다. 따뜻한 교장선생님과 동료들의 환대, 호기심 가득한 눈으로 인사하던 아이들의 표정이 낯섦을 금세 지워 주었습니다. 다만 마음 한편에는 한 가지 물음이 남아 있었습니다. 현장 지도, 특히 음악줄넘기를 교감의 자리에서도 계속 이어 갈 수 있을까 하는 걱정이었습니다.

부임 첫 주, 복도와 운동장에서 선생님과 학부모님들의 부탁이 연달아 들려왔습니다.

"교감선생님, 오태초 아이들도 음악줄넘기 가르쳐 주시면 안 돼요?"

사실 교감이 되면 현장 지도는 어려울 거라 생각하며 마음 한편에 아쉬움이 있었는데, 저는 곧장 교장실로 가서 여쭈었습니다.

"교장선생님, 아이들과 학부모님들이 음악줄넘기를 배우고 싶어 합니다. 제가 현장 지도를 계속해도 괜찮겠습니까?"

교장선생님은 환하게 웃으며 답하셨습니다.

"그 이야기를 이미 들었습니다. 교감선생님이 좋으시다면 학교는 대환영입니다."

그 순간, 제 가슴속에 잠재되어 있던 음악줄넘기에 대한 뜨거운 열정이 다시금 솟아올랐습니다. 교감이라는 새로운 역할 속에서도 아이들과 함께할 수 있다는 생각에 기쁨과 감사함이 밀려왔습니다.

교감으로서 이어 가는 음악줄넘기 열정

교감으로 부임한 오태초등학교에서, 저는 전체 교직원 회의 시간에 조심스럽게 제 바람을 꺼냈습니다. "아이들의 체력 신장과 올바른 인성 함양을 위해 제가 그동안 해 왔던 음악줄넘기 프로그램을 오태초에서도 이어 가고 싶습니다." 혹시 부담이 될까 걱정했지만, 선생님들은 모두 흔쾌히 동의해 주셨습니다. "아이들만 운동장으로 보내 주시면 제가 모든 지도를 전담하겠습니다!" 제 진심이 통했는지, 감사하게도 전원 동의를 얻어 음악줄넘기 활동을 시작할 수 있었죠.

그 후 매일 중간놀이 시간이 되면 운동장에는 신나는 음악과 함께 아이들의 활기찬 줄넘기 소리가 울려 퍼졌습니다. 처음에는 제가 아이들을 지도했지만, 시간이 지나면서 다른 선생님들도 자발적으로 운동장으로 나와 함께 줄을 넘기 시작했습니다. 딱딱한 교실이 아닌 넓은 운동장에서 선생님과 아이들이 함께 땀 흘리며 소통하는 '사제동행(師弟同行)'의 시간이 자연스럽게 늘어났습니다. 한 선생님은 제게 "교감선생님, 음악줄넘기 덕분에 아이들하고 정말 많이 친해졌어요. 학급 분위기도 훨씬 좋아졌고요"라고 말했습니다.

모두가 함께 이룬 변화

운영 두 달이 지나자 놀라운 변화가 눈에 보였습니다. 쉬는 시간 갈등 신고 건수가 줄었고, 수업 시작 종이 울릴 때의 교실 정돈 속도가 빨라졌습니다. 담임교사들의 기록에는 수업 집중도 향상, 결석 후 복귀 학생의 적응 속도 개선, 학급 내 상호 칭찬 증가 같은 긍정적인 관찰 메모가 쌓였습니다. 체육에 서툰 학생들에게는 참여 목표를 '횟수'가 아닌 '리듬 유지 시간'으로 바꾸어 심리적 장벽을 낮추었고, 투명줄넘기로 성공 경험을 쌓게 했습니다. 불필요한 경쟁은 '어제의 나'를 이기는 작은 도전으로 바뀌었고, 체력과 자신감은 매일 겹겹이 쌓였습니다.

학부모들도 아이가 아침 등교를 서두르고 집에서 함께 줄넘기 루틴을 한다는 소식을 전하며 신뢰를 보냈습니다.

큰 학교였지만, 운동장의 리듬 위에서 모두가 하나의 팀이 되었습니다. 교감이라는 새로운 역할 속에서도 현장 지도를 놓지 않겠다는 제 다짐이 오태초의 일상 속에서 또렷한 결과로 증명되었습니다. 음악줄넘기는 단순한 체육 활동을 넘어, 학교의 하루를 활기차고 긍정적인 방향으로 이끄는 원동력이 되었습니다.

'오태초 줄사랑' 팀의 전국대회 준우승

교감이라는 새로운 자리에서도 줄넘기에 대한 열정은 식지 않았습니다. 저는 줄넘기를 더 깊이 배우고 싶어 하는 아이들을 모아 방과 후 활동으로 '오태초 줄사랑'을 운영하기 시작했습니다. 아이들의 눈빛은 순수한 열정으로 반짝였고, 매일의 연습은 뜨거운 땀방울로 이어졌습니다.

수십 번, 수백 번 줄에 걸려 넘어지면서도 아이들은 서로를 격려하며 다

                         음악줄넘기로 그린 32년, 꿈과 행복

시 일어섰습니다. 그렇게 쌓아 올린 노력은 마침내 2014년, 제10회 전국 클럽대항 줄넘기대회에서 빛을 발했습니다.

수많은 팀들이 겨루는 치열한 경쟁 속에서, 우리 '오태초 줄사랑' 팀은 압도적인 실력으로 당당히 '종합 준우승'이라는 영광을 차지했습니다!

"우와! 우리가 준우승했어!"

"선생님, 저희가 해냈어요!"

아이들은 서로를 부둥켜안고 기뻐했고, 그 모습을 지켜보던 제 가슴도 벅차올랐습니다. 이 아이들은 단순히 체력만 기른 것이 아니었습니다. 연습 속에서 끈기와 인내심을 배웠고, 복잡한 대형을 맞추며 협동심을 길렀습니다. 이 모든 과정이 아이들의 건전한 인성을 함양하는 데 큰 도움이 되었습니다.

'줄넘기 교감' 보도 이후—학교 안팎에 번진 리듬

문화일보 [인물] 코너에 '줄넘기 교감선생님, 아이들과 소통하며 즐거운 학교를 만들다'가 소개되면서 교문 안의 공기가 또렷이 달라졌습니다. 기사에는 아이들과 함께 웃는 사진, 중간놀이 운영 방식, 음악줄넘기의 교육적 효과가 정리되어 실렸고, 학교와 가정, 지역사회가 같은 리듬으로 연결된다는 메시지가 담겼습니다.

보도 직후 담임교사들의 자발적 참여가 늘었고(중간놀이 지원·안전 동선 관리·기술 코칭 분담), 아이들은 자신들의 활동이 사회적으로 의미 있다는 확신을 얻어 더 책임감 있게 임했습니다.

학부모에게도 긍정적 신호가 되었습니다. 학교 소식지가 나갈 때마다 "아이들이 더 즐겁게 학교를 다닌다"는 피드백이 이어졌고, 저는 교육의 본령 '즐거운 학교생활'을 다시 확인했습니다. 상을 받거나 기록을 내는 성취도 중요하지만, 하루의 리듬을 건강과 웃음으로 채우는 일이야말로 학교가 줄 수 있는 가장 큰 선물임을 체감했습니다.

<좋은 선생님>
"음악 들으며 줄넘기… 아이들 집중력·건강에 최고"
김동섭 구미 오태初 교감

박천학기자 kobbla@munhwa.com

"줄넘기는 조금만 해도 땀이 쏟아집니다. 학생들은 줄넘기를 통해 집중력을 키우고 건강도 챙기는 일석이조의 효과를 얻을 수 있습니다."

경북 구미시 오태동의 오태초등학교 김동섭(51) 교감은 음악줄넘기로 학생들의 건강을 챙기는 '줄넘기 전도사'다. 중소도시와 농촌지역 초등학교에서 주로 근무해온 김 교감은 부임하는 학교마다 음악줄넘기를 보급, 학생들의 체력을 키워주고 있다. 올해로 꼭 20년이 됐다.

▲ 지난 15일 경북 구미시 오태동 오태초교 운동장에서 김동섭(오른쪽) 교감의 지도에 따라 학생들이 단체로 음악줄넘기를 하고 있다.

지난 15일 오후 오태초교 운동장. 20여 명의 학생들이 방과후 활동 프로그램의 하나로 음악에 맞춰 창작 줄넘기를 하고 있었다. 가위뛰기, 물구나무서기뛰기, 단체로 뛰어들면서 넘기 등 각종 자세를 취하며 실력을 뽐냈다. 이 학교 6학년생인 류지성(13) 군은 "줄넘기는 아이들과 협동심은 물론, 친근감을 키워주고 특히 운동을 하면 머리가 맑아져 공부할 때도 집중할 수 있다"고 말했다. 5학년 전은빈(12) 양은 "땀을 흘리면 피부건강과 몸매를 관리하는 데도 좋다"고 자랑했다.

          음악줄넘기로 그린 32년, 꿈과 행복

선택, 전문직보다 학교 현장을

가을바람이 차갑게 내려앉던 2013년 10월, 교육장배 교직원 배구대회를 앞두고 오태초 체육관은 저녁마다 불이 꺼지지 않았습니다. 종례가 끝나면 교사들은 교무실 서랍에서 무릎 보호대를 꺼내고 테이핑을 감았습니다. 공이 바닥에 미끄러지는 소리, 신발 밑창이 마룻바닥을 긁는 소리, 콜 사인이 교차하는 소리가 체육관을 채웠습니다. 서브 100개, 리시브 100개, 블로킹 자세 유지 10분 등 훈련 강도는 날마다 높아졌습니다. 아이들은 창문 너머로 손을 흔들며 "선생님, 파이팅!"이라고 외쳤고, 그 응원은 든든한 힘이 되었습니다.

대회 당일 우리는 파죽지세로 결승에 올랐습니다. 상대는 배구 선수 출신이 있는 강호 형곡초였습니다. 1세트는 상대의 기세에 눌러 제대로 해보지도 못하고 넘겨주고, 접전 끝에 2세트를 따내면서 승부는 마지막 세트로 넘어갔습니다. 한 점을 주고받을 때마다 얼음팩이 금세 녹아내렸고, 라인에 떨어지는 공 하나에 관중석이 술렁거렸습니다. 결국 세트스코어 2-1로 준우승을 기록했습니다. 비록 우승컵은 놓쳤지만, 교육장님의 마지막 강평에서 "오늘 우승은 오태초였습니다"라는 말씀을 들었고, 내용으로 인정받았다는 사실이 긴 여운을 남겼습니다.

그날 저녁 준우승을 자축하는 오태초 교직원과 학부모님들이 모인 뒤풀이 자리에서 운영위원장님이 "내년에는 우승해야 합니다. 그런데 교감 선생님 다른 곳으로 가신다는 말이 있습니다"라고 말씀하셨습니다.

사실 그 무렵 저는 전문직 전직 제안을 받고 깊이 고민하던 때였습니다. 정책과 제도로 현장을 돕는 일의 의미를 모르지 않았습니다. 그러나 그렇게 되면 아이들과 함께 줄을 돌리고 땀으로 소통하는 시간이 사라질 수 있다는 생각이 걸렸습니다. 코트에서 동료를 일으켜 세우던 손, 실수 뒤에도 이어지던 "괜찮아, 다음 볼에 집중하자"의 목소리 같은 장면들이 제 교육의 본령이라고 믿었습니다.

잠시 숨을 고른 뒤 저는 선택을 밝혔습니다.

"저는 오태초에 남겠습니다."

말이 끝나기도 전에 환호가 터졌습니다. 그 환호 속에서 저는 오늘 코트에서 확인한 것이 기술이 아니라 마음의 방향이었음을 분명히 깨달았습니다. 아이들이 지켜보는 자리, 교사들이 서로를 지탱하는 자리, 학교가 학교답게 숨 쉬는 그 한가운데에 남겠다고 스스로에게도 약속했습니다.

시간이 흐른 뒤 돌아보면 그 결정이 이후의 길을 또렷하게 정리해 주었습니다. 1993년에 잡은 줄을 놓지 않았습니다. 교감이 되어도, 훗날 교장이 되어도, 중간놀이 시간 운동장에 음악을 켜고 아이들과 함께 뛰었습니다. 줄을 어려워하는 아이에게는 투명 줄넘기로 드릴을, 부상에서 돌아오는 아이에게는 리듬 워크를, 자신감을 되찾아야 하는 아이에게는 가장 쉬운 성공을 먼저 건넸습니다. 종종 선배·후배들이 "교육장 체질이십니다"라고 덕담을 건네실 때면, 저는 그날 코트의 공기와 환호를 떠올렸습니다. 정책의 문장으로도 학교를 바꿀 수 있지만, 저는 아이들의 숨과 땀, 박자의 변화에서 학교의 표정을 바꾸고 싶었습니다.

결국 그해 준우승 메달은 패배의 증표가 아니었습니다. 전문직이냐 학교 현장이냐 교직의 갈림길에서 저를 교육 현장에 남게 해 준 작은 나침반이었습니다. 아이들이 박자에 맞춰 줄을 넘는 소리, 교사들이 한 팀으로 움직이는 장면, 운동장에 내려앉는 황금빛 저녁 햇살이 지금도 눈에

　　　　　　　　　　　음악줄넘기로 그린 32년, 꿈과 행복

선합니다. 제 심장은 앞으로도 변함없이, 음악줄넘기의 박자에 맞춰 뛸 것입니다.

성주초 짧았던 6개월, 마지막 교감

오태초에서 2년 6개월을 채우고 2015년 3월, 저는 교장 승진을 목전에 둔 교감으로 성주초등학교에 부임했습니다. 고향의 '1번지 학교'라는 상징성, 10여 년 전 교사 시절 한때 제가 몸담았던 성주중앙초와의 오래된 라이벌 구도, 그리고 제 앞에 놓인 6개월의 제한된 시간이 겹치면서 어깨가 더 무거워졌습니다. 무엇보다 교장 자격연수와 학교 실무가 동시에 달리는 일정이었기에 "교실의 한 시간"보다 "학교 전체를 보는 시야"를 제 마지막 교감 과제로 정하고 하루를 설계했습니다.

2015년 3월—5월에는 한국교원대 합숙 연수로 교육행정·리더십·학교 경영 과정을 소화했습니다. 아침 강의와 워크숍, 저녁 과제 제출까지 빠듯한 일정을 마치면 매주 금요일은 곧장 학교로 복귀했습니다. 복귀 즉시 학사·행사·안전 관련 결재를 처리하고, 다음 주 일정표를 재정렬했으며, 현안이 있는 날에는 교무회의 안건과 조정안까지 밤늦게 정리했습니다.

6월에는 독일·체코 해외연수를 다녀오며 학교 공간·안전 운영 사례를 집중 관찰했고, 돌아오자마자 적합한 요소를 성주초 실정에 맞춰 도입했습니다.

짧은 기간이었지만 '중간놀이 운영'과 '생활 속 체육'을 학교 표준으로 만드는 데 힘을 쏟았습니다. 운동장에 안전 라인을 재도색해 통행·놀이·대기 구역을 시각적으로 분리했고, 교사 당번 동선을 단순화하여 사고 대응

시간을 줄였습니다. 비·혹서기에는 강당·체육관을 활용한 대체 활동 지침을 마련해 열지수·강수량 기준에 따라 즉시 전환하도록 했습니다. '대여 줄'은 길이·상태별로 분류하고 대여대장을 도입하여 분실·얽힘을 최소화했으며, 주 1회 점검표로 마모·손상 상태를 기록했습니다.

학년군별 참여 난이도도 조정했습니다. 저학년은 줄넘기의 리듬 워크·기본 스텝·1박 1회전, 중학년은 스텝+기본 기술의 짧은 콤비네이션, 고학년은 페어·롱로프 입·퇴장 루틴과 팀 협업 과제를 배치했습니다. 한 번에 전교가 뒤엉키지 않도록 '스테이션형 운영'을 도입해 구역별 체류 시간을 고정했습니다.

교실에 오래 머물지 못한 아쉬움은 끝까지 남았습니다. 그러나 합숙·해외연수에서 얻은 관점을 성주초 공간과 운영에 바로 연결했고, 그 결과 일과 운영의 '리듬'은 이전보다 매끄럽고 안전해졌습니다. 비록 6개월이라는 짧은 시간이었지만, 학교가 다음 사람의 손에서도 흔들리지 않도록 기준과 흐름을 정리해 둔 것이 마지막 교감의 소임이라 믿었습니다. 그리고 그 소임을 마친 자리에서, 저는 교장으로서의 다음 장을 준비할 힘과 방향을 분명히 얻었습니다.

6. 공모교장, 다시 울릉도로 향하는 길

교장 자격연수 막바지였던 6월 중순, 숨 돌릴 틈 없이 교감 업무를 병행하던 제 책상 위에 두 개의 제안이 동시에 올라왔습니다. 먼저 벽진초에서 공모교장으로 와 달라는 공식 요청이 도착했습니다. 고향 아이들과 다시 호흡하며 학교를 설계할 수 있다는 사실만으로도 가슴이 뛰었습니다. 거의 같은 시각, 성주지역 언론 대표에게서 연락이 왔습니다. 성주중앙초에서도 공모 추진이 가능하니 돌아와 달라는 권유였습니다. 제 교직의 뿌리가 음악줄넘기와 함께 깊게 뻗은 곳이 성주중앙초였기에 마음이 크게 흔들렸습니다.

당시 공모교장제는 일정 요건을 갖춘 학교에서만 가능했습니다. 성주중앙초는 원칙상 대상이 아니었지만, 현 교장의 이동 가능성과 지역 여건을 근거로 절차를 열 수 있다는 설명이 이어졌습니다. 행정 절차는 길게, 지역의 기대는 빠르게 달렸습니다. 머릿속에서는 수많은 장면이 교차했습니다. 중앙초 운동장에서 아이들과 구슬땀을 흘리던 날들, 지역사회가 학교를 중심으로 다시 서던 순간들, 그리고 제가 배운 교육의 본령이 교실과 운동장에 있다는 확신까지 모든 기억이 손짓했습니다.

그러나 마음의 저울에는 다른 추도 올라갔습니다. 무리한 공모 추진은 학교와 교육청에 불필요한 부담이 될 수 있었습니다. 이미 벽진초와 주고받은 약속도 있었습니다. 약속을 지킨다는 것은 결과 이전에 교육자의 태도 그 자체임을 저는 여러 현장에서 배워 왔습니다. 결국 저는 성주중앙초의 제안을 정중히 거절했습니다. 행정의 안정과 지역의 신뢰, 그리고 먼저 건넨 손을 먼저 잡는 것이 이번 갈림길에서 제가 지켜야 할 선이라고 판단했습니다.

결정을 전한 뒤에도 흔들림은 남았습니다. 저울이 조금씩 다시 움직일 때마다 저는 노트 한쪽에 짧은 문장을 반복해 적었습니다.

"언젠가 꼭 성주중앙초 교장으로 돌아와 봉사하겠습니다."

약속은 제 마음속에서 다짐으로 변했고, 그 다짐은 이후 선택의 방향을 흔들림 없이 정리해 주었습니다. 벽진초를 향해 준비하던 공모 자료에는 '고향 학교를 키워 온 연대의 힘'과 '아이들의 하루를 바꾸는 수업·놀이·안전의 표준'을 핵심으로 담아냈습니다. 저는 제가 지킬 수 있는 것부터 먼저 지키기로 했습니다.

시간은 흘렀습니다. 학교는 늘 현재형이어서, 다음 아이들의 웃음과 다음 수업의 리듬을 위해 발걸음을 멈출 수 없었습니다. 그럼에도 마음속 문장은 지워지지 않았습니다. 약속은 기억을 데리고 시간의 강을 건넜고, 제게는 방향을 잃지 않는 나침반이 되어 주었습니다.

현재와 인연—약속의 귀환, 성주중앙초 교장으로

그리고 2025년, 그 문장은 현실이 되었습니다. 저는 성주중앙초 교장으로 교직의 마지막 장을 열었습니다. 교장실 창밖 운동장에서 들려오는 줄넘기 소리를 들을 때마다, 10년 전 공모의 갈림길에서 지킨 작은 약속

　　　　　　　　　음악줄넘기로 그린 32년, 꿈과 행복

이 아이들의 하루로 이어졌음을 실감합니다. 그날의 선택은 한 학교의 자리를 정한 결정보다, 교육자로서 지켜야 할 선을 다시 그은 사건이었습니다. 약속을 지키는 마음으로 시작한 마지막 장은, 그래서 더 단단하고 더 따뜻하게 채워지고 있습니다.

교장 공모, 울릉초로 향한 운명적인 발걸음

2021년 6월, 교장 공모제 심사를 앞두고 저는 초빙 공모 학교 목록에서 '울릉초등학교'라는 이름을 발견했습니다. 명단을 훑어보던 제 손이 멈춘 것은 운명처럼 느껴졌습니다. 즉시 울릉도 지인에게 확인했더니, "순서에 의한 배치가 아니라 '뜻을 가진 사람'을 모시자"는 학부모와 교육 가족의 자발적인 요청으로 공모가 성사되었다는 설명을 들었습니다. 저동초에서 보냈던 4년의 시간이 파도처럼 밀려왔습니다. 당초 가기로 했던 벽진초에는 미안했지만, '섬 아이들과 다시 교육의 꿈을 키우고 싶다'는 마음이 조용히, 그러나 강하게 올라왔습니다.

얼마 지나지 않아 울릉초 운영위원장에게서 전화가 왔고, 저는 학교가 원하는 방향과 지역이 기대하는 교육의 그림을 담담히 들었습니다. 섬으로 다시 가면 또다시 가족과 떨어져야 했고, 교감 막바지의 업무도 빽빽했습니다. 그 밤 저는 아내와 길게 상의했습니다. 오랜 시간 제 선택을 묵묵히 지지해 온 아내는 짧게 결론을 내렸습니다.

"당신이 그렇게 좋아하고 원하는 일인데… 아무쪼록 무사무탈하게 당신의 교육적인 꿈을 이루고 오세요." 아내의 깊은 이해와 헌신적인 지지에 제 눈시울은 뜨거워졌고, 모든 고민은 눈 녹듯 사라졌습니다.

저는 마침내 울릉초 공모교장에 도전하겠다는 최종 결심을 굳혔습니

다. 서류 제출 시한은 불과 일주일이었지만, 운명처럼 다시 찾아온 울릉
도에서의 기회를 놓치고 싶지 않았습니다.

꿈의 설계도, 공모 계획안

저는 밤낮으로 울릉초등학교의 교육과정을 구상하며 공모 서류에 온
힘을 쏟았습니다. 낮에는 교감 업무와 학사 운영을 정리하고, 밤에는 공
모 서류에 온 힘을 쏟았습니다.

계획안의 첫머리는 '사제동행 중간놀이'와 '생활 안전 표준화'였습니다.
교사와 학생들이 함께 운동장에서 줄넘기를 하며 유대감을 형성하는 것
을 목표로 했죠. 섬의 환경에 맞춰 비나 혹서기에도 활동할 수 있는 대체
운영 지침을 마련하고, 학년별 난이도를 조정해 모든 아이가 즐겁게 참여
할 수 있도록 했습니다. 학교 앞 등굣길과 운동장 동선에 안전 라인을 명
확히 하여 안전사고를 예방하는 데 주력했고, 학부모님들도 자녀와 함께
참여할 수 있는 프로그램을 모듈로 설계하여 학교와 가정이 함께하는 교
육의 장을 만들었습니다.

계획안의 두 번째 축은 울릉도 아이들의 오랜 숙원이었던 체육관 겸용
다목적 강당 신축이었습니다. 바람과 눈이 많은 섬의 특성상 야외 활동에
제약이 많았기 때문에, 아이들이 날씨에 구애받지 않고 마음껏 뛰어놀며
꿈을 키울 수 있는 공간이 절실했습니다. 저는 이 계획을 울릉초등학교
100년 숙원 사업으로 내걸고, 구체적인 필요성과 기대 효과를 담아 제안
했습니다.

세 번째 축은 '지역 연계 체육·해양 생태'였습니다. 단순한 체력 증진을
넘어, 공동체 인성 교육을 강화하고 마을 축제와 연계한 '축제형 점프로프

콘텐츠'를 개발했습니다. 또한, 울릉도의 풍부한 해양 생태 자원을 교육과 정 속으로 끌어들여 아이들이 자연과 교감하며 배울 수 있는 방안을 데이터와 사례를 통해 구체적으로 제시했습니다.

계획안의 부록에는 성주중앙초, 저동초, 벽진초, 오태초등학교에서 음악줄넘기 프로그램을 운영하며 얻은 성과와 언론·방송 기록, 그리고 단 한 건의 안전사고도 없었던 운영 일지를 첨부하여 신뢰를 높였습니다. 계획안의 표지 안쪽에는 "아이들의 하루가 바뀌면 학교의 기후가 바뀐다"는 문장을 조용히 새겨 넣었고, 이 계획안은 단순한 문서가 아니라, 아이들을 향한 저의 진심과 교육 철학이 고스란히 담긴 꿈의 설계도였습니다.

약속을 지키는 마음, 새로운 시작

서류 제출을 위해 포항 여객선 터미널로 향하던 날, 썬플라워호의 갑판 바람이 차게 불었습니다. 2007년부터 2010년까지, 저동초 강당의 땀 냄새와 아이들의 웃음소리가 생생하게 되살아났습니다. 울릉초에서 운영위원회와 교육 가족의 요청을 다시 한번 확인하고, 제출 서류를 최종 점검했습니다. 성주초 교감으로서 짧았던 기간 동안 제가 만들던 중간놀이 표준안과 안전 매뉴얼, 비·혹서 대체 지침, 줄 관리 체계를 문서화해 인수인계표까지 만들어 두고 나왔습니다. 학교는 사람이 바뀌어도 하루의 질이 흔들리지 않아야 한다는 생각에서였습니다.

이후 절차는 교장 공모제가 정한 흐름을 따랐습니다. 서류 심사에서는 학교 기후를 바꾸는 실행 단위(놀이·안전·소통 표준)와 지역 연계 방안을 중심으로 평가를 받았고, 면담에서는 섬의 제약을 역으로 기회로 바꾸는 운영 시나리오를 압축 제시했습니다. 최종 합격 통보를 받은 날, 저는 먼저 성주초 교직원들과 학부모회에 감사 인사를 드렸습니다. 짧았지만 함께 만든 표준과 기록들이 다음 교감에게 온전히 이어지도록 마지막 점검을 마쳤습니다. 발령장을 받아 들고 다시 바다를 건넌 이번 뱃길은 제 선택을 증명하는 항로였습니다. '약속을 지키는 마음'으로 시작한 이 도전이 '아이들의 하루를 바꾸는 운영'으로 이어질 때 비로소 완성된다고 스스로에게 다짐했습니다.

울릉초 교장실 책상 첫 서랍에는 그때 공모 표지를 그대로 넣어 두었습니다. 표지 안쪽의 작은 문장, "아이들의 하루가 바뀌면, 학교의 기후가 바뀝니다"는 여전히 제 하루를 가볍게 두드립니다.

교장 시절, 학교 경영 속에
이어진 줄넘기 사랑

1. 교장으로, 새로운 역할의 시작

2015년 9월, 저는 교감에서 교장으로 승진하여 울릉초등학교에 부임했습니다. 37년 교직 인생에서 가장 큰 변곡점이었습니다. 지금까지 교실에서 아이들과 함께 뛰고 울며 웃던 교사에서, 학교 전체를 책임져야 하는 교장이라는 새로운 역할에 대한 무게감이 가슴 깊이 와 닿았습니다.

하지만 저는 이미 마음속으로 단단히 결심한 것이 있었습니다. 교장실에 앉아 서류 결재에만 매달리는 교장이 아니라, 아이들과 함께 운동장에서 뛰고 웃는 교장이 되겠다는 다짐이었습니다. 교장이라는 권위보다는 아이들과 가까이에서 소통하는 교육자로 살아가겠다는 신념을 품었습니다.

교장실 대신 운동장을 택하다

울릉초등학교 교장으로 첫발을 내디딘 그날부터, 저의 하루는 교장실이 아닌 교문에서 시작되었습니다. "행복 등교맞이"라는 이름으로 매일 아침 아이들을 반갑게 맞이하는 것이 저의 첫 번째 업무가 되었습니다.

"안녕하세요, 교장선생님!" "그래. 오늘도 즐겁게 파이팅!"

아이들의 밝은 인사 소리가 울릉도 바닷바람과 함께 학교를 가득 채웠습니다. 때로는 하이파이브를, 때로는 따뜻한 포옹을 나누며 아이들 한 명 한 명과 마음을 나누었습니다. 그 순간들이 저에게는 어떤 회의보다, 어떤 공문보다 소중했습니다.

아침 시간이 끝나면 저는 교장실로 가는 대신 운동장으로 향했습니다. 음악줄넘기를 통해 아이들과 함께 몸을 움직이고, 땀을 흘리며, 진정한 소통을 나누는 시간이었습니다. 교장이라는 직책이 주는 권위의식을 내려놓고, 아이들과 눈높이를 맞춰 함께 뛰는 순간마다 저는 교육자로서의 진정한 보람을 느꼈습니다.

아이들의 심장이 된다는 것

동료 교사들과 학부모님들은 때때로 의아해하셨습니다.

"교장선생님께서 매일 아침 교문에서 아이들을 맞이하고, 운동장에서 줄넘기까지 하시다니… 몸이 힘들지 않으신가요?"

하지만 저는 조금도 힘들지 않았습니다. 오히려 그 시간들이 저에게 가장 큰 에너지를 주었습니다. 아이들의 환한 웃음, 힘차게 줄넘기를 하며 흘리는 구슬땀, 새로운 동작을 익혔을 때의 뿌듯한 표정들이 저에게는 무엇과도 바꿀 수 없는 보물이었습니다.

"아이들의 심장이 되겠다"는 저의 다짐은 단순한 구호가 아니었습니다. 진정으로 아이들의 마음과 하나가 되어, 그들이 뛸 때 함께 뛰고, 그들이 기뻐할 때 함께 기뻐하는 것이었습니다. 때로는 친구처럼, 때로는 삼촌처럼, 또 때로는 할아버지처럼 아이들에게 다가가며 그들의 든든한 버팀목이 되고 싶었습니다.

새로운 경영 철학의 시작

교장으로서 저의 경영 철학은 명확했습니다. 학교의 모든 활동에서 가장 우선순위는 "학생을 위한 일인가?"와 "교육적인가?"라는 두 가지 질문이었습니다. 이 원칙에 부합한다면 어떤 어려운 일이라도 주저 없이 앞장서서 추진했습니다.

저는 꿈꾸는 학교의 모습이 있었습니다. 아이들이 매일 즐겁게 학교에 오며 저마다의 꿈을 키워 가는 곳, 교사들이 가르치는 열정과 보람으로 충만하여 행복을 느끼는 곳, 학부모들이 학교 교육에 대한 굳건한 믿음과 신뢰를 보내는 곳. 이런 학교를 만들기 위해 저는 "학교는 나의 모든 것을 바치는 곳"이라는 굳은 신념으로 달려왔습니다.

10년간 변하지 않은 약속

울릉초등학교에서 시작된 "행복 등교맞이"는 저의 시그니처가 되었습니다. 이후 황상초등학교(2년 6개월), 초전초등학교(2년 6개월), 그리고 현재 성주중앙초등학교(1년 6개월)에 이르기까지 10년째 변함없이 이어지고 있습니다. 4개 학교를 거치는 동안, 매 학교마다 아이들과 동고동락하는 교장의 길을 묵묵히 걸어왔습니다. 학교가 바뀌어도, 아이들의 얼굴이 바뀌어도, 매일 아침 교문에서 아이들을 맞이하고 함께 음악줄넘기를 하는 시간만은 한 번도 놓치지 않았습니다.

아이들의 해맑은 웃음과 활기찬 인사는 저에게 가장 큰 활력소가 되었습니다. 그 순간마다 저는 교장이 되기 잘했다는 생각이 들었고, 아이들과 함께하는 이 소중한 시간들이 저의 교직 인생에서 가장 빛나는 순간들임을 깨달았습니다.

　　　　　　　　　　　　음악줄넘기로 그린 32년, 꿈과 행복

권위를 내려놓고 얻은 진정한 소통

많은 사람들이 교장은 권위 있는 자리라고 생각합니다. 하지만 저는 그 권위의식을 내려놓을 때 비로소 진정한 교육이 시작된다고 믿었습니다. 아이들과 함께 뛰고 땀을 흘리며, 그들의 고민을 들어주고 격려하는 순간이야말로 교육자로서 가장 값진 시간이었습니다.

음악줄넘기는 아이들과 저의 마음을 잇는 가장 강력한 매개체였습니다. 줄넘기를 통해 아이들은 단순한 기술을 넘어 "할 수 있다"는 굳건한 믿음과 "하면 된다"는 뜨거운 자신감을 얻었습니다. 좌절의 순간에도 다시 일어서는 법을 배우고, 서로 협동하며 함께 성장하는 기쁨을 느꼈습니다.

교육자로서의 새로운 다짐

교장이 된 지 10년이 지난 지금, 저는 확신합니다. 음악줄넘기는 저의 교직 생활에 행복과 보람을 안겨준 가장 큰 선물이었다는 것을. 교장이라는 직책이 주는 무게감 속에서도, 아이들과 함께 뛰고 땀 흘리며 교감하는 시간은 저에게 진정한 기쁨을 주었습니다.

아이들의 빛나는 눈빛 속에서 저는 저의 교육 철학이 현실이 되는 순간을 매일 경험했습니다. 그리고 다짐했습니다. 앞으로도 아이들의 심장이 되어, 그들의 꿈이 자라는 학교를 만들기 위해 멈추지 않고 달려가겠다고.

교사에서 교장으로, 역할은 바뀌었지만 저의 마음은 변하지 않았습니다. 여전히 아이들을 향한 사랑으로 가득하고, 음악줄넘기를 통해 그들과 소통하고 싶은 열정으로 넘쳐났습니다. 이것이 바로 새로운 역할의 시작에서 제가 품은 가장 소중한 다짐이었습니다.

   음악줄넘기로 그린 32년, 꿈과 행복

2. 행정 업무 속에서도 식지 않는 열정

교장이 되고 나서 가장 큰 변화 중 하나는 책상 위에 쌓이는 서류의 양이었습니다. 교사 시절에는 상상도 할 수 없을 만큼 많은 공문들이 매일 밀려들었고, 결재해야 할 문서들이 끝없이 이어졌습니다. 교육청에서 오는 각종 지시사항, 예산 관련 서류, 교육과정 운영 계획서, 각종 회의 자료들… 때로는 교장실 책상이 서류 더미로 가득 찰 때도 있었습니다.

하지만 저는 이런 행정 업무 때문에 아이들과의 시간을 포기할 수는 없었습니다. 오히려 더욱 효율적으로 업무를 처리하여 아이들과 함께할 시간을 확보하는 것이 저의 첫 번째 목표였습니다.

군인 DNA가 만든 추진력과 철저함

어려서부터 "군인 같다"는 말을 자주 들어 온 저의 성격은 교장 업무에서도 그대로 드러났습니다. 호불호가 분명하고, 한번 결정한 일은 끝까지 해내는 추진력이 행정 업무를 처리하는 데 큰 도움이 되었습니다.

"해야 할 일은 미루지 않는다"는 것이 저의 철칙이었습니다. 교육청에서 내려오는 공문이 있으면 당일 안에 검토하고, 긴급하지 않은 사안이라도 일주일을 넘기지 않고 처리했습니다. 덕분에 업무가 밀리는 일은 거의 없었고, 갑작스러운 교육청 감사나 점검이 있어도 늘 준비된 상태였습니다.

때로는 "너무 에너지가 넘쳐서 걱정"이라는 농담을 듣기도 했지만, 이런 적극성은 대부분 좋은 결과로 이어졌습니다. 빠른 업무 처리로 인해 교육청 관계자들과의 관계도 원만했고, 학교 운영에 필요한 지원도 더 수월하게 받을 수 있었습니다.

서류 속에서 찾는 아이들의 모습

많은 교장들이 행정 업무를 부담스러워하지만, 저는 그 속에서도 아이들의 모습을 찾아내려 노력했습니다. 예산 편성 회의에서는 "이 예산이 아이들에게 어떤 도움이 될까?"를 먼저 생각했고, 교육과정 운영 계획을 세울 때는 "아이들이 정말 즐거워할까?"를 고민했습니다.

특히 울릉초등학교에서 100년 숙원 사업인 '꿈나루관' 체육관 건립 프로젝트를 추진할 때는 수많은 서류 작업과 행정 절차를 거쳐야 했습니다. 예산 신청서, 설계 도면 검토, 각종 허가 신청, 공사 계약서⋯ 평생 해 보지 않았던 복잡한 행정 업무의 연속이었습니다.

하지만 그 모든 서류 한 장 한 장이 아이들의 꿈을 위한 것이라고 생각하니 전혀 힘들지 않았습니다. 밤늦게 설계 도면을 들여다보며 "여기서 아이들이 줄넘기를 할 거야"라고 상상하고, 예산 관련 서류를 검토하며 "이 돈으로 아이들에게 최고의 시설을 만들어 주자"고 다짐했습니다.

컨설팅과 특강으로 확장되는 열정

교장이라는 막중한 업무를 맡게 되었지만, 제 음악줄넘기에 대한 열정은 식기는커녕 오히려 더욱 뜨거워졌습니다. 우리 학교 아이들뿐만 아니

　　　　　　　　음악줄넘기로 그린 32년, 꿈과 행복

라 더 많은 아이들이 음악줄넘기의 즐거움을 알게 되기를 바라는 마음이 간절했습니다. 그렇게 저는 학교 밖으로 시선을 돌려, 다른 학교를 찾아가는 컨설팅과 특강 활동을 시작했습니다.

2012년부터 지금까지, 매년 10여 회씩 100여 개 초등학교를 직접 방문하며 아이들에게는 즐거운 음악줄넘기 수업을, 선생님들에게는 효과적인 지도 노하우를 전수하고 있습니다. 어떤 분들은 "교장선생님께서 학교를 비우시는 일이 너무 많은 것 아닌가요?"라며 우려를 표하기도 했습니다. 하지만 저는 이런 활동이야말로 진정한 교육자의 역할이라고 확신했습니다.

"한 학교의 교장으로서 우리 아이들만 잘 가르치는 것도 중요하지만, 더 많은 학교의 아이들이 건강하고 즐겁게 운동할 수 있도록 돕는 것도 교육자의 중요한 역할이라고 생각합니다."

특강을 마치고 나면, 아이들은 하나같이 "다음에 또 하고 싶어요!"라며

아쉬워했고, 선생님들은 "정말 유익한 연수였습니다. 조금 더 배우고 싶습니다"라고 말씀해 주셨습니다.

아이들의 빛나는 눈과 선생님들의 뜨거운 반응을 볼 때마다 말로 표현할 수 없는 큰 보람과 기쁨을 느낍니다. 음악줄넘기를 통해 아이들의 얼굴에 환한 웃음꽃이 피고, 교사들이 새로운 가르침에 대한 열정을 얻는 모습을 보면서 저는 다시 한번 제 선택이 옳았음을 확인합니다.

단순히 기능적인 기술을 가르치는 것을 넘어, 음악줄넘기를 통해 얻는 성취감과 협력의 즐거움, 그리고 긍정적인 에너지를 공유하는 것이야말로 제가 가진 교육적 신념을 실현하는 길이라고 믿습니다.

열정은 전염된다

저의 이런 모습은 자연스럽게 교직원들에게도 영향을 미쳤습니다. 처음에는 "교장선생님께서 직접 나서시니 우리도 더 열심히 해야겠다"는 부담감을 느끼는 선생님들도 있었습니다.

하지만 시간이 지나면서 모든 교직원이 아이들을 중심에 두고 생각하게 되었습니다. 행정 업무를 처리할 때도 "이것이 아이들에게 어떤 도움이 될까?"를 먼저 고민하게 되었고, 각종 교육 활동을 계획할 때도 아이들의 입장에서 생각하게 되었습니다.

"우리 학교 분위기가 정말 좋아졌어요. 모든 선생님들이 아이들을 위해 한마음이 된 것 같아요."

교감선생님의 이런 말을 들을 때마다 저는 뿌듯함을 느꼈습니다. 행정 업무 속에서도 포기하지 않았던 저의 열정이 학교 전체에 퍼져 나간 것을 확인할 수 있었기 때문입니다. 교장이 된 후 10년간, 저는 수많은 서류와

  음악줄넘기로 그린 32년, 꿈과 행복

회의, 각종 행정 업무와 씨름해야 했습니다. 때로는 숨 막힐 정도로 바쁜 날들도 있었고, 밤늦게까지 사무실에 남아야 하는 날들도 많았습니다.

하지만 그 어떤 순간에도 아이들을 향한 저의 열정만큼은 식지 않았습니다. 오히려 바쁜 행정 업무 속에서도 아이들과 함께하는 시간을 지켜내려는 의지가 더욱 강해졌고, 그 과정에서 저만의 교장 철학이 더욱 단단해졌습니다.

"교장실에 앉아 서류만 보는 교장이 아니라, 운동장에서 아이들과 함께 뛰는 교장이 되겠다"는 저의 다짐은 10년이 지난 지금도 변함없이 이어지고 있습니다.

3. 100년 숙원, 울릉초 '꿈나루관' 건립

교육감 면담, "섬 아이들에게도 같은 권리를"

울릉초 공모교장으로 부임 한 달 뒤, 육지 연수 길에 저는 경상북도교육청을 찾아 체육관 신축의 당위를 정리해 교육감님께 설명했습니다.

"육지의 소규모 학교에도 체육관이 보급되는 현실에서, 섬 9개 학교 가운데 체육관이 한 곳도 없는 것은 형평에 맞지 않습니다."

자료와 함께 아이들의 안전·건강·정서 발달 영향까지 조목조목 제시했습니다. 기획조정관님의 배려로 면담은 '가승낙'으로 이어졌고, 저는 첫 고개를 넘었다는 확신을 갖고 울릉으로 돌아왔습니다.

지자체 협상―조건의 벽과 원칙의 확인

현실은 간단치 않았습니다. 지방비 대응투자가 관건이었고, 울릉군은 오래된 청사 이전 숙원과 얽힌 학생체육관 부지 문제를 '조건'으로 꺼내들었습니다. 교육청 소유 재산인 학생체육관 부지를 군청 이전 부지로 맞교환하자는 주장이었습니다. 저는 원칙을 분명히 했습니다.

"교육재산의 목적 외 전용은 선례가 될 수 없으며, 아이들 공간을 교환의 대상으로 삼을 수 없습니다."

여러 차례 면담과 설명에도 접점은 쉽지 않았습니다.

결단—대응투자 없이 도전

교착을 깨기 위해 다시 교육청을 찾았습니다. 기획조정관님은 울릉의 재정 여건을 감안해 "지자체 대응투자 없이 신청"하는 이례적 경로를 제안했습니다. 가능성의 문을 열어 주신 그 결단 덕분에, 저는 밤샘으로 사업계획·수요조사·안전·학사운영 영향 분석까지 서류를 완비해 올렸습니다. 도교육청 1차 적격 심사, 교육부 최종 심사로 이어지는 길을 묵묵히 기다렸습니다.

선정 통보—섬 전체가 걸린 현수막

이듬해 3월, 공문 한 장이 도착했습니다. "울릉초 다목적강당 신축 선정." 손이 떨려 글자가 겹쳐 보였습니다. 운영위원회·학부모회·총동창회에 소식을 전하자, 울릉읍 곳곳에 축하 현수막이 내걸렸습니다. "울릉초 100년 숙원 결실!" 섬 전체가 같은 문장으로 기뻐했습니다. 한편, 군청 청사 이전 구상은 무산되었고, 학생체육관은 교육청 재산으로 남았습니다. 무엇보다 아이들에게 '우리의 강당'이 눈앞의 현실이 되었습니다.

공사의 시간—바다·태풍·암반, 그리고 3억

설계 6개월 후 착공을 앞두고 바다 사정이 시공사를 가로막았습니다. 그 사이 태풍이 들이닥쳐 학교 뒤 사면이 무너졌고, 운동장이 흙더미로 덮였습니다. 기초 공사에서 거대한 암반이 드러나 추가 예산 3억 원이 필요하다는 통보가 왔습니다. 강당 옆 교직원관사 공사와의 크레인 간섭 문제로 6개월 공정이 정지되기도 했습니다. 매일 등굣길을 지키며 '아이들에게 실내 공간이 필요하다'고 다짐했던 마음이, 그 기간만큼은 무겁게 내려앉았습니다. 그러나 포기하지 않았습니다. 공정회의 기록과 설계변경 협의서에 '아이들의 시간'을 계속 써 내려갔습니다.

드디어 완공, '꿈나루관' 이름을 얻다

근 3년의 공정 끝에 다목적 강당이 완공되었습니다. 우리는 그곳에 '꿈나루관'이라는 이름을 붙였습니다. 아이들의 꿈이 드나드는 나루라는 뜻이었습니다. 흙먼지를 뒤집어쓰던 운동장 위에 우뚝 선 강당을 바라보며, 저는 조용히 손을 모았습니다. 날씨를 이기는 공간, 모두의 무대, 지역에 열린 체육·문화 거점. 꿈나루관은 건물이 아니라, 공동체가 함께 쌓아 올

　　　　　　　　음악줄넘기로 그린 32년, 꿈과 행복

린 약속 그 자체였습니다.

개관식—모두의 박수, 모두의 무대

개관식 날, 교육감님과 기획조정관님, 초등과장님, 울릉군 기관장과 지역 유지, 운영위원·학부모·동창, 그리고 아이들이 한자리에 모였습니다. 식전 공연은 당연히 '울릉초 줄사랑'의 차지였습니다.

아이들은 새 무대에서 그동안 갈고닦은 실력으로 창작음악줄넘기와 다양하고 멋진 기술줄넘기를 펼쳤고, 객석은 환호성과 박수로 출렁였습니다.

저는 개관사에서 아이들과 지역사회에 세 가지 약속을 했습니다.

첫째, 안전하고 쾌적한 학습 및 체육 공간을 만들겠습니다.

둘째, 아이들의 재능과 끼를 마음껏 펼칠 무대가 되도록 돕겠습니다.

셋째, 지역사회에 활짝 열린 체육·문화 공간으로 자리매김하겠습니다.

그날의 박수는 강당의 울림판처럼 제 마음속에 오래도록 깊은 울림으로 남았습니다. 그 박수는 저 혼자만의 노력이 아니라, 아이들과 학부모, 그리고 울릉도 지역사회 전체가 함께 만들어 낸 감동의 순간이었기 때문입니다.

4. 전교생 음악줄넘기 운동으로 바꾼 학교 문화

교장이라는 직책의 무게는 저에게 더 넓은 시야와 더 큰 책임감을 주었지만, 동시에 아이들과 직접 호흡하며 땀 흘릴 수 있는 현장을 더욱 갈망하게 만들었습니다. 매일 아침 아이들의 안전한 등굣길을 지키는 '인간 신호등'이 되었듯이, 이제는 음악줄넘기를 통해 아이들의 몸과 마음을 튼튼하게 가꾸어 주는 '줄넘기 교장'으로 다시 한번 그들 곁에 설 시간이었습니다. 저는 학교의 특색교육으로 '사제동행 음악줄넘기 530 운동'을 야심 차게 도입했습니다. 이름 그대로 주 5회, 하루 30분씩 선생님과 아이들이 함께 땀 흘리며 음악줄넘기를 하는 활동이었습니다.

매일 2교시 후 중간놀이 시간이 되면, 저는 예전부터 해오던 것처럼 운동장 한가운데서 아이들과 함께 음악줄넘기 운동을 펼쳤습니다. 울릉도는 섬 지역 특성상 아이들이 마음껏 뛰놀 수 있는 놀이 시설이나 충분한 체육 시설이 부족했습니다. 이러한 한계를 극복하고, 아이들의 왕성한 신체 활동 욕구를 충족시키는 것은 물론 기초 체력을 길러 주는 데 '사제동행 음악줄넘기 530 운동'은 그야말로 안성맞춤이었습니다.

매일 중간놀이 30분을 이용하여 개인 음악줄넘기와 둘이서 하는 짝 음악줄넘기, 여럿이 함께하는 단체줄넘기 놀이와 게임 프로그램으로 요일별로 다양하게 운영했습니다.

　아이들에게 도전감과 성취감을 주기 위하여 '줄넘기 급수 인증제'를 운영했고, 가정에서도 부모와 자녀 간의 줄넘기를 하면서 화목한 가정을 위해 매일 일요일 아침은 '가족줄넘기의 날'을 지정하여 운영했습니다. 또한, 학급별 활동과는 별도로 전교생을 대상으로 학년과 줄넘기 기능을 고려하여 6개 음악줄넘기 동아리를 조직했습니다. 섬의 지명과 상징에서 이름을 따 동아리의 소속감을 높였고, 선배가 후배를 가르치는 또래 멘토링을 정례화했습니다.

학교를 넘어 마을의 중심으로

　2교시가 마치면 운동장에는 신나는 음악이 울려 퍼졌고, 아이들은 활기찬 박자에 맞춰 줄을 돌리기 시작했습니다. 처음에는 서툴던 아이들도 점차 익숙해지면서 경쾌하게 줄을 넘었습니다. 특히 다 함께 줄을 돌리는 단체 줄넘기 활동을 통해 서로 배려하고 이해하며 협동하는 건전한 인성을 자연스럽게 함양하도록 이끌었습니다. 서로의 속도를 맞춰주고, 넘어져도 괜찮다고 격려하며 다시 일어서는 과정 속에서 아이들은 끈끈한 유대감을 형성해 갔습니다. 이는 곧 학교폭력 없는 즐겁고 행복한 학교생활을 만드는 데 큰 도움이 되었습니다.

음악줄넘기의 긍정적인 효과는 학교 울타리를 넘어 지역사회로 퍼져 나갔습니다. 이제껏 학교가 있는 줄도 모르게 조용하기만 하던 섬마을에, 매일 아침마다 신나는 음악과 함께 아이들이 즐겁게 줄넘기하는 모습이 활기를 불어넣었습니다. 지역 주민들은 "학교에 생동감 넘치는 활기가 되살아났다", "아이들 웃음소리가 마을까지 들려 행복하다"며 칭찬을 아끼지 않으셨습니다. 울릉초등학교는 음악줄넘기를 통해 단순한 교육 공간을 넘어, 마을에 활력을 불어넣는 중심지로 변모하기 시작했습니다.

줄사랑 창단, 울릉초에 심은 꿈

방과 후에는 학교마다 하던 루틴대로 음악줄넘기부 '울릉초 줄사랑'을 창단했습니다. 매일 방과 후에 모여 창작 음악줄넘기와 공연에 필요한 복수, 복합줄넘기, 더블터치 등 다양한 기술줄넘기를 익히도록 하였습니다. 연습을 단계별로 익히도록 하여 성취감으로 즐겁게 참여하도록 하였습니다.

울릉초 '줄사랑' 어린이들은 소속된 학반 도우미 역할은 물론 음악줄넘기 동아리에서는 리더로서 활동을 하였고, 각종 행사에 음악줄넘기 공연을 통하여 줄넘기의 좋은 점을 알리는 역할도 수행하도록 하였습니다.

메인 레퍼토리는 섬 아이들이 우리 땅을 몸으로 기억하도록 '독도는 우리 땅'으로 정했습니다. 가사 흐름을 동작 언어로 번역해 섬의 이야기를 안무에 심었습니다.

 음악줄넘기로 그린 32년, 꿈과 행복

연습은 늘 땀의 시간으로 이어졌습니다. 루틴을 올리는 동안 줄에 수차례 걸려도 다시 준비—호흡—시도의 절차를 반복했습니다. 한 동작이 정확히 맞아떨어지는 순간에는 기록지를 꺼내 성공 조건(점프 높이, 로프 속도, 착지 각도)을 즉시 적어 다음 훈련의 기준으로 삼았습니다. 이런 축적은 개인기의 완성도를 높였을 뿐 아니라, 팀 전체의 호흡을 정밀하게 맞추는 데 큰 도움이 되었습니다.

무대는 학교 울타리를 넘어섰습니다. 독도 현장, 지역 기념 행사, 도내 교육 행사 등에서 '줄사랑'은 창작음악줄넘기 공연을 올렸습니다. 공연이 곧 교육의 전부가 되지는 않았습니다. 활동의 뿌리를 단단히 하려고 '지식—경험—표현'의 삼박자를 운영했습니다.

성과는 눈에 보이는 기록과 보이지 않는 태도에서 동시에 드러났습니다. 무엇보다 섬의 시민으로서의 자긍심이 단단해졌습니다. 아이들은 줄을 넘으며 자신과 팀을 이기고, 무대에서 섬을 설명하며 지역을 잇고, 배움의 자리에서 독도를 해석하며 나라를 품기 시작했습니다. '울릉초 줄사랑'은 그래서 하나의 동아리를 넘어, 교육과 지역, 지식과 몸, 현재와 미래를 잇는 학교의 살아 있는 커리큘럼으로 자리매김했습니다.

섬마을을 들썩이게 한 감동, '줄넘기 축제 한마당'

가을바람이 솔솔 불어오던 10월 어느 날, 울릉초등학교 운동장은 여느 때와 다른 설렘과 활기로 가득했습니다. 저는 단순히 일회성 이벤트로 끝나는 가을운동회 대신, 그동안 우리 아이들과 선생님들이 '사제동행 음악줄넘기 530 운동'을 통해 흘린 땀과 열정을 마음껏 뽐낼 수 있는 특별한 축제를 기획했습니다. 바로 '울릉초 줄넘기 축제 한마당'이었습니다.

이날만큼은 학교의 주인공인 학생들뿐만 아니라, 학부모, 교직원, 심지어 조용했던 섬마을의 지역 주민들까지 모두가 한마음으로 학교 운동장에 모였습니다. 신나는 음악이 울려 퍼지는 가운데, 아이들은 갈고 닦은 줄넘기 실력을 유감없이 발휘했습니다.

6개 동아리별로 명예를 걸고 혼자서 오래 또는 빨리 뛰는 줄넘기를 선보이고, 짝과 함께 환상의 호흡을 자랑하는 짝 줄넘기, 그리고 모두가 하

나 되어 거대한 줄을 넘는 단체 줄넘기까지, 운동장은 감탄사와 박수갈채
로 떠나갈 듯했습니다.

　이어지는 가족 줄넘기 대회에서는 부모와 아이들이 함께 호흡을 맞추
며 웃음꽃을 피웠고, 지역 주민 건강 줄넘기 대회에서는 어르신들도 젊은
이들 못지않은 열정으로 줄을 넘으며 건강한 에너지를 발산했습니다. 줄
에 걸려도 박수와 격려가 쏟아졌고, 성공할 때마다 환호성이 터져 나왔습
니다. 대회 곳곳에는 푸짐한 경품이 걸려 있어 참가자들의 승부욕을 자극
했고, 덕분에 축제의 열기는 더욱 뜨거웠습니다.

　그 순간, 울릉초등학교는 단순한 교육 공간을 넘어섰습니다. 학교는 명
실상부한 지역사회 문화 체육 센터로서의 역할을 톡톡히 해냈고, 모두가
함께 즐기고 소통하며 하나 되는 진정한 축제의 장이 펼쳐졌습니다. 조
용했던 섬마을은 음악줄넘기를 통해 생동감 넘치는 활기로 가득 채워졌
습니다. 아이들의 해맑은 웃음소리가 마을 전체에 울려 퍼졌고, 학부모와
주민들의 얼굴에는 만족감과 우리 학교에 대한 깊은 자긍심이 가득했습

니다. 그날의 '울릉초 줄넘기 축제 한마당'은 단순한 행사를 넘어, 섬마을 사람들의 마음을 하나로 묶고 모두에게 잊지 못할 감동과 행복을 선사한 특별한 날로 기억될 것입니다.

음악줄넘기로 그린 32년, 꿈과 행복

5. 코로나 시대, 음악줄넘기로 희망을 전하다

전대미문의 위기, 환경 개선과 새로운 시작

2019년 9월, 저는 4년간의 공모 교장 임기를 마치고 구미 황상초등학교로 오게 되었습니다. 한때 학생 수가 2,000명이 넘었던 이 학교는 제가 부임했을 때는 500명 규모의 아담한 학교가 되어 있었습니다. 앞뒤로 두 동의 4층 건물이 있었는데, 좁은 운동장에 비해 건물은 지은 지 20년이 넘어 외벽 곳곳이 낡고 금이 가 있었습니다. 저는 가장 시급한 일이 노후된 학교 건물을 개선하는 것이라고 판단하고, 곧바로 교육청을 찾아가 예산 확보를 요청했습니다. 다행히 논의가 순조롭게 진행되어 다음 해 예산에 반영하겠다는 약속을 받았습니다.

그러던 어느 날, 학부모 대표님들이 찾아와 감사의 마음을 전하며 아이들에게도 음악줄넘기를 가르쳐 달라고 부탁하셨습니다. 외벽 공사 예산 확보에 매달리느라 잠시 잊고 있었던 일이었습니다. 저는 선생님들과 상의했고, 다들 적극적으로 찬성해 주셨습니다. 그렇게 저는 다음 해부터 음악줄넘기를 학교 특색 교육으로 운영하기로 결정하고, 10월부터 두 달간 전교생 음악줄넘기 활동을 위해 아이들 개개인에게 줄넘기를 나눠 주고 체육 시간을 활용해 기본기를 가르치기 시작했습니다. 아이들이 신나고 즐거운 학교생활을 할 수 있도록 차근차근 준비해 나갔습니다.

　　2020년 3월 중순, 드디어 외벽 개선을 위한 특별 예산이 내려왔습니다. 낡고 위험했던 외벽은 깨끗하고 산뜻한 컬러 판넬로 새롭게 단장되었고, 노후된 화장실까지 약 6개월간의 공사를 거쳐 아름다운 황상초등학교로 변모했습니다. 하지만 새 단장을 마친 학교가 활기찬 아이들의 웃음소리로 가득할 일만 남았을 때, 안타깝게도 코로나19가 확산되면서 온라인 개학과 입학식을 진행해야 했습니다. 예전에 음악줄넘기 공연으로 알게 된 영상 전문가의 도움을 받아 드론으로 학교 소개 영상을 찍어 신입생들에게 보낼 수 있었지만, 직접 아름다운 학교를 보여 주지 못하는 아쉬움은 컸습니다.

위기 속에서 발견한 새로운 가치

　　2020년 초, 코로나19 팬데믹이 시작되면서 모든 학교 활동이 위축되었습니다. 황상초등학교에서도 등교 수업이 중단되고 온라인 수업으로 전

　　　　　　　　　　　　　음악줄넘기로 그린 32년, 꿈과 행복

환되면서 아침 줄넘기 운동도 잠시 멈출 수밖에 없었습니다. 등교 수업이 재개되자마자 방역 수칙을 철저히 지키며 아침 줄넘기를 다시 시작했습니다. 마스크를 쓰고 거리를 두고 하는 줄넘기였지만, 아이들의 눈빛만큼은 여전히 밝았습니다.

"선생님, 줄넘기할 때만큼은 코로나가 무섭지 않아요." 한 아이의 이런 말이 가슴에 깊이 와 닿았습니다. 어려운 시기일수록 아이들에게는 이런 활동이 더욱 소중하다는 것을 느꼈습니다. 2019년 9월부터 2022년 2월까지, 황상초등학교 교장으로 재직했던 시기는 코로나19 팬데믹이라는 전대미문의 위기 속에서 교육의 방향을 고민해야 했던 나날들이었습니다. 전 세계를 덮친 감염병의 공포는 학교의 일상마저 송두리째 바꿔 놓았고, 아이들의 웃음소리는 마스크 뒤에 숨어 버렸습니다. 사상 초유의 개학 연기가 발표되었을 때의 충격은 지금도 생생합니다.

그러나 저는 이 위기 속에서 '음악줄넘기'의 새로운 가치와 가능성을 발견했습니다. 그것은 아이들에게 희망의 빛이 되어 주었고, 동시에 교육의 새로운 길을 열어 주었습니다. 낯선 온라인 수업과 불안한 일상 속에서, 음악줄넘기는 아이들의 몸과 마음에 활력을 불어넣는 긍정적인 힘이 되었습니다.

언택트 시대에 최적화된 활동, 음악줄넘기의 재발견

코로나19는 우리 사회를 '언택트(Untact)' 시대로 급변시켰습니다. 모든 것이 비대면으로 전환되고 사람 간의 접촉이 극도로 제한되면서, 학교 현장 역시 큰 혼란에 빠졌습니다. 체육 활동은 물론, 모든 단체 활동이 사실상 불가능해졌고 아이들은 활력을 잃어 갔습니다.

그때 저의 머리를 스친 것이 바로 음악줄넘기였습니다. 30년 가까이 함께해 온 음악줄넘기를 다시 한번 자세히 들여다보니, 이것이야말로 코로나 시대에 가장 적합한 활동이라는 확신이 들었습니다.

줄넘기는 언택트 시대에 최적화된 활동이었습니다. 넓은 체육관이나 실외 운동장에서 2m 이상의 안전거리를 충분히 확보할 수 있었고, 공동으로 사용하는 물품이 아닌 개인이 준비하고 혼자 사용할 수 있는 도구인 줄넘기는 개인위생을 철저히 지킬 수 있는 유일무이한 활동이었습니다.

무엇보다 마스크를 쓰고도 답답함 없이 마음껏 뛸 수 있었고, 음악에 맞춰 리듬을 타는 즐거움은 아이들의 움츠러든 마음을 활짝 열어 주기에 충분했습니다. 음악줄넘기는 단순한 체육 활동을 넘어, 코로나 시대의 활력소이자 아이들에게 주어진 희망의 끈이었습니다.

조심스러운 재시작, 마스크 속 환한 웃음

2020년 5월 말, 단계적 등교수업이 시작되면서 저는 조심스럽게 음악줄넘기 활동을 재개했습니다. 방역 수칙을 철저히 준수하면서도 아이들에게 활력을 불어넣을 수 있는 방법을 고민한 결과였습니다.

"교장선생님, 정말 줄넘기를 해도 되는 거예요?"

몇 달 만에 학교에 온 아이들의 눈에는 반가움과 함께 조심스러움이 뒤섞여 있었습니다. 마스크로 가려진 얼굴이었지만, 음악줄넘기를 한다는 소식에 아이들의 눈이 반짝이는 것을 볼 수 있었습니다.

첫 번째 시간에는 개인 줄넘기로 시작했습니다. 충분한 거리를 두고, 각자의 자리에서 음악에 맞춰 줄을 넘는 것이었습니다. 처음에는 마스크 때문에 숨이 차기도 했지만, 이내 음악에 맞춰 신나게 줄을 넘는 아이들의

　　　　　　　　　　　음악줄넘기로 그린 32년, 꿈과 행복

모습은 그 어떤 어려움도 이겨낼 수 있다는 듯 밝고 활기찼습니다.

"선생님, 이거 정말 재미있어요! 마스크 써도 전혀 안 힘들어요!"

한 아이의 외침에 체육관이 웃음소리로 가득 찼습니다. 마스크로 가려진 얼굴 속에서도 환한 웃음이 느껴졌고, 땀방울이 송골송골 맺힌 이마에서는 뜨거운 생명력이 뿜어져 나왔습니다.

선생님들의 변화, 함께하는 용기

코로나19로 인해 모든 것이 위축된 상황에서, 선생님들도 새로운 시도를 주저하는 분위기였습니다. 하지만 아이들이 음악줄넘기를 통해 되찾은 활력을 보면서, 선생님들도 하나둘씩 동참하기 시작했습니다.

"교장선생님, 저희 반 아이들도 정말 좋아해요. 온라인 수업만 하다가 이렇게 활동적인 수업을 하니까 완전히 달라졌어요."

담임선생님들이 먼저 변화를 체감했습니다. 집에만 있던 아이들이 학교에 와서 음악줄넘기를 하고 나면, 다른 수업 시간에도 집중력이 훨씬 좋아졌다는 것입니다.

저는 교직원 회의에서 모든 선생님들에게 부탁했습니다.

"선생님들, 우리 아이들이 코로나 때문에 위축되지 않도록 함께 뛰어 주세요. 지금 아이들에게 가장 필요한 것은 바로 선생님들의 따뜻한 관심과 함께하는 마음입니다."

놀랍게도 많은 선생님들이 흔쾌히 동참해 주셨습니다. 담임선생님은 물론이고, 교무부장, 연구부장, 심지어 행정실 직원들까지 아침 운동 시간에는 모두 한마음이 되어 아이들과 함께 줄을 넘었습니다.

학부모들의 뜨거운 호응

코로나19로 인해 학부모들의 학교 방문이 제한되었지만, 아이들이 집에 가서 들려주는 이야기를 통해 음악줄넘기의 소식은 가정으로 전해졌습니다.

"교장선생님, 우리 아이가 요즘 학교 가는 것을 정말 좋아해요. 집에서도 음악 틀어놓고 줄넘기 연습한다고 난리예요."

전화 상담을 통해 들려오는 학부모들의 이야기는 큰 힘이 되었습니다. 코로나19로 인해 모든 것이 막막하던 시기에, 아이들이 학교에서 즐거운 시간을 보내고 있다는 것만으로도 학부모들은 안심하셨습니다.

방역과 교육의 조화

코로나19 상황에서 가장 중요한 것은 방역이었습니다. 하지만 방역만을 위해 아이들의 활동을 전면 금지하는 것은 교육적으로 바람직하지 않다는 것이 저의 생각이었습니다.

음악줄넘기는 방역과 교육을 조화시킬 수 있는 완벽한 해답이었습니다. 개인 줄넘기는 자연스럽게 사회적 거리두기를 실천할 수 있었고, 야외 활동을 통해 환기도 충분히 이루어졌습니다. 또한 운동을 통해 아이들의 면역력을 높이는 효과도 있었습니다. 집에만 있던 아이들이 적절한 운동을 통해 체력을 회복하고, 스트레스를 해소할 수 있었습니다.

보건 담당 선생님도 "음악줄넘기는 방역 지침을 완벽하게 준수하면서도 아이들에게 꼭 필요한 신체 활동을 제공하는 최선의 방법"이라고 평가해 주셨습니다.

 　　　　　　　　　　　음악줄넘기로 그린 32년, 꿈과 행복

위기를 기회로 만든 교육 혁신

코로나19는 분명히 위기였지만, 동시에 교육을 되돌아보는 기회이기도 했습니다. 그동안 당연하게 여겨 왔던 많은 것들이 불가능해지면서, 정말 중요한 것이 무엇인지 깨닫게 되었습니다.

음악줄넘기를 통해 깨달은 것은 교육의 본질은 지식의 전달이 아니라 아이들의 전인적 성장이라는 점이었습니다. 아무리 좋은 온라인 콘텐츠가 있어도, 아이들이 함께 뛰고 웃으며 성장하는 경험을 대체할 수는 없었습니다.

"교장선생님, 코로나 때문에 많은 것들이 취소되었지만, 우리 학교만큼은 아이들의 웃음소리가 끊이지 않는 것 같아요."

한 학부모님의 말씀이 가슴에 깊이 와 닿았습니다. 위기 상황에서도 아이들의 행복을 지켜내는 것, 그것이야말로 진정한 교육자의 역할이라는 확신을 갖게 되었습니다.

음악줄넘기가 증명한 교육의 가치

코로나19라는 전대미문의 위기 속에서, 음악줄넘기는 아이들에게 건강과 활력을 선물하는 동시에, 선생님들에게는 새로운 교육의 가능성을 열어주는 희망의 끈이 되어 주었습니다.

아이들은 음악줄넘기를 통해 불안한 상황 속에서도 스트레스를 해소하고, 친구들과 비록 거리는 두지만 함께하는 즐거움을 느꼈습니다. 더 중요한 것은 위기 상황에서도 굴복하지 않고 새로운 방법을 찾아 극복해 나가는 법을 배웠다는 점입니다.

선생님들도 음악줄넘기를 통해 아이들과 더 가까워질 수 있었습니다.

마스크로 가려진 얼굴 때문에 표정을 읽기 어려운 상황에서도, 함께 뛰고 땀 흘리는 경험을 통해 진정한 소통이 이루어졌습니다.

미래 교육을 위한 소중한 교훈

황상초등학교에서의 코로나19 경험은 저에게 미래 교육에 대한 소중한 교훈을 남겨 주었습니다. 아무리 기술이 발달하고 교육 환경이 변해도, 아이들에게 가장 중요한 것은 사람과 사람 사이의 따뜻한 만남이라는 것입니다.

음악줄넘기는 그 만남을 가능하게 해 주는 매개체였습니다. 간단한 도구 하나로 아이들의 마음을 열고, 선생님과 학생이 함께 성장할 수 있는 기회를 만들어 내는 것, 그것이야말로 교육의 참된 가치였습니다.

저 역시 아이들이 음악줄넘기를 통해 희망을 되찾고 건강하게 성장하는 모습을 보며 큰 보람을 느꼈습니다. 코로나 팬데믹은 음악줄넘기가 가진 진정한 힘을 재발견하게 한 시간이었습니다.

이제 정년을 앞두고 있지만, 코로나19 시대에 증명된 음악줄넘기의 가치를 더 많은 학교와 아이들에게 전하고 싶습니다. 위기 상황에서도 굴복하지 않고 희망을 만들어 내는 교육, 그것이 바로 음악줄넘기가 보여 준 가장 큰 선물이었습니다.

다시, 고향으로—초전초등학교와의 만남

2023년 2월, 황상초등학교에서의 임기를 6개월 앞두고 저는 다시 새로운 곳으로의 이동을 고민했습니다. 여전히 코로나19가 완전히 종식되지 않은 상황이었지만, 교육 현장은 멈추지 않고 돌아가고 있었습니다. '수구초심(苜丘初心)'이라고 했던가요. 고향인 성주에 있는 학교, 그중에서도 '학교 공간 혁신 사업'에 선정되어 새로운 변화를 준비 중인 초전초등학교가 제 마음을 사로잡았습니다.

사실 저는 초전초등학교가 제 교직 인생의 마지막 학교가 될 것이라고 생각했습니다. 대부분 교장들이 대공사에 대한 부담감 때문에 꺼리는 학교였지만, 저는 오히려 멋지고 아름다운 학교를 아이들에게 선물할 수 있다는 점이 매력적으로 다가왔습니다. 울릉초 다목적 강당 신축과 황상초 외벽 개선 공사를 성공적으로 이끈 경험 덕분에, 저는 스스로에게 '누군가는 해야 할 일이라면 내가 해내자'는 사명감을 느꼈습니다. 아이들을 위해, 그리고 교육의 본질을 지키기 위해 기꺼이 그 길을 가고 싶었습니다.

코로나19 속에서 피어난 음악줄넘기

2022년 3월, 코로나19가 점차 안정되어 가던 시기에 저는 초전초등학교

로 부임했습니다. 참외밭이 끝없이 펼쳐진 성주 초전면의 작은 학교, 전교생 80여 명의 초전초는 5km 떨어진 봉소분교장을 두고 있었습니다. 학생들은 여전히 마스크를 쓴 채 등교했지만, 저는 또다시 음악줄넘기 프로그램을 학교 특색 교육으로 운영하기 시작했습니다. 철저한 방역 수칙을 지키며 진행한 이 활동은 아이들의 면역력을 높이고 신체 활동에 대한 욕구를 충족시켜 주었습니다.

그해 가을, 우리는 '초전 줄넘기 축제 한마당'이라는 이름으로 운동회를 개최했습니다. 이 행사는 지역 신문에 '줄넘기 선생님 김동섭 교장'이라는 제목으로 보도될 만큼 큰 호응을 얻었습니다. 저는 한 달에 두 번씩 봉소분교장을 찾아가 아이들에게도 음악줄넘기를 가르쳤습니다. 그중 몇몇 아이들은 본교 시범단에 합류해 대회에 참가하고 공연을 펼치며 자신감과 꿈을 키워 나갔습니다.

방과 후 특기적성 교육으로 운영한 '초전초 줄사랑' 음악줄넘기부는 경

  음악줄넘기로 그린 32년, 꿈과 행복

북 스포츠클럽대회에서 우승해 전국대회에 참가하는 쾌거를 이루기도 했습니다. 또한 경북급식박람회(포항실내체육관), 경북예술문화한마당, 성주참외축제 등 지역 및 도 단위 행사에 초청받아 공연을 펼치며 아이들에게 큰 성취감을 안겨 주었습니다.

이러한 초전초 줄사랑 활동은 방송에서도 큰 주목을 받았습니다.

2023년 4월 3일, 저는 KBS 〈아침마당〉에 출연했습니다. '음악줄넘기 달인 초전초 김동섭 교장선생님'이라는 제목으로 진행된 방송에서, 저는 30년 넘게 이어 온 저의 음악줄넘기 교육 철학과 아이들과 함께 만들어 온 수많은 줄넘기 이야기들을 풀어냈습니다. 그리고, 스튜디오에서 음악줄넘기 시연을 하고, 방송 출연진에게 음악줄넘기를 직접 가르쳐 주면서 음악줄넘기의 묘미를 알렸습니다. 특히 초전초 아이들의 '독도는 우리 땅' 창작 음악줄넘기 영상이 흘러나오자, 스튜디오는 물론 전국의 시청자들도 뜨거운 박수를 보냈습니다.

　뒤이어 5월에는 TBC 〈지금은 지방시대〉에서도 초전초등학교의 '신나는 음악줄넘기' 활동이 소개되었습니다. 이 방송에서는 제가 직접 아이들을 지도하며 함께 줄을 넘는 모습, 그리고 코로나19 상황 속에서도 줄넘기를 통해 활력을 되찾아 가는 아이들의 생생한 일상이 담겼습니다. 좁은 운동장에서, 때로는 마스크를 쓰고도 밝게 웃으며 줄을 넘는 아이들의 모습은 많은 이들에게 깊은 인상을 남겼습니다. 방송은 줄넘기가 단순한 체육 활동을 넘어, 아이들의 면역력을 키우고 스트레스를 해소하며, 협동심과 사회성을 기르는 데 얼마나 큰 도움이 되는지를 여실히 보여 주었습니다.

　　　　　　　　　　음악줄넘기로 그린 32년, 꿈과 행복

2023년 8월 15일, 초전초 총동창회 날에는 우리 음악줄넘기부가 선배님들 앞에서 축하 공연을 펼쳤습니다. 서울 지부장님은 공연에 감동해 학교에 필요한 것을 기부하겠다고 약속하셨고, 저는 동문인 동아수출공사 이우석 회장님을 만나 다목적 강당에 LED 전광판을 기증받게 되었습니다. 2천만 원 상당의 전광판이 설치된 후, 우리는 답례 공연을 펼치며 서로의 기쁨을 나누었습니다.

이렇게 초전초에서 보낸 시간들은 저에게 특별한 의미로 다가왔습니다. 학생 수 감소로 인해 봉소분교장이 본교에 통합되는 아쉬운 일이 있었지만, 저는 그 속에서도 아이들의 행복과 성장을 위해 줄넘기 끈을 놓지 않았습니다.

10년간 변하지 않은 약속

울릉초등학교에서 시작해서 황상초등학교, 초전초등학교, 그리고 성주중앙초등학교까지. 4개 학교를 거치는 10년 동안 저는 단 하루도 아침 음악줄넘기를 빼먹지 않았습니다. 비나 눈이 오는 날에는 체육관에서, 어떤 상황에서도 아이들과의 아침 약속을 지켰습니다. 때로는 몸이 아프거나 피곤한 날도 있었지만, 아이들의 기대에 찬 눈빛을 생각하면 절대 쉴 수 없었습니다.

"교장선생님, 감기 걸리셨는데 괜찮으세요?"

목소리가 쉰 날에도 아이들을 걱정시키고 싶지 않아서 웃으며 줄넘기를 했습니다. 그런 저의 모습을 보고 아이들도, 선생님들도 더욱 열심히 참여하게 되었습니다.

학부모들의 변화된 시선

처음에는 "교장선생님이 매일 아침 줄넘기를 하신다니…"라며 의아해하던 학부모님들도 점차 달라지기 시작했습니다.

"우리 아이가 학교 가는 것을 이렇게 좋아한 적이 없어요."

"아침에 일어나서 제일 먼저 하는 말이 '교장선생님과 줄넘기하러 간다'예요."

학부모님들의 이런 반응을 들을 때마다 저는 뿌듯했습니다. 아이들이 학교를 좋아하게 만드는 것, 그것이야말로 교육자로서 가장 큰 성취라고 생각했습니다.

선생님들의 자발적 참여

시간이 지나면서 가장 놀라운 변화는 선생님들에게서 나타났습니다. 처음에는 부담스러워하던 분들도 점차 자발적으로 참여하기 시작했던 것입니다.

"교장선생님, 줄넘기 새로운 동작 하나 배워서 아이들에게 가르쳐 주고

   음악줄넘기로 그린 32년, 꿈과 행복

싶어요."

젊은 선생님들뿐만 아니라 경력이 많은 선생님들도 이렇게 말씀해 주실 때, 저는 정말 감동받았습니다.

어느 날은 한 선생님이 이런 말씀을 해 주셨습니다.

"교장선생님 덕분에 저도 아이들과 더 가까워진 것 같아요. 줄넘기를 하면서 아이들의 다른 모습을 보게 되거든요."

아이들의 성장을 지켜보는 기쁨

매일 아침 20분씩, 10년 동안 아이들과 함께 뛰면서 저는 수많은 성장의 순간들을 목격했습니다.

처음에는 줄넘기 한 번도 제대로 못 뛰던 아이가 한 달 후에는 50개, 100개를 연속으로 뛰는 모습을 보았습니다. 소극적이고 내성적이던 아이가 줄넘기를 통해 자신감을 얻고 활발해지는 모습도 보았습니다.

"교장선생님, 저 어제 집에서 200개 뛰었어요!"

아이들의 이런 자랑을 들을 때마다 저는 마치 제 일처럼 기뻤습니다. 줄넘기를 통해 아이들이 성취감을 느끼고, 자신감을 키워 가는 모습이 너무 소중했습니다.

학교의 문화를 바꾸다

30여 년간 꾸준히 이어 온 아침 음악줄넘기 운동은 결국 학교 전체의 문화를 바꾸어 놓았습니다. 아이들은 더 건강해졌고, 선생님들은 아이들과 더 가까워졌으며, 학부모님들은 학교를 더 신뢰하게 되었습니다. 무엇보다 학교에 활기가 넘치게 되었습니다. 아침에 학교에 오면 운동장에서 들리는 경쾌한 음악과 아이들의 웃음소리, 그리고 줄넘기 소리가 하루를 시작하는 신호가 되었습니다.

"우리 학교는 다른 학교와 달라요. 아침마다 교장선생님과 줄넘기를 하거든요!" 아이들이 자랑스럽게 말하는 이런 모습을 볼 때, 저는 정말 뿌듯했습니다. 아이들의 긍정적인 변화와 학교에 대한 자부심이 제가 이 활동을 계속하는 가장 큰 이유가 되었습니다.

음악줄넘기로 그린 32년, 꿈과 행복

6. 아이들과 선생님이 함께 뛴 사제동행의 현장

권위를 내려놓고, 아이들의 심장이 되다

2015년 9월 교장으로 승진한 그날부터, 저의 교직 생활은 남들과는 조금 다른 모습으로 펼쳐졌습니다. 교장실에 앉아 결재 서류에 파묻히기보다, 저는 매일 아침 '행복 등교맞이' 활동과 '음악줄넘기'를 통해 아이들 속으로 뛰어들었습니다. 매일 아침 학교 운동장과 체육관에서 아이들과 함께 몸으로 부딪치고, 땀 흘리며, 울고 웃는 순간들을 통해 진정한 소통을 이루어 냈습니다.

지난 10년 동안 4개 학교를 거치며, 아이들과 동고동락하는 교장의 길을 묵묵히 걸어왔습니다. 교장으로서 첫발을 내디딘 울릉초등학교에서 시작된 '행복 등교맞이'는 저의 시그니처가 되었습니다.

매일 아침 교문에서 아이들을 반갑게 맞이하며 즐거운 하루를 열어 주는 이 활동은 이후 황상초, 초전초, 그리고 현재 성주중앙초에 이르기까지 10년째 변함없이 이어지고 있습니다.

"안녕하세요, 교장선생님!"

"그래, 오늘도 친구들과 즐겁게 보내."

아이들의 해맑은 웃음과 활기찬 인사는 저에게 가장 큰 활력소가 되었습니다. 그리고 음악줄넘기는 아이들과 저의 마음을 잇는 가장 강력한 매개체였습니다. 저는 교장선생님이라는 권위 의식을 내려놓고, 때로는 친구처럼 함께 뛰고, 때로는 삼촌처럼 따뜻하게 격려하며, 또 때로는 할아버지처럼 인자하게 아이들을 보듬었습니다.

울릉초등학교의 기적, '꿈나루관'에서 시작된 사제동행

울릉초등학교 교장으로 부임했을 때, 저는 섬 아이들의 꿈을 위한 새로운 도전을 시작했습니다. 100년 숙원이던 체육관 '꿈나루관'을 건립한 것도 그중 하나였지만, 더 중요한 것은 그 공간에서 펼쳐진 아이들과의 사제동행이었습니다.

매일 방과 후 시간, 저는 운동복을 입고 체육관으로 향했습니다. 아이들은 이미 음악에 맞춰 줄을 돌리고 있었고, 저는 그들 사이로 자연스럽게 스며들었습니다. 처음엔 교장선생님이 함께 운동한다는 것이 신기했던 아이들도, 시간이 지나면서 저를 친근한 운동 동반자로 여기기 시작했습니다.

"교장선생님도 우리처럼 땀 흘리시네요!"

한 아이가 웃으며 말했을 때, 저는 그것이야말로 진정한 소통의 시작임을 깨달았습니다. 교장과 학생이라는 상하 관계가 아니라, 함께 운동하며 건강을 챙기는 동반자로서 만나는 것이었습니다. 땀을 흘리며 함께 뛰는 동안, 아이들은 평소 하지 못했던 이야기를 자연스럽게 털어놓았습니다.

황상초등학교의 코로나19 극복기

2019년 9월부터 2022년 2월까지 황상초등학교 교장으로 재직했던 시기

　음악줄넘기로 그린 32년, 꿈과 행복

는 코로나19 팬데믹과 겹쳤습니다. 이 어려운 상황에서도 저는 아이들과의 사제동행을 포기하지 않았습니다. 오히려 더욱 절실하게 필요한 시간이었습니다.

코로나19로 대부분의 체육 활동이 제한받는 상황에서, 음악줄넘기는 희망의 끈이 되었습니다. 방역수칙을 지키면서 개인 줄넘기는 거리두기를 유지하면서도 충분히 할 수 있는 운동이었고, 마스크를 착용한 채로도 무리 없이 활동할 수 있었습니다.

"선생님들, 우리 아이들이 코로나 때문에 위축되지 않도록 함께 뛰어 주세요." 저는 교직원 회의에서 모든 선생님들에게 부탁했습니다. 그리고 놀랍게도 많은 선생님들이 흔쾌히 동참해 주셨습니다. 담임선생님은 물론이고, 교무부장, 연구부장, 심지어 행정실 직원들까지 아침 운동 시간에는 모두 한마음이 되어 아이들과 함께 줄을 넘었습니다.

"와! 우리 담임선생님 진짜 잘하신다!" "행정실 선생님도 우리보다 잘하시네!" 아이들의 박수와 환호성은 체육관과 운동장을 가득 채웠습니다. 마스크로 가려진 얼굴이었지만, 눈빛만으로도 아이들의 기쁨을 충분히 느낄 수 있었습니다. 코로나19라는 암울한 상황 속에서도 웃음과 활력을 잃지 않는 아이들의 모습에서 저는 교육의 희망을 보았습니다.

초전초등학교의 따뜻한 동행

초전초등학교에서의 2년 6개월은 또 다른 사제동행의 추억을 만들어 주었습니다. 이곳에서는 특히 젊은 선생님들의 적극적인 참여가 돋보였습니다. 20대, 30대 선생님들이 아이들과 함께 뛰는 모습은 정말 아름다웠습니다.

저는 이곳에서 '사제동행 줄넘기 챌린지'를 만들었습니다. 선생님과 아이들이 팀을 이뤄 다양한 줄넘기 동작에 도전하는 것이었습니다. 단순히 개수를 세는 것이 아니라, 서로 호흡을 맞추고 격려하며 함께 성장하는 과정에 중점을 두었습니다. 방과 후 시간에 열심히 배우고 익힌 줄사랑 시범단 친구들은 중간놀이 시간에 전교생 도우미 활동을 하였습니다.

"선생님, 이번엔 제가 선생님께 알려 드릴게요!"

평소 부끄럼을 많이 타던 한 아이가 자신만의 줄넘기 기술을 가르쳐 주겠다며 나서는 모습을 보았을 때, 저는 가슴이 뭉클했습니다. 가르치는 자와 배우는 자의 경계가 사라지고, 서로에게서 배우며 성장하는 진정한 교육 공동체의 모습이었습니다.

성주중앙초등학교의 완성된 사제동행

그리고 현재 재직 중인 성주중앙초등학교에서는 지난 32년간의 모든 경험이 하나로 모여 가장 완성된 형태의 사제동행이 이루어지고 있습니다. 이곳은 저에게 특별한 의미가 있는 곳입니다. 2002년부터 2006년까지 교사로서 꿈도리 팀과 함께 전국대회와 아시아대회, 세계대회를 누볐던 곳이기 때문입니다.

20년 만에 교장으로 돌아온 이곳에서, 저는 교사 시절보다 더욱 적극적으로 아이들과 함께하고 있습니다. 매일 아침 운동장에서 벌어지는 사제동행 음악줄넘기는 이제 성주중앙초등학교의 명물이 되었습니다.

"교장선생님, 오늘은 어떤 새로운 동작 가르쳐 주실 거예요?"

아이들은 매일 새로운 기대를 품고 저를 기다립니다. 저 역시 아이들을 실망시키지 않기 위해 새로운 동작을 연구하고, 더 재미있는 음악을 찾아

　음악줄넘기로 그린 32년, 꿈과 행복

오곤 합니다. 때로는 아이들이 만들어 낸 창의적인 동작에 제가 배우기도 합니다.

KBS 방송이 담아낸 사제동행의 감동

2025년 KBS 〈우리들 세상〉 어린이날 특집 생방송에서 '음악줄넘기로 행복한 성주중앙초 아이들'이란 제목으로 방송되었을 때, 가장 인상적이었던 장면은 바로 아이들과 함께하는 사제동행 음악줄넘기였습니다. 방송 제작팀은 매일 아침 벌어지는 이 따뜻한 사제동행의 모습을 카메라에 담았습니다. 중간놀이 시간 아이들은 "와, 우리 교장선생님 진짜 멋지다!", "교장선생님도 우리처럼 실수하시네요! 헤헤" 하며 웃었고, 방송에서 아이들의 순수한 반응이 그대로 나왔을 때, 시청자들은 큰 감동을 받았다고 합니다. 권위적인 교장의 모습이 아니라, 아이들과 눈높이를 맞추고 함께 땀 흘리며 소통하는 모습이 많은 이들에게 깊은 인상을 남겼습니다.

교육의 본질을 되찾다

지난 교장 시절 10년간의 사제동행 경험을 통해 저는 교육의 본질을 다시 한번 깨달았습니다. 교육은 지식의 전달만이 아니라, 인간과 인간 사이의 따뜻한 만남이라는 것을 말입니다. 아이들과 함께 뛰고, 함께 땀 흘리며, 함께 웃고 울 때 비로소 진정한 교육이 이루어집니다.

음악줄넘기를 통해 아이들은 단순한 기술을 넘어, '할 수 있다'는 굳건한 믿음과 '하면 된다'는 뜨거운 자신감을 얻었습니다. 좌절의 순간에도 다시 일어서는 법을 배우고, 서로 협동하며 함께 성장하는 기쁨을 느꼈습니다.

그리고 가장 중요한 것은 선생님과 아이들 사이에 진정한 신뢰와 사랑이 싹텄다는 점입니다. 교실에서 만나는 것과는 완전히 다른 자연스러운 관계가 형성되었고, 이는 모든 교육 활동의 밑바탕이 되었습니다.

미래를 향한 꿈

이제 정년을 앞두고 있지만, 저의 사제동행 꿈은 끝나지 않습니다. 앞으로 '대한민국 100섬 음악줄넘기 투어'를 통해 더 많은 아이들과 선생님들을 만날 계획입니다. 전국의 섬과 산골 오지까지 찾아가서, 사제동행 음악줄넘기의 아름다운 가치를 전파하고 싶습니다.

그리고 언젠가는 '김동섭 음악줄넘기 교육원'을 설립하여, 선생님들을 위한 전문적인 연수 프로그램을 만들고 싶습니다. 단순히 줄넘기 기술을 가르치는 것이 아니라, 아이들과 진정한 소통을 할 수 있는 방법을 나누고 싶습니다.

교단을 떠나는 순간까지, 아니 그 이후에도 저는 계속해서 아이들의 심장이 되고 싶습니다. 음악줄넘기라는 작은 끈 하나로 이어진 사제간의 따

     음악줄넘기로 그린 32년, 꿈과 행복

뜻한 인연이 더욱 많은 곳에서 꽃피우기를 바라며, 오늘도 저는 줄을 잡고 아이들과 함께 뛰고 있습니다.

"선생님들, 아이들과 함께 뛰어 보세요. 그 속에 교육의 참된 기쁨이 있습니다."

이것이 지난 10년간의 사제동행을 통해 제가 전하고 싶은 메시지입니다. 권위를 내려놓고 아이들과 눈높이를 맞출 때, 비로소 진정한 교육이 시작됩니다. 그리고 그 순간, 우리는 모두 함께 성장하는 아름다운 교육 공동체가 될 수 있습니다.

7. 다시 선 성주중앙초, 새로운 다짐

저는 2024년 9월, 다시 한번 가슴 뛰는 기회를 마주했습니다. 성주중앙 초등학교 교장으로 부임을 받은 것입니다. 이곳은 20년 전인 2002년부터 2006년까지 교사로 근무할 때 아이들과 함께 '꿈도리' 음악줄넘기 팀을 만들어 아시아대회와 세계대회에서 금메달을 따냈던, 저에게는 특별한 의미를 지닌 학교였습니다. 그리고 이번이 저의 교직 생활의 마지막 학교가 될 것이라는 사실이 저를 더욱 숙연하게 만들었습니다.

저는 2026년 2월이면 37년 6개월 간의 교직 생활을 마감하게 됩니다. 정년퇴임을 불과 몇 1년 6개월 남겨둔 시점에서 다시 성주중앙초등학교에 발을 딛는다는 것은 단순한 이동이 아니라 하늘이 내려 준 특별한 기회로 느껴졌습니다.

첫 출근날, 교장실 앞에 서니 20년 전의 기억들이 물밀듯 밀려왔습니다. 그때 제가 처음 이 학교에 왔을 때는 한창 기세등등한 40대 교사였고, 음악줄넘기에 대한 열정으로 가득했습니다. 전교생 20분 줄넘기 운동을 도입하고, '꿈도리' 시범단을 만들어 전국대회와 아시아, 세계대회까지 그리고, 방송은 물론 수없이 많은 무대를 누볐던 그 시절이 어제 일처럼 생생했습니다. 그리고 지금, 저는 교장이라는 직책을 맡고 이 자리에 다시

     음악줄넘기로 그린 32년, 꿈과 행복

서 있습니다.

아침 여느 때와 같이 '행복 등교맞이'를 하면서 아이들을 바라보니 감회가 새로웠습니다. 20년 전 제가 가르쳤던 아이들은 이제 서른 중반의 어엿한 어른이 되었을 것이고, 지금 제 앞에 있는 아이들은 그때 아이들의 두 세대 차이 나는 동생뻘 되는 새로운 세대였습니다. 하지만 맑고 순수한 아이들의 눈빛은 여전히 같았고, 음악에 맞춰 신나게 줄을 넘는 모습도 예전과 조금도 다르지 않았습니다.

"교장선생님, 안녕하세요!"

아이들의 밝은 인사 소리에 저는 새삼 가슴이 뜨거워졌습니다. 이 아이들에게 저는 어떤 교장선생님으로 기억될까. 마지막 근무지에서 어떤 모습을 보여 줄 수 있을까. 그런 생각들이 머릿속을 스쳐 지나갔습니다.

저는 첫 전교생 조회에서 아이들에게 이렇게 말했습니다.

"여러분, 교장선생님이 다시 성주중앙초등학교에 왔습니다. 20년 전에도 이 학교에서 여러분 선배들과 음악줄넘기를 했었어요. 그때 아이들이 전국대회에서 1등도 하고, 아시아대회와 세계대회에 나가서 금메달도 따왔습니다. 이번에도 우리 함께 음악줄넘기를 하면서 건강하고 즐거운 학교생활을 만들어 갑시다."

아이들의 눈이 반짝반짝 빛났습니다. 음악줄넘기에 대한 호기심과 기대감으로 가득한 그 표정들을 보니, 나 역시 새로운 에너지가 솟아났습니다.

교직원들과의 첫 회의에서도 저는 저의 교육철학을 분명히 밝혔습니다.

"학교는 오직 아이들을 위한 곳입니다. 우리가 하는 모든 일이 아이들에게 도움이 되는지, 교육적인 가치가 있는지를 먼저 생각합시다. 그리고 저는 교장실보다는 운동장에서, 아이들과 함께하는 시간을 더 소중히 여

길 것입니다."

동료 선생님들도 저의 진심을 알아주었습니다. 이미 언론을 통해 소개된 저의 음악줄넘기 이야기를 알고 계신 분들이 많았고, 다들 아이들과 함께 새로운 시도를 해 보자는 의견에 적극 동참해 주셨습니다.

저는 학교에 활기를 불어넣기 위해 음악줄넘기를 특색 사업으로 선정했습니다. 먼저 2학기는 준비 단계로, 전교생 140명에게 개인 줄넘기를 구입해 일일이 이름을 붙여 나누어 주었습니다. 그리고 선생님들의 도움을 받아 체육 시간에 줄넘기 기본 수업을 시작했죠.

두 달 동안 전교생에게 학반별로 3시간씩 개인 줄넘기, 짝 줄넘기, 단체 줄넘기 기본기를 가르쳤습니다. 처음 해보는 아이들이 대부분이었지만 다들 즐거워했습니다. 그러다 1학년 수업을 하던 날, 유독 눈에 띄는 한 아이가 있었습니다. 다른 친구들은 금세 익히는데, 유난히 활발한 그 아이는 잘 안 되자 "교장선생님, 저 안 돼요! 하기 싫어요!" 소리치며 줄을 던져 버리고 가 버렸습니다. 저는 아이를 달래 주었지만, 아이는 속상해하면서도 한쪽에 가서 혼자 땀을 뻘뻘 흘리며 줄을 넘으려고 애썼습니다. 저는 다가가 다시 방법을 알려 주었고, 아이는 겨우 한 개를 넘었습니다. 그 순간 아이는 정말 신나 했죠. 그날은 그렇게 한 개를 넘는 것으로 끝이 났고, 저는 아이에게 "열심히 하면 할 수 있을 거야"라고 격려해 주고는 잊고 있었습니다.

그런데 며칠 뒤, 그 아이가 교장실로 줄넘기를 들고 뛰어 들어왔습니다.

"교장선생님! 저 이제 줄넘기 10개 할 수 있어요!"

아이는 너무나 밝은 목소리로 말했죠. 저는 아이를 꼭 안아 주며 "봐, 열심히 하니까 되잖아!"라고 칭찬해 주었습니다.

 음악줄넘기로 그린 32년, 꿈과 행복

그날 이후, 그 아이는 줄넘기에 재미를 붙여 줄넘기 1급에 도전하고 싶다며 틈만 나면 줄넘기를 하면서 즐겁게 지내고 있습니다. 음악줄넘기는 아이들에게 활력을 되찾아 주었고, 성취감을 통해 자신감을 길러 주었습니다. 그 자신감은 공부뿐만 아니라 다른 활동에도 긍정적인 영향을 미쳤습니다. 아이들의 밝은 웃음소리로 학교는 생동감 넘치는 행복한 공간이 되어 가고 있습니다.

성주중앙초, 20년 만에 다시 뛴 '꿈도리'

2007년 울릉도로 떠나며 아쉽게 해체되었던 '꿈도리 시범단'이 20년의 세월을 뛰어넘어 2025년 성주중앙초에서 제6기 시범단으로 재탄생했습니다. 아이들은 옛 명성을 재현하겠다는 각오로 매일 방과 후 연습에 매진했습니다.

그러던 중, 성주군청으로부터 '2025 성밖숲 참크닉 나이트' 행사에 초청

받게 되었습니다. 첫 외부 공연을 앞두고 설렘과 긴장 속에 주말까지 반납하며 연습에 몰두했습니다. 하지만 공연 날, 하늘은 무심하게도 아침부터 비를 뿌리기 시작했습니다. 오후에 잠시 그치나 싶더니 공연 예정 시간이 다가오자 빗방울이 다시 굵어졌습니다. 학부모님들의 안타까운 시선 속에서, 저는 아이들의 기대를 저버릴 수 없어 어떻게든 공연을 강행하기로 마음먹었습니다.

무대 아래 콘크리트 바닥에 고인 물을 닦아내고, 우리는 예정보다 늦게 공연을 시작했습니다. 줄넘기 줄이 공중에서 비와 만나 튕기고, 바닥에서는 물방울이 튀는 악조건 속에서도 아이들은 연습한 대로 공연을 훌륭하게 해냈습니다. 특히 신나는 창작음악줄넘기 때는 관중들이 함께 노래하고 박수 치며 호응해 주었고, 최고 난이도 기술인 더블터치 묘기를 선보일 때는 탄성과 환호가 쏟아졌습니다. 우중의 첫 공연을 성공적으로 마친 아이들의 얼굴에는 뿌듯함과 아쉬움이 뒤섞여 있었습니다.

　　　　음악줄넘기로 그린 32년, 꿈과 행복

한 할아버지께서 "우리 손자가 너무 자랑스럽습니다, 교장선생님 고맙심데이"라며 눈시울을 붉히셨을 때는 저 또한 가슴이 뭉클했습니다.

첫 아쉬움을 날려 버린 두 번째 무대

첫 공연의 아쉬움이 채 가시기도 전에 경상북도교육청으로부터 '2025 전국소년체전 경북선수단 해단식' 축하 공연 초청 연락이 왔습니다. 첫 공연의 아쉬움을 날려버릴 절호의 기회라 생각하고, 우리는 곧바로 연습에 돌입했습니다. 그런데 공연을 며칠 앞두고 한 아이가 창작 음악줄넘기 안무를 힘들어했습니다. 저는 고민 끝에 직접 그 아이의 자리에 들어가기로 했습니다. 오랜만에 아이들과 함께 줄을 넘으니 숨이 턱턱 차올랐지만, 아이들을 지도하며 함께 구슬땀을 흘렸습니다.

드디어 공연 당일, 우리는 안동그랜드호텔로 향했습니다. 다행히 무대는 넓고 마루로 되어 있어 첫 공연 때와 같은 어려움은 없었습니다. 공연 시작 전, 저는 직접 무대에 올라 음악줄넘기를 소개했습니다. 이어 신나는 '사랑의 트위스트' 노래에 맞춰 저를 포함한 5명의 아이들이 경쾌한 동작을 선보이자 금메달리스트와 관객들은 노래와 박수로 하나가 되었습니다. 이어서 다양한 기술 줄넘기가 이어지자 "와!" 하는 탄성과 함께 환호와 박수가 쏟아졌습니다.

공연을 마친 후 교육감님께서 직접 우리 시범단을 칭찬해 주셨고, 덕분에 아이들은 더 큰 자부심을 느꼈습니다. 첫 공연의 아쉬움을 완벽하게 날려 버린 멋진 무대였습니다. 공연 후 제공된 호텔 뷔페는 아이들에게 잊지 못할 즐거움을 선사해 주었고, 꿈도리 시범단의 두 번째 이야기는 그렇게 성공적으로 마무리되었습니다.

아이들과 함께 만든 행복한 학교

저는 아이들과 더욱 가까워지기 위해 노력했습니다. 등교하는 아이들과 매일 아침 교문에서 행복하게 인사를 나누며 하루를 시작했고, 중간 놀이 시간에는 '음악줄넘기'를 통해 아이들 한 명 한 명의 얼굴과 이름을 익혔습니다. 몸으로 부딪히며 함께 놀다 보니 어느새 아이들과 친구처럼 편하게 지내는 사이가 되었습니다.

대부분 교장들은 공식적인 행사 외에는 아이들과 직접 만날 기회가 많지 않습니다. 하지만 저는 음악줄넘기 덕분에 매일 운동장에서 아이들과 소통할 수 있었고, 덕분에 아이들과 더욱 친밀해질 수 있었습니다. 복도나 운동장에서 저를 만나면 반갑게 인사하고, 묻지도 않았는데 먼저 다가와 자기 이야기를 들려주는 아이들을 보며 행복을 느꼈습니다.

특히 체육 수업을 위해 교장실 앞을 지날 때면, "교장선생님, 안녕하세요?", "뭐 하세요?"라며 얼굴을 빼꼼 내밀고 인사하는 아이들의 모습은 참으로 예쁘고 대견했습니다. 저는 아이들에게 "그래, 오늘도 친구들과 재

음악줄넘기로 그린 32년, 꿈과 행복

미있게 지내라! 파이팅!" 하고 말해 주었고, 아이들은 "교장선생님도요!" 하며 환하게 웃었습니다.

가끔 퇴근길에 운동장에서 그네를 타다 저를 발견하고는, "야, 김동섭 교장선생님이다!"라고 외치며 달려와 꾸벅 절을 하는 아이들을 볼 때면 마음이 벅차오르곤 했습니다. 그저 고맙고 감사한 아이들 덕분에, 남은 교장 임기 동안 아이들이 즐겁고 행복한 학교생활을 할 수 있도록 더욱 열심히 노력하겠다고 다짐했습니다.

정년퇴임까지 남은 시간이 많지 않다는 것을 잘 알고 있지만, 오히려 그렇기 때문에 더욱 소중하게 느껴졌습니다. 하루하루가 귀하고, 아이들과 함께하는 모든 순간이 마지막일 수도 있다는 생각에 더욱 정성을 다하게 되었습니다. 음악줄넘기는 저의 마지막 선물이 되어야 했습니다. 37년 6개월 교직 생활의 마무리를 장식할 가장 의미 있는 활동이자, 아이들에게 건강과 즐거움을 동시에 선사할 수 있는 특별한 프로그램이 되어야 했습니다. 비록 몇 개월이라는 짧은 시간이지만, 그 안에서 아이들과 함께 만들어 낼 추억들이 저에게도, 아이들에게도 평생 잊지 못할 소중한 기억이 될 것이라 믿었습니다.

이제 새로운 시작입니다. 마지막이기에 더욱 뜨거운 시작이고, 끝이기에 더욱 아름다운 출발입니다. 저는 성주중앙초등학교 아이들과 함께 저의 교직 인생의 대미를 장식할 마지막 한 페이지를 써 내려갈 것입니다. 이 이야기는 마지막 장에 기록됩니다.

정년을 앞둔 마지막 해의 감회

이제 2026년 2월이면 정년퇴임을 맞게 됩니다. 10년간 이어온 아침 줄넘기도 마지막이 다가오고 있습니다. 하지만 아쉬움보다는 뿌듯함이 더 큽니다. 교장으로 4개 학교에서 수백 명의 아이들과 함께 뛰며 나눈 소중한 시간들, 그리고 그 과정에서 만들어진 새로운 학교 문화들이 앞으로도 계속 이어질 것이라는 확신이 있기 때문입니다.

"교장선생님이 퇴임하시면 우리도 계속 줄넘기할 수 있어요?"

아이들의 이런 질문에 저는 웃으며 답했습니다.

"물론이지! 우리가 만든 이 좋은 전통은 계속 이어질 거야."

전교생 아침 줄넘기 운동으로 시작된 작은 변화가 학교 전체의 문화를 바꾸고, 나아가 다른 학교에도 영감을 주는 모습을 보며, 저는 다시 한번 음악줄넘기의 무한한 가능성을 확인할 수 있었습니다.

교장으로서 가장 보람된 일이 무엇이냐고 묻는다면, 주저 없이 이 아침 음악줄넘기 시간이라고 답할 것입니다. 매일 아침 아이들과 함께 뛰며 나눈 그 소중한 20분들이 저의 교장 시절을 가장 빛나게 만든 보석 같은 시간들이었습니다.

8. 32년 줄넘기 사랑 이야기를 담은 방송 출연

5월은 제게 늘 특별한 달입니다. 스승의 날이 있는 이 달이면, 지난 37년 교직 생활을 돌아보며 가슴 한편이 뭉클해지곤 합니다. 2025년 5월도 여느 해와 다름없이 찾아왔지만, 이번 스승의 날은 정년을 코앞에 둔 제게 평생 잊지 못할 기적 같은 선물을 안겨 주었습니다.

스승의 날 특집, 뜻깊은 방송 섭외

5월 어느 날, 교장실로 한 통의 전화가 걸려 왔습니다. KBS 〈라이브 오늘〉 제작진이었습니다. 처음에는 단번에 고사했습니다. "제가 방송에 너무 자주 나가서 시청자분들이 지겨워하지 않을까요?"라는 걱정이 앞섰기 때문입니다. 그러나 작가님은 간곡했습니다.

"교장선생님, 이번엔 스승의 날 특집입니다. 선생님의 32년 교직 생활과 음악줄넘기 인생을 깊이 있게 다루고 싶습니다. 꼭 부탁드립니다."

저는 끝내 "너무 많이 나가지 않았습니까?"라며 사양했지만, 며칠 뒤 다시 걸려 온 전화에 마음이 움직였습니다.

"내년 2월이면 정년퇴직이시지 않습니까? 마지막으로 한 번만 부탁드립니다."

그 말에 결국 승낙했고, 촬영 내용을 보니 이번 방송은 달랐습니다. 저의 하루 루틴, 음악줄넘기 32년 이야기, 제자와의 재회, 퇴직 후 제2의 인생까지. 의미 있는 기획이었습니다.

일상 속에서 빛난 교육 열정

약속된 날 아침, 해가 막 얼굴을 내밀기 전, 학교 앞은 이미 분주했습니다. 촬영팀이 삼각대를 세우고, 리포터는 원고를 점검하며 분주히 오갔습니다. 조명 불빛이 아직 흐릿한 새벽 안개를 뚫고 교문 앞을 환히 밝히고 있었습니다. 저는 여느 날과 다름없이 교문 앞에 섰습니다. "오늘은 특별한 하루가 되겠구나" 하는 생각에 가슴이 두근거렸습니다.

잠시 후, 아이들이 하나둘 등교를 시작했습니다. 저는 늘 하던 대로 활짝 웃으며 손을 흔들었습니다.

"잘 잤니? 오늘도 신나는 하루 보내자!"

"파이팅!"

작은 주먹을 내밀자, 아이들도 "교장선생님, 파이팅!" 하고 씩씩하게 맞장구쳤습니다. 어떤 아이는 슬쩍 뒤에 숨었다가 갑자기 제 앞에 뛰어나와 "짠!" 하고 장난을 치며 웃음을 터뜨리기도 했습니다. 촬영 카메라는 이 모든 순간을 놓치지 않고 담아냈습니다. 리포터는 제 곁으로 다가와 마이크를 들이밀며 물었습니다.

"교장선생님, 이렇게 아이들을 맞이하신 지 얼마나 되셨나요?"

저는 환한 미소로 대답했습니다.

"벌써 10년이 훌쩍 넘었습니다. 이 아침 인사는 저와 아이들을 이어 주는 가장 소중한 약속이지요."

음악줄넘기로 그린 32년, 꿈과 행복

곧이어 중간놀이 시간, 음악이 흐르자 운동장은 아이들의 웃음소리로 가득 찼습니다. 아이들은 박자에 맞춰 줄을 넘기 시작했습니다. 저는 곁에서 함께 뛰며 동작을 지도했습니다.

"좋아, 발끝을 모아야 해. 리듬을 타면서!"

제 말에 맞춰 아이들은 씩씩하게 줄을 넘었고, 이내 이마에는 땀이 송글송글 맺혔습니다.

"교장선생님, 저도 시범단에 들어가고 싶어요!"

"그래! 지금처럼 열심히 하면 충분히 할 수 있어."

곳곳에서 터져 나오는 아이들의 외침에 운동장은 더욱 활기를 띠었습니다. 저는 그 모습 속에서 줄넘기가 단순한 운동을 넘어, 아이들과 마음을 이어주는 다리임을 새삼 깨달았습니다. 촬영팀도 놀란 듯 연신 고개를 끄덕였습니다.

잠시 후, 교장실에서는 제 32년간의 음악줄넘기 이야기가 이어졌습니다. 리포터가 질문을 던졌습니다.

"선생님, 음악줄넘기를 시작하시게 된 계기가 무엇인가요?"

저는 잠시 지난 시간을 떠올리며 대답했습니다.

"아이들의 체력 신장을 위해 줄넘기를 지도하던 1993년, 줄넘기를 힘들어하는 아이들을 보며 좀 더 즐겁게 할 방법을 고민했습니다. 그러던 중 우연한 기회에 '줄 하나'에 '음악'을 결합해 보았는데, 이것이 바로 음악줄넘기의 운명적인 시작이었습니다. 그 뒤로 아이들과 함께 수많은 무대에 서면서 음악줄넘기가 아이들을 변화시키는 힘이 있다는 것을 알게 되었지요."

저는 이어서 섬마을에서 아이들과 함께한 추억, 전국과 아시아, 세계대회를 누비며 얻었던 감동과 에피소드, 그리고 줄넘기를 통해 아이들이 자신감을 되찾고 성장해 가는 이야기를 진솔하게 풀어냈습니다. 순간순간 목소리에 울림이 실리자, 제작진들도 숨을 고르며 귀를 기울였습니다. 마지막으로 촬영 감독이 웃으며 말했습니다.

"교장선생님, 아나운서 못지않게 말씀을 잘하시네요. 이야기 하나하나가 정말 감동적이었습니다."

저는 멋쩍게 웃으며 대답했습니다. "아마도 늘 현장에서 아이들과 나누었던 제 진심이 있어서 그런 게 아닐까요."

감격의 재회, 20년 제자와 다시 만나다

PD님이 "교장선생님, 깜짝 선물을 준비했습니다. 20년 전 성주중앙초 꿈도리 팀 제자와 만남을 해 드리겠습니다."

순간 가슴이 쿵쾅거렸습니다. 꿈도리 팀! 2002년부터 2006년까지 성주중앙초에서 함께 땀 흘리며 전국을 누비고 세계 무대까지 진출했던 그 아이들이었습니다.

교장실 문이 조용히 열리더니, 멋진 군복 차림의 늠름한 육군 대위가 들어섰습니다. 한 손에는 꽃다발을, 다른 손에는 작은 선물을 들고 서 있는 모습에 제 심장은 순간 멈춘 듯했습니다.

"선생님!"

낯설지 않은 그 목소리에 저는 자리에서 벌떡 일어나 외쳤습니다.

"나영아!"

우리는 카메라가 있다는 사실조차 잊고 서로에게 달려가 힘껏 끌어안았습니다. 마치 어제 헤어졌다가 다시 만난 듯, 세월의 간극이 단숨에 사

   음악줄넘기로 그린 32년, 꿈과 행복

라져 버렸습니다.

제자는 저를 바라보며 차분하면서도 울림 있는 목소리로 말했습니다.

"선생님, 저 지금 육군 대위입니다. 많은 부대원들을 지휘하고 있어요."

귀를 의심했습니다. 그 작고 수줍던 여자아이가 군 간부가 되었다니!

"선생님, 제가 이렇게 될 수 있었던 건 모두 선생님과 음악줄넘기 덕분이에요. 어릴 때 무대에 서는 게 너무 떨렸는데, 선생님이 '네가 뛰는 모습은 정말 아름답다. 자신감을 가져라'라고 말씀해 주셨잖아요. 그 말씀이 제 인생을 바꿨어요."

"선생님, 제가 중·고등학교에서 학생회장을 하며 힘들 때마다, 선생님이 늘 말씀하셨던 '할 수 있다'는 신념이 큰 힘이 되었습니다. 지금 제가 부하들을 두려움 없이 이끄는 것도 다 선생님 덕분입니다."

"선생님, 정말 감사합니다. 선생님과 음악줄넘기가 오늘의 저를 만들었습니다."

그 말을 듣는 순간, 제 눈가가 뜨겁게 젖어 들었습니다. 교사로서 뿌린 작은 씨앗이 이렇게 훌륭히 자라, 나라를 지키는 당당한 장교가 되어 제 앞에 서 있다는 사실이 믿기지 않았습니다.

우리는 이어서 지난 추억들을 이야기하며 웃음을 터뜨렸습니다. 성주중앙초 '꿈도리 시범단' 시절, 전국대회와 아시아대회, 그리고 캐나다 세계대회에서 함께했던 시간들. 줄넘기를 하다 웃고 울던 순간들이 한 장면 한 장면 되살아났습니다. 그 모든 이야기는 카메라 속에 고스란히 담겨, 보는 이들의 가슴을 적셨습니다.

저는 속으로 되뇌었습니다.

'그래, 이것이 바로 교사로서의 보람이구나. 내가 걸어온 길이 결코 헛되지 않았구나.'

20년 전 그 어린 제자가 이렇게 훌륭하게 성장했다는 사실이, 그리고 그 아이의 인생에 제가 가르친 음악줄넘기가 작은 보탬이 되었다는 사실이 가슴 벅차게 다가왔습니다.

그날 제자와의 재회는 제 평생 교직의 길을 더욱 빛나게 해 준, 무엇과도 바꿀 수 없는 선물이었습니다.

방과 후, 다시 피어난 희망의 무대

감격의 여운이 채 가시기도 전에, 방과 후 활동 시간이 되었습니다. 이번에는 '꿈도리 시범단'을 이을 새로운 세대의 아이들과 함께하는 장면이 촬영되었습니다. 강당에 모여 줄을 돌리는 아이들의 눈빛은 설렘과 기대감으로 반짝이고 있었습니다.

"교장선생님, 열심히 해서 전국대회 나가 보고 싶어요!"

그 모습은 20년 전 제 앞에 섰던 '꿈도리 시범단' 제자들의 모습과 너무나도 닮아 있었습니다. 순간, 제 가슴속에서는 과거와 현재가 교차하며

    음악줄넘기로 그린 32년, 꿈과 행복

뭉클한 감정이 밀려왔습니다. '이 아이들이야말로 미래의 희망이구나. 오늘의 땀방울이 훗날 이 아이들의 미래를 더욱 빛나게 하겠지.'

카메라는 교문 앞의 '행복 등교맞이'에서 시작해, 중간놀이 시간에 아이들과 함께 뛰었던 음악줄넘기, 감격적인 20년 전 제자와의 재회, 그리고 다시 새로운 제자들과 땀 흘리며 나눈 순간까지… 교사의 하루를 오롯이 담아냈습니다.

모든 촬영이 끝났을 때는 이미 해가 저물어 있었습니다. 하지만 제 마음 속에는 여전히 밝은 햇살이 비추고 있었습니다. 아이들과 함께했던 하루가, 그리고 제자와의 재회가 제 삶에 다시금 큰 울림과 힘을 주었기 때문입니다. 그날 촬영은 단순한 방송 프로그램이 아니라, 제가 걸어온 교직의 길과 아이들과 나눈 땀방울, 그리고 음악줄넘기에 담긴 저의 모든 열정을 세상에 전하는 특별한 기록으로 남게 되었습니다.

방송 촬영을 마치고, 기다림과 감동의 시간

촬영을 모두 마쳤을 때, 제 마음속에는 깊은 안도감과 함께 묘한 뿌듯함이 밀려왔습니다. 사실 저는 그동안 30번이 넘게 방송에 소개된 경험이 있었습니다. 카메라 앞이 익숙했지만, 이번 촬영은 그 어느 때보다도 특별하게 다가왔습니다.

처음에는 작가님의 끈질긴 섭외에도 불구하고 고사했던 제가 무색할 만큼, 이번 방송은 알차고도 의미 있는 내용으로 채워졌습니다. 저의 32년 음악줄넘기를 향한 열정, 그리고 아이들과 제자들과 맺어온 소중한 인연까지… 그 모든 것이 진솔하게 담겼다는 확신이 들었습니다.

'아, 그때 사양하지 않고 촬영하길 정말 잘했구나.'

후회 없는 선택이었음을 깨닫는 순간이었습니다. 그래서였을까요. 이번 방송은 다른 어느 때보다 간절히 기다려졌습니다. 어쩌면 교직 생활의 마지막을 장식할 방송이었기 때문일지도 모릅니다. 아니면 20년 만에 만난 제자와의 감격적인 재회가 담겼기 때문일지도 모릅니다. 이유는 분명치 않았지만, 제 마음은 방송이 방영될 날만을 손꼽아 기다렸습니다.

전파를 탄 나의 이야기, 축하와 성찰의 시간

그리고 마침내 대망의 날이 찾아왔습니다. 2025년 5월 13일 화요일 오

　　　　　　　　　음악줄넘기로 그린 32년, 꿈과 행복

후 6시, KBS 〈라이브 오늘〉에서 '스승의 날 기념—줄넘기를 사랑하는 교장선생님'이라는 제목으로 저의 이야기가 시청자들에게 공개되었습니다. TV 화면 속에는 아이들과 함께 줄넘기를 하며 웃는 제 모습, 제자와 눈물로 재회하며 뜨겁게 포옹하는 장면, 그리고 미래를 향한 저의 원대한 꿈까지 하나하나 담겨 있었습니다.

특히 방송 말미, 사회자님의 따뜻한 멘트가 제 마음을 깊이 울렸습니다.

"김동섭 교장선생님의 퇴직 후 이어질 음악줄넘기 제2의 인생에도 많은 응원과 후원을 부탁드립니다."

그 한마디는 어떤 칭찬보다 값진 선물이었습니다. 막연히 꿈꾸던 미래가 대중의 응원 속에서 더욱 선명해지는 순간이었기 때문입니다. 저의 진심이 시청자들에게 닿았다는 생각에 말할 수 없는 고마움과 감격이 밀려왔습니다. 며칠 뒤, 서울에서 한 통의 전화가 걸려 왔습니다. 줄넘기 제작 회사 대표님이셨습니다.

"교장선생님, 방송 잘 봤습니다! 너무 좋은 생각이십니다. 저도 선생님의 '100섬 음악줄넘기 투어'에 동행하고 싶습니다. 아이들을 위한 줄넘기 키트도 기꺼이 기부하겠습니다!" 수화기 너머로 들려오는 진심 어린 응원에 저는 가슴이 벅차올라 한동안 말을 잇지 못했습니다. 막연히 꿈꾸던 '대한민국 100섬 음악줄넘기 투어' 프로젝트가 비로소 구체적인 호응과 응원을 얻은 날이었습니다. 오랜 벗의 전폭적인 지지는 제 꿈에 든든한 날개를 달아 주었습니다.

친구의 농담, 웃음 속에 비친 지난날

어느 날, 방송을 본 고향 친구에게서 뜻밖의 전화가 걸려 왔습니다.

"야, 김 교장! 어제 방송 잘 봤다. 축하한다!"

이어 친구는 껄껄 웃으며 덧붙였습니다.

"야, 너는 늙지도 않나? 아직도 현역이가?"

저는 웃음을 터뜨리며 답했습니다.

"하하, 고맙다, 친구야. 네 덕분이지 뭐!, 교장실로 차 한잔하러 와라!"

그 친구는 이미 공직에서 정년퇴직해 지금은 여유로운 삶을 즐기고 있었습니다. 반면 저는 주민등록상 생년월일 착오 덕분에 실제 나이보다 2년 더 교직 생활을 하고 있었지요. 덕분에 친구들은 "야, 부모님 은덕이

 음악줄넘기로 그린 32년, 꿈과 행복

다!"라며 농담 섞인 축하를 건네곤 했습니다. 저 역시 "그러게 말이야, 아직도 아이들과 뛰놀고 있잖아!" 하고 웃어넘기곤 했습니다.

생각해 보면, 아버지와 면사무소 직원의 작은 실수로 인해 저는 남들보다 2년 더 교직을 이어 가고 있는 셈입니다. 그 덕분에 고의 휴학과 육사 도전, 삼수와 복학, 방황과 좌절까지 굽이진 인생길을 걸어오며 더 많은 것을 경험할 수 있었습니다.

이제 저는 성주중앙초의 마지막 교직 생활을 아이들과 함께 빛내고 있습니다. 매일 아침 교문 앞에서 아이들을 맞이하고, 운동장에서 함께 줄을 돌리며, 저의 꿈을 이어 가고 있습니다. 돌아보니, 모든 과정이 제 삶의 귀한 선물이었습니다.

그리고 지금, 그 선물을 아이들과 함께 나누며 인생 2막을 향한 발걸음을 힘차게 내딛고 있습니다.

인생 2막, 새로운 꿈을 향한 힘찬 도약

이 방송은 제게 단순한 명예가 아니라 인생 2막을 준비하는 든든한 디딤돌이 되어 주었습니다. 수많은 이들의 관심과 응원 속에서 저는 더 큰 확신과 설렘을 안고 새로운 여정을 준비하게 되었습니다.

돌아보니, 제가 32년간 이 길을 묵묵히 걸어올 수 있었던 원동력은 결코 혼자만의 힘이 아니었습니다. 땀 흘리며 함께했던 학생들, 격려와 지지를 아끼지 않은 학부모님들, 든든한 버팀목이 되어 준 동료 교사들, 그리고 늘 따뜻한 시선으로 함께해 주신 지역 주민들… 그 모든 분들이 있었기에 오늘의 제가 있었습니다.

　그래서 저는 퇴직 이후에도 음악줄넘기를 통해 더 많은 아이들에게 건강과 꿈을 선물하고, 세상에 긍정의 에너지를 전파할 수 있으리라 확신합니다.

새로운 꿈, 100섬 음악줄넘기 투어

앞으로의 계획은 분명합니다.

　첫째, 제 이름을 건 '김동섭 음악줄넘기 교육원'을 설립하여 청소년들의 건강과 행복을 책임지겠습니다. 아이들을 위한 음악줄넘기 특강은 물론, 교사들을 위한 지도법 컨설팅을 진행해 학교 현장에 음악줄넘기가 뿌리내리도록 할 것입니다.

　둘째, '대한민국 100섬 음악줄넘기 투어'를 시작합니다. 울릉도에서의 경험을 바탕으로, 전국 100개의 유인도를 찾아가 섬마을 아이들과 주민들에게 음악줄넘기를 통해 꿈과 희망을 전하고자 합니다. 2026년부터 매년 10개 섬씩, 10년간 총 100섬을 완주할 계획입니다.

　셋째, '국민 음악줄넘기 프로그램'을 보급하고 싶습니다. 과거의 '국민체조'처럼 남녀노소 누구나 쉽게 따라 할 수 있는 생활체육으로 음악줄넘기를 자리매김하게 하는 것이 저의 마지막 소망입니다.

　　　　　　　　　　　음악줄넘기로 그린 32년, 꿈과 행복

9. '1등 선생님'에게 돌아온 편지

시간을 초월한 감동, 1등 선생님

2025년 스승의 날 아침, 저는 교장실에서 작은 소포 하나를 받았습니다. 소포 안에는 '김동섭 선생님 은혜 감사합니다'라는 문구가 새겨진 파카 볼펜과 정성스러운 편지가 들어 있었습니다. 편지를 펼쳐 든 순간, 36년 전 첫 발령지인 달성군 금포초등학교에서 만났던 5학년 제자의 이름이 눈에 들어왔습니다. "쉰을 앞둔 나이에 5월이 오니 자꾸 선생님이 떠올랐습니다"라는 글귀는 제 마음을 울렸습니다.

제자는 36년이라는 세월이 흘렀음에도 매일 아침 함께 땀 흘리던 기억, 방과 후에도 이어졌던 열정적인 가르침, 그리고 "너희들은 무엇이든 할 수 있다", "바른 사람이 되자"고 해 주었던 따뜻한 말들을 생생하게 기억하고 있었습니다. 이어지는 고백은 제 가슴을 먹먹하게 했습니다.

"선생님, 솔직히 고백하자면 지금까지 제가 만난 모든 선생님 중에 선생님이 1등 선생님이십니다." 이보다 더 큰 영예가 있을까요? 몇 년 전 인터넷에서 '줄넘기 김동섭 선생님'을 검색하다 저의 소식을 알게 되었고, '올해의 스승상'까지 받은 저의 모습에 얼마나 자랑스러웠는지 모른다는 제자의 진심은 제게 천금보다 값진 선물이었습니다. 편지를 읽는 내내 눈시울이 뜨거워졌고, 36년 전 스물다섯 살 새내기 교사였던 그때의 기억이 주마등처럼 스쳐 지나갔습니다.

교육의 영원성, 그리고 나의 다짐

이 재회는 단순히 과거의 추억을 소환하는 것을 넘어, 교육의 진정한 가치가 무엇인지, 교사의 역할이 얼마나 중요한지를 다시 한번 일깨워 주는 소중한 경험이었습니다. 스승은 가르친 양만큼이 아니라, 마음을 준 만큼 제자의 가슴에 남는다는 것을 깨달았습니다. 음악줄넘기가 아이들의 인생을 바꾸는 도구가 되었다는 사실에 큰 보람을 느꼈습니다. 줄넘기를 통해 자신감을 얻고, 도전 정신을 기르고, 협동심을 배운 아이들이 각자의 자리에서 멋진 어른으로 성장했다는 것, 이보다 더 큰 교육적 성과가 있을까요?

스승의 날 저녁, 하늘을 올려다보니 별들이 유난히 밝게 빛나고 있었습니다. 마치 제가 가르친 수많은 제자들이 각자의 자리에서 빛나고 있는 것처럼 말입니다. 교장실 책상 위에는 이제 특별한 파카 볼펜이 놓여 있습니다. 앞으로 이 펜으로 쓸 모든 글에는 제자들과 함께한 추억과 감사의 마음이 담길 것입니다.

정년이 얼마 남지 않았지만 저는 확신합니다. 교단을 떠나도 제자들과의 인연은 영원히 이어질 것이라고. 그리고 음악줄넘기를 통해 맺어진 이 특별한 인연들이 앞으로도 계속해서 새로운 기적을 만들어 낼 것이라고 말입니다.

2025년 스승의 날은 그렇게 제 교직 인생에서 가장 특별한 날로 기억될 것입니다. "선생님이 제게 1등 선생님이었습니다"라는 제자의 고백은 한

 음악줄넘기로 그린 32년, 꿈과 행복

교사의 삶이 얼마나 가치 있었는지를 증명해 주는, 가장 확실한 증거였습니다. 내일도 저는 운동장에서 아이들과 함께 줄넘기를 할 것입니다. 오늘 만난 아이들이 10년 후, 20년 후, 혹은 36년 후에 어떤 모습으로 성장해 있을지 상상하며, 오늘도 최선을 다해 아이들과 함께 뛸 것입니다.

그리고 그들 역시 언젠가는 "선생님이 제 인생을 바꿨습니다"라고 말해 줄 날이 오기를 조용히 기대하며, 오늘도 최선을 다해 아이들과 함께 뛸 것입니다.

나는 여전히 뛰고 있다
줄넘기 인생 32년, 그리고 새로운 도약

매일 아침, 성주중앙초등학교 운동장에서 아이들과 함께 줄을 넘던 그 시간이 아직도 생생합니다. "하나, 둘, 셋, 넷!" 구령에 맞춰 뛰어오르는 아이들의 발소리, 이마에 맺힌 땀방울이 아침 햇살에 반짝이던 그 순간들이 제 가슴속에 영원한 보물처럼 남아 있습니다.

37년 6개월의 교직 생활, 그중에서도 음악줄넘기와 함께한 32년이라는 긴 세월이 이제 막을 내리려 합니다. 1988년 첫 발령을 받아 설렘과 두려움으로 교단에 섰던 젊은 교사는 이제 세월의 무게를 고스란히 안은 교장이 되었습니다. 하지만 아이들을 향한 제 마음만은 첫날처럼 여전히 뜨겁게 뛰고 있습니다.

돌이켜 보면 제 길은 결코 혼자의 여정이 아니었습니다. 1993년 대방초에서 음악줄넘기를 시작할 수 있었던 건 박정효 교장선생님의 신뢰와 이왈규 선생님의 가르침 덕분이었습니다. 성주중앙초 '꿈도리' 시범단이 전국과 세계 무대로 나아가고, 울릉도 저동초의 '줄생줄사' 아이들이 런던에서 태극기를 들던 감격 뒤에는, 매일 아침 함께 땀 흘린 아이들, 묵묵히 받쳐 주신 교육감님과 동료, 학부모님, 지역사회가 있었습니다. 2011년 '올해의 스승상'을 받을 때 100명의 추천서로 건네 주신 그 응원은 제 평생의 훈장입니다. 이 자리를 빌려 다시 한번 깊이 감사드립니다.

2025년 5월 KBS 스승의 날 특집 방송 〈줄넘기를 사랑한 교장선생님〉이 나간 뒤, 오래된 제자와 친구들에게서 전화가 쏟아졌습니다. "선생님 덕분에 지금의 제가 있습니다." 그 한마디가 저를 다시 뛰게 했습니다. 주민등록 생년월일 착오로 남들보다 2년 더 현역으로 뛸 수 있었던 시간 또한 하늘이 준 선물이라 여깁니다. 교단은 곧 떠나지만, 저는 여전히 "현역"입니다. 아버지께서 남기신 말씀 "남에게 해 끼치지 말고, 손가락질당하지 말며, 존경받는 사람이 되어라"를 가슴에 새기되, 저는 한 줄을 더 보탭니다.

"무엇보다 함께 웃고, 함께 뛸 수 있는 사람이 되자."

음악줄넘기는 제게 체육의 도구가 아니라 삶의 언어이자 교육 철학이었습니다. 줄넘기는 용기를 키우고, 함께 넘을 때 화합을 배우며, 매일 20분의 반복 속에 건강과 웃음을 선물합니다. 그래서 저는 줄을 놓을 수 없습니다. '대한민국 모두가 음악줄넘기로 더 건강하고 행복해지는 날' 그 꿈이 제 마지막 목표입니다.

정년은 끝이 아니라 시작입니다. 저는 '김동섭 음악줄넘기 교육원'을 세우고, 2026년부터 2035년까지 '대한민국 100섬 음악줄넘기 투어'를 펼치려 합니다. 울릉도에서 배웠습니다. 섬마을 아이들은 재능과 열정이 넘치지만, 기회가 부족할 뿐이라는 사실을요. 매년 10개의 섬을 찾아 초등학교·지역아동센터·마을회관에서 줄넘기 수업과 주민 건강 체험을 열고, 마지막에는 모두가 주인공이 되는 작은 음악줄넘기 발표회를 하겠습니다. 줄과 교재, 교육 자료도 함께 나누겠습니다. 백령도에서 제주까지, 울릉도에서 거문도까지 바다가 교실이 되고 섬이 무대가 되는 수업을 이어가겠습니다.

이 여정은 혼자 갈 수 없습니다. 자원봉사자와 강사, 뜻을 모아 주실 후원자, 그리고 이 책을 읽는 독자 여러분의 마음이 필요합니다. 몸은 조금 느려졌을지라도, 마음의 리듬은 여전히 또렷하고 단단합니다. 아이 한 명이 줄을 넘는 순간, 마을에 생기가 돌고, 그 웃음이 곧 진짜 교육이 된다고 저는 믿습니다.

끝으로, 함께 뛰어 준 모든 이들에게 전합니다.

제자들에게—여러분이 있었기에 제가 여기까지 왔습니다. 이제 여러분이 누군가의 선생님이 되어 그 사랑과 열정을 다음 세대에 건네 주시길 바랍니다.

후배 교사들에게—교무실을 나와 운동장으로, 교실을 나와 체육관으로 나가 보십시오. 아이들과 함께 땀을 흘릴 때 교육의 기쁨은 더욱 선명해집니다.

학부모님들께—거창한 준비는 필요 없습니다. 거실이든 공원이든, 줄 하나로 아이와 함께 뛰어 보십시오. 그 시간이 평생의 추억이 됩니다.

'섬에서 만날 아이들에게' 한 줄 편지를 남깁니다.

바닷바람을 따라 여러분에게 갑니다. 준비물은 세 가지면 충분합니다. 편한 운동화, 물 한 병, 그리고 "할 수 있다!"는 마음. 우리는 음악에 맞춰 리듬을 배우고, 안전하게 착지하며, 서로의 눈을 보며 같이 뛰는 기쁨을 알게 될 것입니다. 저는 여러분의 이름을 불러 주고, 처음 도전하는 용기를 끝까지 응원하겠습니다.

 음악줄넘기로 그린 32년, 꿈과 행복

이 에필로그는 시작에 불과합니다. '대한민국 100섬 음악줄넘기 투어'가 진행됨에 따라, 각 섬에서 만난 아이들의 생생한 이야기와 감동적인 사진과 영상들, 그리고 그곳에서 피어날 웃음과 변화는 다음 권의 이야기로 계속해서 이어질 것입니다.

음악이 흐르고, 줄이 돌고,
우리가 함께 뛰는 그곳에서 다시 만납시다.
하나, 둘, 셋, 넷!

2025년 가을
음악줄넘기 선생님 김동섭 드림

대한민국 100섬 음악줄넘기 투어: 줄 하나로, 섬마을에 건강과 희망을!
- 대한민국 100섬을 뛰다, 백섬백교 섬을 잇다!

'Jump For Island - 뜀섬 프로젝트'는 **음악줄넘기**라는 줄 하나로 대한민국의 섬마을에 활력을 불어넣고자 기획된 운동입니다. 체육시설과 문화환경이 부족한 섬마을의 청소년과 주민들에게 건강과 희망을 전하는 것이 목표입니다.

김동섭 교장의 인생 2막, 새로운 도전

1988년 첫 발령을 받고, 교직 5년 차 1993년 음악줄넘기와 인연을 맺고 32년간 교사, 교감, 교장으로 재직하며 음악줄넘기를 교육해 온 김동섭 교장은 2026년 2월 정년퇴임 후, 제2의 인생으로 이 프로젝트를 시작합니다. 10년간 매년 10개씩, 총 100개의 섬을 직접 찾아가 섬마을 아이들과 주민들을 만날 계획입니다.

■ 주요 목표 및 활동
- **100개 섬 완주**: 2026년부터 2035년까지 10년간 대한민국 100개 섬을 방문하여 음악줄넘기를 보급합니다.

- **음악줄넘기 체험**: 섬마을 초·중·고 학생과 주민을 대상으로 체험 프로그램을 운영하고, 줄넘기 키트(줄, 교육 영상, 워크북)를 무상으로 기부합니다.
- **온라인 콘텐츠 제작**: 각 섬의 특별한 줄넘기 영상을 제작해 유튜브 등 온라인 채널에 공개하여 더 많은 사람에게 줄넘기의 즐거움을 전파합니다.
- **국민 음악줄넘기 보급**: 장기적으로는 누구나 쉽게 따라 할 수 있는 '국민 음악줄넘기'를 보급하여 평생 스포츠 모델을 제시하고자 합니다.

■ 기대 효과

이 프로젝트는 아이들의 신체 건강 증진뿐만 아니라, 지역 공동체 활성화에도 기여할 것으로 기대됩니다. 또한, 문화적으로 소외된 지역에 새로운 활력을 불어넣고, 남녀노소 누구나 즐길 수 있는 평생 스포츠 모델을 제시하는 중요한 발걸음이 될 것입니다.

■ 후원 및 협력

이 의미 있는 도전에 함께할 교육청, 체육회, 공공기관, 기업, 언론사의 후원 및 협력을 기다립니다. 프로그램 운영비 지원, 물품 협찬, 홍보 및 봉사활동 연계 등 다양한 방식으로 동참할 수 있습니다.

■ 문의

김동섭

전화: 010-2504-2603

이메일: kimds6198@hanmail.net

홈페이지: 김동섭의 음악줄넘기교육원

밴드: 줄생줄사

김동섭 선생님께,

안녕하십니까?

36년 전, 금포초등학교 5학년 3반 제자 문길석입니다.

쉰을 바라보는 나이가 되어 5월, 스승의 날이 다가올 때마다 자꾸만 선생님이 떠올랐습니다. 세월이 훌쩍 지나갔지만, 아직도 제 마음 한구석은 선생님과 함께 뛰놀던 초등학교 5학년, 그 천진난만했던 시절 그대로인 것 같습니다.

선생님과 함께 땀 흘리며 축구했던 순간들, 봄 소풍에서 환하게 웃으며 찍었던 단체 사진, 심지어 논공읍 자취방에서 손빨래하시던 그 소탈하고 정겨운 모습까지도 제 기억 속에 어제 일처럼 생생합니다. 무엇보다, "너희들은 무엇이든 할 수 있어", "바른 사람이 되어야 한다"고 해 주셨던 그 따뜻하고 용기를 북돋아 주시던 말씀을 지금도 생생하게 기억하며 살아가고 있습니다.

철없이 행동하고 장난이 심했던 저희들의 모습이 떠오를 때면, 이제 와서야 부끄러워 가슴을 쓸어내리곤 합니다. 그런 저희를 어찌 그토록 넓은 마음과 깊은 인내로 품고 이끌어 주셨는지요. 보통의 스승으로는 감히 상상할 수 없는 크나큰 사랑이었습니다. 존경합니다, 선생님!

늦었지만 꼭 한번 찾아뵙고 싶은 간절한 마음이었습니다. 문득, 초등학교 친구에게서 선생님께서 줄넘기를 지도하신다는 이야기가 떠올랐습니다. '설마' 하는 반신반의 속에서 조심스럽게 인터넷 검색 창에 **'줄넘기 김동섭 선생님'**을 입력했습니다. 그런데 검색 결과를 확인하는 순간, 저는 또다시 벅찬 감동과 엄청난 놀라움에 입을 다물 수가 없었습니다!

선생님께서는 이미 음악줄넘기의 전국적인 유명 인사가 되어 계셨습니다. 선생님의 지도를 받은 아이들이 아시아와 세계대회에서 우승을 차지하고, 선생님께서는 신지식인 상은 물론, 최고의 영예인 '2011년 올해의 스승상'까지 수상하셨다는 신문과 방송 관련 내용들이 무려 몇 페이지에 걸쳐 펼쳐져 있는 것이 아니겠습니까!

36년 전, 저희를 가르치실 때 보여주셨던 그 열정적이고 변함없는 모습 그대로이셨습니다. 이토록 자랑스러운 선생님의 모습을 사진으로 뵙는 것만으로도 가슴이 찡해 오며, 말로 다 형용할 수 없는 벅찬 감격의 물결이 제게 밀려왔습니다.

선생님을 찾아뵙고 싶은 마음에 여러 학교 행정실로 거듭 문의한 끝에, 드디어 선생님께서 현재 성주중앙초등학교 교장선생님으로 재직 중이시라는 기쁜 소식을 확인할 수 있었습니다. 이에 많이 늦었지만, 진심을 담은 감사의 마음을 이 편지에 담아 올립니다.

선생님께서 베풀어주신 그 가르침과 따뜻한 사랑 덕분에, 제가 지금 대한민국 평균 이상의 인격체로서 성실하게 제 삶을 꾸려나갈 수 있게 되었습니다.

저를 가르치셨던 수많은 훌륭한 선생님들 중에서도, 제 마음속 **'가장 존경하는 스승님' 1번은 늘 김동섭 선생님이십니다.** 이렇게 36년의 시간이 흐른 뒤에라도 선생님께 깊은 감사와 존경의 마음을 전할 수 있게 되어 진심으로 감사하고 기쁘기 그지없습니다.

이제 얼마 남지 않은 정년 퇴임까지, 선생님께서 걸어오신 그 아름답고 빛나는 교육자의 길을 가장 멋지고 영광스럽게 잘 마무리하실 수 있도록 진심으로 응원 드립니다.

선생님, 깊은 은혜에 다시 한번 머리 숙여 감사드립니다.
그리고 항상 건강하십시오.

2024년 5월 11일
금포초등학교 5학년 3반 제자 문길석 드림

존경하는 김동섭 교장선생님께,

교장선생님 안녕하세요?
성주중앙초등학교 6학년 2반 이승윤입니다.

초등학교에서의 마지막 6학년을 가장 빛나고 멋진 추억으로 가득 채울 수 있도록 도와주신 교장선생님께 감사드리는 마음을 이 편지에 담아 전해드립니다.

멋진 김동섭 교장선생님을 만난 건 2025년 3월, 교정에 따스한 봄 햇살이 가득했던 날이었습니다. 교장선생님께서 우리 학교에 오신 후, 음악줄넘기로 함께 땀 흘린 시간이 벌써 1년 가까이 되었네요.

처음 뵈었을 때, 늘 자상한 미소를 짓고 계시면서도, 아담한 체구와는 달리 크고 단호한 목소리와 우리 모두를 한순간에 집중시키는 강한 카리스마에 저는 단번에 매료되었습니다. 첫 만남부터 교장선생님은 제 마음 속에 가장 멋진 선생님으로 자리 잡았습니다.

교장선생님은 다른 어떤 교장선생님보다 특별하셨습니다. 매일 아침 교문에서 등교하는 우리 모두를 따뜻하게 맞이해 주시는 모습, 중간놀이 시간에는 교장실에 계시지 않고 운동장에서 전교생들과 함께 신나고 재미있는 음악줄넘기를 직접 가르쳐 주시는 모습은 우리 성주중앙초등학교만의 자랑이었습니다.

　　　　　　　음악줄넘기로 그린 32년, 꿈과 행복

덕분에 저는 몸도 마음도 훌쩍 성장했습니다. 줄넘기를 통해 키도 많이 컸고, 자신감이 생겨 표정도 밝아졌습니다. 이 줄넘기가 단순한 운동이 아니라, 스트레스를 풀고 긍정적인 마음과 자신감을 키워주는 좋은 운동임을 교장선생님 덕분에 깨달았습니다.

그리고 방과 후에는 '꿈도리'(줄넘기에 꿈을 실어 돌리는 아이들)라는 음악줄넘기부를 만들어 신나는 창작음악줄넘기와 다양하고 멋진 기술줄넘기까지 아낌없이 가르쳐주셔서 정말 감사드립니다.

저는 '꿈도리 시범단' 주장으로서 난생처음 수많은 사람들 앞에서 공연을 해보았습니다. 특히 안동 그랜드 호텔에서 열린 전국소년체전선수단 해단식에 초청되어 교육감님과 많은 관객들 앞에서 공연할 때는 숨이 멎을 듯 떨렸지만, 그때마다 선생님께서 심어주신 "할 수 있다!"는 믿음과 격려 덕분에 잘 해낼 수 있었습니다. 공연을 마쳤을 때의 그 기쁨과 성취감은 정말 평생 잊지 못할 것입니다.

이후에도 2025 경주 APEC 행사와 경북교육청 건강증진 한마당 행사에서도 초청 공연을 하면서, 교장선생님 덕분에 친구들과 함께 소중하고 자랑스러운 경험을 만들어갈 수 있었습니다. 어머니께서도 "우리 승윤이가 김동섭 교장선생님을 만난 것은 가장 큰 행운이다"라며 늘 감사해하십니다.

교장선생님께서 저희에게 보여주신 사랑과 열정 덕분에 제 마음속에도 분명한 꿈이 생겼습니다. 교장선생님처럼 따뜻하고 멋진 어른으로 성장하여, 아이들에게 꿈과 희망을 심어주는 훌륭한 교사가 되고 싶습니다.

이다음에 제 꿈이 현실이 되어 교단에 서게 되면, 자랑스러운 모습으로 꼭 교장선생님을 찾아뵙겠습니다!

김동섭 교장선생님! 진심으로 존경하고 사랑합니다!
늘 건강하고 행복하세요.

2025년 12월 5일

성주중앙초등학교 6학년 제자 이승윤 올림

자랑스러운 줄생줄사 친구들에게,

사랑하는 나의 제자들, 너희들을 처음 만난 지도 벌써 4년이라는 소중하고 뜨거운 세월이 흘렀구나.

2007년 3월, 난생처음 발을 디딘 이 울릉도 저동초등학교 5학년 1반 교실에서 건강하고 초롱초롱한 눈빛을 가진 너희들을 만난 순간이 엊그제처럼 생생하단다. 마치 운명처럼, 줄넘기라는 단단한 끈으로 맺어진 우리들의 인연은 2007년 제1기 줄생줄사를 시작으로 2010년 제4기에 이르기까지 열정적으로 끊임없이 이어졌지. 새로 들어온 후배들, 아쉽게 떠난 친구들까지, 그 시간 동안 참으로 헤아릴 수 없이 많은 추억들이 우리의 가슴 속에 깊이 새겨졌구나.

기억나니?

무더웠던 여름방학, 줄넘기 가방을 메고 봉래폭포로 올라가 관광객들 앞에서 솜씨를 뽐내며 칭찬받고 기뻐했던 일!

육지 전국대회에서 우승을 차지하고 서로 부둥켜안고 함께 환호했던 벅찬 순간들!

경주 세계문화엑스포 공연, 경북학생축제 출연, 그리고 크고 작은 울릉도 행사마다 단골 초청되어 멋진 공연으로 뜨거운 박수갈채를 받았던 눈부신 추억들… 그중에서도 선생님 가슴을 가장 뜨겁게, 터질 듯 벅차게 했던 순간들이 있지.

작년 전국대회 우승으로 국가대표로 선발되어 홍콩 아시아대회에서 준우승을 거머쥐었던 일! 그리고 이번 2010년, 꿈에 그리던 런던 세계줄넘기대회에서 울릉도 줄생줄사가 당당히 금메달을 획득했던 순간! 신문과 방송에 너희들의 이야기가 대서특필되었을 때, 울릉도 줄생줄사의 이름이 전국을 넘어 세계에 알려져 선생님은 정말 가슴이 터질 듯 자랑스러웠단다.

MBC의 [생방송 화제집중], KBS [30분 다큐] 등을 통해 너희들의 활약상이 소개되어 큰 사랑과 칭찬을 받았던 모든 순간들… 이 외에도 헤아릴 수 없이 많은 기쁜 일, 아쉬웠던 순간, 힘들고 괴로웠던 시간들… 그 모든 것이 선생님에게는 가장 소중하고 아름다운 인생의 추억으로 깊이 남아 있단다.

사랑하는 줄생줄사 친구들아!

내년이면 이제 선생님도 약속된 4년간의 근무 기간을 마치고 정든 울릉도를 떠나 육지로 가야 한단다. 하지만 이 울릉도는 선생님의 교직 생활에서 오래도록 잊지 못할, 그리고 다시 오고 싶은 그리운 곳이 될 거야. 그동안 선생님을 굳게 믿고 묵묵히 땀 흘리며 따라와 준 너희들이 너무나 자랑스럽고 대견했단다.

줄넘기 훈련하랴, 공부하랴 비록 힘들었지만, 선생님은 너희들에게 남들이 쉽게 얻기 힘든 소중한 경험과 어떤 어려움에도 흔들리지 않을 확고한 자신감을 키워주기 위해 열심히 함께 달려왔단다.

줄넘기하면서 단련된 강한 몸과 마음으로, 너희 안에 있는 '할 수 있다'는 자신감과 '무엇이든 해낼 수 있다'는 용기를 가지고 너희들이 꿈꾸는 모든 꿈들을 반드시 이루기를 진심으로 바란다.

그래서 10년 후, 아니 20년 후!
각자의 자리에서 멋지게 성장한 모습으로 우리 다시 만나자. 선생님은
몸은 떠나지만, 너희들의 건강과 꿈을 향해 힘차게 나아가는 모습을 위해
늘 육지에서 가장 큰 목소리로 응원할게.

사랑한다.

2010년 12월, 저동초 교무실에서
너희들의 선생님이

김동섭 선생님 '32년간 음악줄넘기 인생' 기록

■ 주요 학력

- 1988년 대구교육대학교 졸업
- 2000년 한국교원대학교 교육대학원 체육학과 졸업

■ 주요 경력(교사 24년, 교감 3년, 교장 10.6년, 총 37.6년)

- 교사: 1988.09.01~2012.08.31

  (달성)금포초(첫 발령),

  (구미)구봉초, 대방초, 금오초, 무을초,

  (성주)성주중앙초, (울릉)저동초, (성주)벽진초
- 교감: 2012.09.01~2015.08.31 (구미)오태초, (성주)성주초
- 교장: 2015.09.01~2026.02.28 (울릉)울릉초, (구미)황상초,

  (성주)초전초, 성주중앙초

■ 주요 활동 실적

- 전국 및 국제대회 참가 실적

일시	대회명	주요 실적	학교명
2001.10.21	제1회 전국 음악줄넘기경연대회	준우승, 지도자상 수상	구미 무을초
2002.09.29	제4회 전국 줄넘기선수권대회	6개 종목 중 5개 종목 1위 종합 우승	성주중앙초

2002.11.17	제1회 전국 줄넘기선수권대회	13개 전 종목 1위 종합 우승	
2003.11.02	제1회 전국 창작음악줄넘기 경연 대회	금상 수상	
2003.11.30	제2회 전국 음악줄넘기 경연&줄넘기선수권대회	창작음악줄넘기 최우수상 줄넘기 9개 전 종목 1위 종합 우승	
2004.10.17	제6회 전국 줄넘기선수권대회&아시아대회 국가대표선발전	12개 전 종목 1위 종합 우승 국가대표로 아시아대회 출전 자격 획득	
2004.11.21	제2회 전국 창작음악줄넘기 경연 대회	대상 수상, 지도자상 수상	
2005.02.05 - 02.06	제3회 아시아 줄넘기선수권대회 (말레이시아, 쿠알라룸푸르)	금 17, 은 21, 동 8, 종합 우승 최우준 군 6관왕, 3중뛰기 신기록(89회)	
2005.05.29	제1회 전국 학생단체줄넘기대회	3개 종목 중 2종목 1위	
2005.10.23	제7회 전국 줄넘기선수권대회	12개 전 종목 1위 종합 우승 최우준 군 9관왕, 3중뛰기 신기록(129회)	
2006.07.20 - 07.23	제6회 세계 줄넘기선수권 대회(캐나다, 토론토)	금 3, 은 3, 동 6, 총 12개 획득 최우준 군 3관왕, 3중뛰기 신기록(149회)	
2006.10.28	제8회 전국 줄넘기선수권 대회(아시아대회 국가대표 선발전)	9개 전 종목 남녀 종합 우승 24명 아시아대회 국가대표로 선발	
2008.06.08	제3회 전국 줄넘기선수권대회	종합 준우승(금 2, 은 2, 동 2)	울릉 저동초
2008.10.26	제10회 전국 줄넘기선수권대회	종합 우승(금 9, 은 9, 동 3)	
2009.07.25	제5회 아시아 줄넘선수권기대회 (홍콩 중문대학교)	단체 준우승(금 1, 은 3, 동 4)	
2009.10.24	제11회 한국 줄넘기선수권대회	남자단체 우승(금 2, 은 1, 동 1) 여자단체 준우승(은 2, 동 2)	
2010.07.28	2010 세계 줄넘기선수권대회(영국 런던 러프브러대학교)	금 1, 은 5 획득	

- TV 방송 실적

방송사	일시	주요 내용	학교명
EBS 교육방송	2000.02.05	「모여라 딩동댕」공개 녹화 방송 특별출연	구미 무을초 (교사)
MBC	2001.07.17	「생방송 화제집중」 신나는 음악줄넘기(경북 무을초등학교)	
TBC	2001.08.22	「생방송 열린 아침 한마당」 줄넘기로 몸 튼 마음 튼튼(무을초등학교)	
MBC	2002.07.03 (9:00-9:30)	「행복충전」건강 코너 출연 김동섭 선생님! 줄넘기로 행복 만들기	성주중앙초 (교사)
EBS	2002.08.10	「모여라 딩동댕」공개 녹화 방송 출연	
TBC	2002.11.11 (7:40-8:20)	「열린 아침! 오늘이 좋다」건강 줄넘기 코너 출연(꿈도리 시범단 및 지도교사)	
KBS	2003.11.19	「7시 뉴스」,「9시 뉴스」 성주중앙초 꿈도리 줄넘기 시범단! 제2회 음악줄넘기 경연 및 줄넘기선수권대회 종합 우승	
MBC	2004.06.03	「초록세상」'이 사람의 건강법' 신나는 음악줄넘기, 김동섭 선생님!	
KBS1	2004.09.21	「세상의 아침」'줌인 세상 속으로' 성주중앙초등학교의 아주 특별한 가을운동회	
MBC	2005.02.16 (17:15)	「생방송 화제집중」 우리는 줄넘기 왕	
MBC	2005.02.26 (8:10-9:00)	「생생 정보 토요일을 잡아라!」 성주중앙초 꿈도리	
KBS	2005.03.04	「8시 뉴스타임」 줄넘기 신동! 세계로! 세계로!	
KBS	2005.04.01	「쏙쏙 어린이 경제나라」 줄넘기 경제왕 성주중앙초 허지혜	
KBS	2005.07.09 (12:30)	「VJ 클럽」 줄넘기 대왕 나가신다(성주중앙초 5학년 최우준)	
KBS	2005.08.06 (17:50-18:30)	「쇼 파워 비디오」신동 특집 출연 줄넘기의 달인 - 성주중앙초 꿈도리 시범단	
KBS	2005.10.20	「무한지대 큐」달인 코너 출연 꿈도리 시범단 음악줄넘기	

음악줄넘기로 그린 32년, 꿈과 행복

방송사	일자	내용	비고
TBC	2005.11.01 (7:40-8:20)	「아침에 만난 세상」 신나는 음악줄넘기 몸 튼튼 마음 튼튼	
KBS1	2006.08.08	「뉴스광장」 꿈도리 음악줄넘기 시범단, 세계대회 금 3, 은 3, 동 6 획득하다	
KBS2	2006.08.25 (20:45- 20:55)	「투데이 스포츠」 성주 꿈도리 시범단, 세계대회 금 3, 은 3, 동 6 획득	
KBS1	2006.08.28 (17:15)	「어린이 뉴스탐험」 줄넘기로 꿈을 키워요	
MBC	2006.12.29	「뉴스데스크」 성주중앙초 김동섭 선생님 신지식인상 수상!	
KBS	2008.05.02	「뉴스 9」 울릉 저동 줄넘기축제 소식 및 줄생줄사 소개	울릉 저동초 (교사)
MBC	2009.05.06 (17:45)	「생방송! 화제집중」 지금 울릉도에는 줄넘기 열풍	
KBS	2009.08.07	「30분 다큐」 우리는 한국의 줄넘기 국가대표입니다 울릉도 줄생줄사 시범단 아시아대회 참가 선전 소식	
KBS	2010.09.03	「시청자 칼럼」특집 프로그램 출연 줄생줄사 음악줄넘기 및 아이들이 바라는 세상	
새로넷 (HCN)	2013.06.17	「9시 뉴스」 구미 오태초, 줄넘기로 건강체육 앞장	구미 오태초 (교감)
MBC(포 항)	2017.07	「2017 독도 어울림 행사」공연 방영 울릉초 줄사랑 독도는 우리땅 음악줄넘기	울릉초 (교장)
KBS	2023.04.14	「아침마당」 음악줄넘기 달인, 초전초 교장 김동섭	성주 초전초 (교장)
TBC	2024.04.23	「지금은 지방시대」'오늘의 현장' 성주 초전초등학교 음악줄넘기	
TBC	2025.05.05	「우리들 세상」어린이날 특집 생방송 음악줄넘기로 행복한 성주중앙초 아이들	성주중앙초 (교장)
KBS1	2025.05.13	「라이브 오늘」스승의 날 기념 방송 줄넘기를 사랑하는 교장선생님	

■ 공연 및 방송 영상 보기

방송사	일시	제목	주소
MBC	2005.02.16	「생방송 화제집중」 우리는 줄넘기 왕 - 성주중앙초	
공연	2006.11.03	제8회 경북학생축제 - 성주중앙초 꿈도리	
M-net	2006.08.29	개국 축하공연 - 성주중앙초 꿈도리	
공연	2010.10.27	제12회 경북학생축제 - 저동초 줄생줄사	
UCC	2008.06.08	독도사랑 음악줄넘기 - 울릉도 줄생줄사	
MBC	2009.05.06	지금 울릉도에는 줄넘기 열풍(울릉 저동초)	
KBS	2023.04.14	「아침마당」 '음악줄넘기 달인' 김동섭 교장선생님(성주 초전초)	
TBC	2025.05.05	「우리들 세상」 음악줄넘기로 행복한 성주중앙초 아이들	
KBS	2025.05.13	「라이브 오늘」 줄넘기를 사랑하는 김동섭 교장	

음악줄넘기로 그린 32년, 꿈과 행복